The heroine Sakuragi Shino

桜木紫乃

ヒロイン

毎日新聞出版

ヒロイン　目次

ヒロイン

装丁　田中久子
装画　オザワミカ

プロローグ

月が溶け始めた――

女は家路を急ぐ足を止めて、月の模様を眺めた。梅雨はもう明けたのか、今日は一日晴れた。

右手に提げた袋には、買ったばかりの蜂蜜が入っている。女は、暑さで溶けた月がそのまま蜂蜜になるという思いつきに笑った。

見上げれば月の模様は次々と、女が見たいかたちへと変化してゆく。どんな模様も見たいようにしか見えなくなる。女の笑いはなかなか収まらない。

昨日の夜も、派手に笑った。記念写真の表紙にあった「WEDDING」の金文字が、月の表面を流れてゆく。笑いすぎて男の機嫌を損ねたことも可笑《おか》しかった。

月の模様が写真のふたりを形どり、そして流れていった。

明日は今日より暑いだろうか。男は今夜も写真を眺めながら酒を飲むだろうか。

月明かりが照らした夜道を、野良猫が横切ってゆく。

路地の終わり、資材置き場の二階が女の住処《すみか》だった。昨年の震災でぎりぎり持ちこたえた木造住宅は、床が傾いてときどきめまいが起きるが、おかげで家賃が据え置きになり助かっている。

くたくたになったキャンバス地のトートバッグに手を入れる。底に、キーホルダーを探り当てた。

階段を上りかけたところで、視界に人影が滑り込んできた。ひとつ、ふたつ。

どこから湧いてきたのか、背後にも人の気配がある。笑いながら月を仰ぐ姿を見られたことが恥ずかしくて、鍵を握りしめた。

月明かりの届く場所へ、ひときわ大柄な男性が歩み出た。

「岡本啓美《おかもとひろみ》さん――ですね」

女が生まれ落ちて、初めてつけられた名前だった。

「はい――」

数人の男たちが女を取り囲んだ。

終わるのだ、これで。

月とともに、女の足跡も溶け始める。

一滴ずつ溶けてはこぼれ落ちながら、また新しいかたちを求めてゆくのだろう。

女は渋谷駅毒ガス散布事件、殺人罪等で特別指名手配中の岡本啓美、四十歳。

女の、十七年にわたる逃亡が終わった。

第一章

半醒

啓美が受け持っている朝の体操にやって来る子どもの数が減りだして一週間が経とうとしていた。十八で「光の心教団」に入信してからの五年間、啓美は体操部を任されている。大人たちにはヨガを、子どもたちにはリズム体操と瞑想《めいそう》の指導をしていた。

富士山のふもとにある教団所有の建物は、もともとは公務員の保養宿泊施設だった。「光の心教団」の創始者、光野《ひかりの》現師とその家族は最上階の五階フロアを使い、出家した信者たちには二階から四階に共同部屋が与えられている。

六十畳ある二階大広間は、食事や説法のほか、啓美が担当する体操部が運動不足を解消するために使っていた。

教団立ち上げから十年。

現師がいる本部施設に「出家」というかたちで住み込むのが信者のステイタスになった。現師のそばでの修行が叶《かな》った信者たちは、みなきらきらとした目をしていた。夫婦が子連れでやってくる場合もあった。みな「光の心」に全財産を寄進し、現師に目通りが叶った者ばかりだ。

持てる者から持たざる者へ——光の心はあなたの一生をやわらかな光で包み、そして守ります。

啓美もまた、高校を卒業した年に「持たざる者」になった。

施設の暮らしは長閑《のどか》に過ぎてゆく。神輿《みこし》の台座となって現師を支えているのは、建物の一階で「光の研究」をしている男性幹部たちだった。

五年のあいだには、一緒に体操部の指導をしていた仲間がふたり最上階の住人になった。

現師の子を宿すと、五階で暮らす権利が得られる。もとは啓美と同じものを食べ、同じ修行をしていた女たちだ。最近は五階も窮屈になってきたという。仕える女が増えて、母子すべてにひと部屋ずつ与えられなくなってきたらしい。

もっとも、二階から四階までは六人ひと部屋なのだから、現師の子を育てることが修行となった女たちはまずまず良い暮らしのはずだった。

それが——最近朝の体操にやって来る子どもの数が減っていた。手のかかる幼稚部の子が来ないのだ。

幼稚部のほとんどは、五階に住む現師の子だった。みな本部にやって来た五年のあいだに生まれた子たち——それが、ひとりふたりと二階にやって来なくなり、今日はとうとうひとりもいない。

「みなさん今日も一日、わたくしたちを包む光に手を合わせ、感謝の心を大きく広げましょう。宇宙の偉大さを尊び、このちいさな星で現師に出会ったことを至福とし、世界の平和を祈りましょう」

小学部の子どもたちの集中力を高める瞑想時間を終えた。幼稚部がいないので、広間はとても静かだ。

「幼稚部の子たちはどうしたんだろう。知りませんか」

子どもたちを広間から出したあと、啓美は同じ体操部の小山絵美《こやまえみ》に訊《たず》ねた。朝のこの時間はふたりの持ち場なのだ。

「なにも聞いていません」

絵美はあたりを見てから唇を前に突き出し小声で答えた。五階の子たちを迎えに行く役割を与えられた彼女が、大切な現師の子たちが体操を休む理由を知らないわけがなかった。体操部での立場は啓美のほうが上で経験も長いのだが、なぜか五階とは縁がない。

「風邪でも流行《はや》っているのなら、みなさんお困りじゃあないかしらねえ」

「そのようなことはないようですよ」

集団生活で最も恐れるのは流行病《はやりやまい》である。

もしも熱のある子がいるのなら早めに手を打たないといけない。具合の悪い子をいち早く見つけるのも、朝の体操を受け持つ啓美たちの役目なのである。

朝焼けの眩《まぶ》しい時間、広間の畳に長い光の帯が走る。色褪《あ》せてささくれた畳から、ここに暮らす信者たちの体臭が立ち上ってくる。子どもたちは部屋に戻り、三十分ずつ区切られた時間を現師の経典の暗唱と書き取りに使い、食事のあとは学年ごとに教育部が指導する。

建物全体が静かだった。赤ん坊の泣き声すら聞こえてこない。

瞑想にあてる時間、啓美はゆっくりと足音をたてずに階段を上った。

エレベーターを使えるのは一階の古参幹部十人と五階の住人だけで、二階から四階までの人間たちには一階「光の研究フロア」に下りることも、五階に上がることも許されてはいない。

四階——足を止めなかった。なんの疑いも持たずにいた時間を巻き戻しながら、五階へと進む。それでも広い踊り場で一度立ち止まった。ここから上は光の心、殿上人《てんじょうびと》の住まいである。

啓美の体が震えた。ここから上に行ってはならぬという戒めと、この静けさの理由を知りたいという欲が体を巡っている。

二階から四階までの静謐《せいひつ》な気配とは違い、五階は生活のにおいに溢《あふ》れている。乳飲み子や幼い子どもたち、多少でも生臭さのある女たちがいたことによるだろう。しかしいま、半開きになった扉のどの部屋にも人影はない。

五階フロアは、もぬけの殻だった。

使用済みの紙おむつを入れる段ボール箱の、ある部屋ない部屋。部屋に渡したロープに、大人用の白いジャージが掛かっていた。背中には金色で「光」のロゴが入っている。

きれいに片付けられた部屋も、荷造り半ばの部屋もあった。選ばれた女たちが暮らす生活の場は、年に数回ある「御面会の儀」で見せる無表情からは想像できなかった。

一般信者の生活とはまったく違う時間が流れる最上階に佇《たたず》み、啓美はぼんやりと空室が続く廊下を進んだ。そろそろ下りなければと思った矢先、エレベーターの音がした。

一階と五階の行き来にしか使用できない扉が開き、現れたのは幹部のひとり、貴島紀夫《きじまのりお》だった。ここに教団施設を構える前から、現師の側近として修行している「光の研究室」室長だ。短く刈り込んだ髪と色白で整った顔を、こんなに間近で見たのは初めてだ。

貴島が驚いた様子で啓美を見た。

「まだここにいたんですか」

「子どもたちがどうしているのかと――すみません、体操部の岡本です」

「ああ」

貴島の表情が少し曇った。眉間《みけん》に薄い皺《しわ》が寄る。胸に両腕でバツを作り謝罪の姿勢を取って頭を下げた。貴島は啓美の仕種《しぐさ》に応えることなく言った。

「仕方ない。時間がありません。俗着に着替えてください」

言われたことの意味がわからず、「俗着?」と問い返す。

「俗着を持ってすぐに戻って来てください。もう、行かねばならない。あなたが今ここにいたことも、なにか意味のあることなのでしょう」

一階の幹部たちはおしなべて穏やかな表情なのだが、貴島の柔和さは特別だった。解脱した男たちは表情に突き抜けた優しさが宿り、二階から上の信者はみな、彼らの禁欲的な気配にあやかりたくて日々精進していたのだった。

「あのう――」

「質問はしないでください。さあ早く」

しんとした五階フロアの意味を考える間もなく、啓美は自分の部屋がある四階の端へと小走りで戻った。

四〇一号室では、同室の四人が座禅を組んでいた。そっと部屋に入り、押し入れのふすまを開ける。誰もこちらを見ない。瞑想中に物音に気を取られると、自発的に食事を抜かねばならないのだ。

啓美は押し入れの段ボール箱に畳んで入れてあったジーンズとシャツ、グレーのパーカーを手に取った。指示されたのは俗着に着替えることだけだったが、その服装でこの建物内にいることは考えられなかった。反射的にスニーカーが入ったレジ袋を持った。ガサガサという音への好奇心と食事を天秤《てんびん》にかけている同室の信者には敢《あ》えて目をくれず、そそくさと部屋を出た。

五階に戻ると、貴島がひと部屋ずつ点検していた。誰もいないことを確かめているようだ。

貴島に着替えを促され、空き部屋で白いジャージを脱いだ。白いTシャツとショーツを残し、久しぶりにジーンズに足を入れる。シャツはなんとかなったが二の腕がきつい。案の定ジーンズのほうは太ももで止まったきり上がって来ない。

啓美は諦めて下だけジャージに戻した。

幼い頃からバレエの舞台に立つためにダイエットを繰り返してきた、これがいまの自分の姿である。一日二食とはいえ、一汁一菜に米だけは好きなだけ食べられる生活で、体重が増えないわけがないのだった。

若い頃からバレエ教室を持ち女王のように振る舞い続けた母は、百グラム単位で教え子の体重を言い当てるので「ベニスの商人」と呼ばれていた。

一キロ一センチ――

このウエストは、間違いなく二十キロ以上太ったという証だった。

悔いてはいない。自分を「食べてはいけない」苦界から人間らしい日々へと引き上げてくれたのも「光の心教団」だったのだ。

高校三年の秋、叔母に誘われてついて行ったセミナーで、教団と光野現師を知った。幼い頃から体を自在に操る訓練をしてきた啓美にとって、ヨガや一定の姿勢を保つことは朝飯前。これならば修行次第で浮遊も可能と現師に褒められ、周囲の賛辞を受け――母を捨てた。

鏡は己の裡《うち》に在るので見なくてもいいと言われたのは初めてだった。鏡を捨てたら、どれだけ楽になるのかと想像したことはあっても、実際にそんなことが許されたことはなかった。

啓美の今の姿を見たら、母は発狂するのではないか。

母はバレエ教室の名を上げるため、教え子たちには留学のための指導を怠らなかった。彼女の唯一の失敗は娘を後継者に育てられなかったことだ。

啓美は跡継ぎとして箔《はく》をつけるために、とにかく海外にバレエ留学をしなくてはいけなかった。

中学のときは、いいところまでいった。しかしそれも次点で終わる。次点なのに無理をして留学すれば、いくら金をかけたところで泣いて戻ってくる。そんな教え子を何人も見てきた母は、娘には実力で行くようにと厳しく指導した。

中高一貫教育の私立は、大阪でも進学校と言われており、啓美が学業とバレエを両立できていたのは、中学までだった。

下だけジャージのままの啓美を見て、貴島が首を傾《かし》げた。

「俗着、と言いませんでしたか」

「ジーンズは、穿《は》けなくなっておりました」

「なるほど。しかし、それも悪くないですね」

各部屋を点検し終えた貴島に促され、エレベーターに乗り込んだ。右手には俗着用のスニーカーが入ったレジ袋を提げている。普段は決して乗ることが許されないエレベーターで、一階のボタンを押す貴島の指先を見た。節のなめらかな白く長い指だった。ペンや本を持つ以外にはあまり使われていない男の指は美しい。遠くから見ていた印象よりずっと小柄な男だった。四角い箱にふたりきりだったのは十数秒だが、体温が上がったのか耳が熱かった。

一階のフロアは上階と同じく静かだが、においが違う。消毒薬か、揮発性のものか、少し瞼《まぶた》がひりついたが、瞬《まば》きを繰り返しているうちにそれにも慣れた。

エレベーターを出た貴島は迷いのない足取りでフロアを右へ右へと折れる。足を止めたのは、陽の入るロビーだった。

「ここで、待っていてください」

貴島がロビーの裏側にある「接見室」へと入っていった。五年前、啓美もあの部屋で出家の手続きをしたのだ。

春の日差しが気持ちいいほどに注がれて、上階とはまったく違う時間と空気が流れている。

啓美が一階のロビーにやってきたのは出家以来五年ぶりのこと。俗着一着を残し、すべて教団の財産とした。もっとも、十八の女ひとりが全財産を差し出したところでいくらにもならなかったが、しなやかな体と若さによって、十分教団のために尽くせる人材と判断されたのだ。

このにおいが漂っていなければ、穏やかな温泉施設だ。陽光が降り注ぐリノリウムの床はしっかり磨き込まれており、硝子《ガラス》窓には指の跡も雨粒のしみもなかった。

それにしても五階といい一階といい、どうしてこんなに人の気配がしないのだろう。気になるのは、その異様な静けさだった。

「お待たせしました」

振り返ると貴島も着替えていた。グレーのチノパンに青いチェック柄のシャツの裾をきっちりと押し込んでいる。足下は濃いグレーのスリッポンだ。

「靴を」

貴島に促されるまま、レジ袋からスニーカーを取り出し足を入れた。五年前はぴったりだった二十三センチのスニーカーが少しきつい。つま先を床に打ちつけてようやく足を収める。あまり歩くとつま先を痛めそうなきつさだった。

トウシューズじゃあるまいし。啓美はもうひとかけらの未練もないピンクのポワントを思い出す。

もう二度と履かないと決めて、すべて台所の生ゴミ用ダストボックスに捨ててきた。それを見つけた母がしっかり娘と決別できるように。

建物を出ると、全身に陽光が降り注いでくる。外の空気を吸い込んだ際に胸に走った痛みが、なにかの警告に思えた。

二度と外界には出ないつもりの決心が、建物を取り囲んだ木々の香りに、もろく崩れた。

駐車場に一台、銀色のツーリングワゴン車が停まっている。貴島が迷いなくそちらへと歩いて行き、助手席の手前で立ち止まった。

「ごめんなさい、あなたのお名前を失念してしまいました」

「体操部の岡本啓美です」

「岡本さんは、後部座席へ。僕は助手席に乗ります」

少し間を空けて「車中では会話はひかえるように」と付け加えた。後部座席のドアが開けられた。奥に座っていたのは、小山絵美だった。

なぜここに、と問いたい気持ちを無表情で隠した。

運転席には同じく幹部の男が座っていた。研究室の幹部たちは、現師の説法の際に必ず左右に座しているので、顔を見ればわかる。

「行きましょう」

貴島が運転席に伝えると、車はするりと道路へと滑り出た。

行き先はわからないが、どうやら東京方面に向かっているらしい。絵美と啓美は三人掛けの後部座席で、お互いに左右の窓に張り付くようにして距離を置いている。顔を見ることもはばかられるのは、お互いがなぜここにいるのか見当もつかないからだった。

車が高速に入った。行き先は東京方面であることがはっきりする。運転席と助手席にうっすらと緊張が走っているのが伝わり来るものの、高速で流れてゆく景色を俯瞰《ふかん》する空はどこまでも青い。

啓美の太ももを絵美の指先がつついた。首も顔も、最小限の動きで右を窺《うかが》う。絵美の左手が、座席シートの上でピアノを弾くような仕種をする。啓美も手を出せという催促だと気づき、そろそろと右手のひらを差し出した。

なぜ――

手のひらに書かれたひらがなに「?」と返した。それ以上の答えは持っていない。引っ込められそうになった手を引き留め、啓美も疑問を投げた。

5かい　おかしい――

だれも　いない――

1かいも　いない――

現師も一階の幹部たちもいない建物で、黙々と修行をしている者たちの姿を思い浮かべた。とてつもなく滑稽《こっけい》な姿だ。心を落ち着け、最大の疑問を投げる。

これから　どうなるの――

絵美からの返事は緑色の標識をひとつ過ぎるまでなかったが、諦めかけたところで「ふあん」と返ってきた。

運転席の男も貴島も、道にまつわること以外、ほとんど話さなかった。ラジオも音楽もない。久しく車に乗っていない啓美だったが、このドライブが異様な気配を帯びているのだけはわかる。

座席シートに投げ出した右の手のひらに、絵美が文字を書く。

なんか へん――

うん――

五年間にわたる修行は、いまの啓美になにも教えてはくれない。

どこへ いくの――

とうきょう?――

はじめて――

どこから きたの――

ふくおか――

高校卒業後すぐに入信し、教団施設で暮らしてきた啓美にとって、東京はバレエのコンクールと観劇、発表会以外では行ったことのない土地だった。そのどの時にも隣に母がいて、極端に良い思い出のない街だ。

高速を降りたツーリングワゴンは、貴島の細かな案内で坂を上ったり曲がったりしながら道幅の狭い住宅街の一角に停まった。車から降りるよう促され、啓美が先に外に出る。

三月だというのに、初夏に似たぬるい風が吹いている。日差しも強くなってきた。

狭い車庫に車を入れたあと、貴島が左の手首を見た。施設では使用禁止の腕時計だった。うん、と、貴島が啓美に言った。

「じゃあ、きみ――」

「岡本啓美です」

「岡本さんは、僕と来てください」

微笑みとも哀しみともつかない表情を浮かべたあと、貴島は緩やかな坂を下りてゆく。少し遅れてついて行くも、靴がきつい。道の両側には、いかにも金のかかった瀟洒《しょうしゃ》な家々が建ち並んでいた。後ろを振り向いてみた。絵美たちの姿はもうなく、道行く人もいない。ぼんやりしていると、どんどん貴島の背中が遠くなる。啓美はつま先の痛みを堪《こら》えて小走りで男に追いついた。

男の背中には黒いリュックがある。様子からみて、それほど重いものではないようだ。照りつける太陽で額がじりじりしてくる。久しぶりに直射日光を浴び、肌が干からびそうになる。

啓美は日焼け厳禁の家に育ち、正座もしたことがなかった。

与えられた居場所の狭さは教団施設でも変わらなかったが、好きなだけ食べて好きなだけ物思いにふけり、修行を積めばいつか生きることの答えが得られるとなれば、そこは楽園だった。

「あのう」

問いかけに振り向いた貴島は、歩きながら「どうしましたか」と言う。施設では声をかけることすら許されない幹部メンバーだけに、それだけで体が前後に揺れた。

「ここは、東京ですよね」

「ええ、そうです」

「どちらへ行かれるのでしょうか」

貴島は迷いなく「ついてきてくだされば」と答えた。聞くな、ということだろうか。

行き先がわからないことを、できるだけ前向きに考えてみたが、手応えはなかった。

坂を下りきって、右へと曲がる。さらに細い道へ、そして左へ曲がり、少し広い道へと出た。延々と続くかと思われた住宅街から、少しずつ商店の看板が見え始める。貴島は迷う様子もなく、脇目も振らずにすいすいと商店の軒先を過ぎて行く。

啓美は町の名を記した看板を見上げ、そこが目黒区であることを知った。いきなり現れた雑踏と大きな交差点。人だらけの横断歩道に色とりどりの服が交差する。

啓美の脳裏に嫌な記憶が戻ってきた。

東京のコンクールでどこの留学資格も得られなかった娘に、母の態度は冷たかった。それでも自分の目の届くところで体形を崩してゆく身内がいることが許せないのか、自主レッスンだけは欠かすなと言う。

何度か言い争いをした。皿が飛んできたこともある。

――あんたがそんなやと、経営さえ危うくなるやんか。

母の頭には、ちいさなバレエ教室の維持しかなかった。自分はさらにちいさな歯車だった。自分の価値――そんなものがあるのなら知りたい。誰か、わたしの価値を教えてください。啓美の問いに、答えをくれたのが「光の心教団」だった。

――光が支配する世界は、もはや性別も人の上下も欲もなく、ただ今日を美しく生きようとする個々の思いがお互いを照らすのです。

現師のたどたどしい説法には、おかしな説得力があった。母の支配から飛び出す方法として、大学や就職はまだ甘かった。

ここならばと入信したときの気持ちは、母とバレエを同時に手放した解放感に満ちていた。

捨てよ——捨てて得よ。

前を行く貴島はほとんど体を上下させずに歩く。すいすいと、流れるみたいに人混みを縫ってゆく。啓美はこちらを向いている人間すべてが自分にわざとぶつかってくるような気がして、どこかびくびくしている。

少し呼吸が浅くなってきたようだ。頭の芯が痛い。太陽が高いところから照りつけている。水分が不足しているのだろう。貴島に声をかけた。ここで倒れれば、かえって迷惑になる。

「貴島さん、すみません、お水を少し飲ませていただけませんか」

聞こえなかったらしい貴島は、啓美に構わずJR目黒駅の券売機前で財布を取り出している。二メートルほど離れて立っている啓美と貴島の間を、数えきれない人間が交差し、通り過ぎてゆく。どこかで飲み物を買おうにも金がない。トイレへ行っている間に貴島を見失ったら大変なことになる。

「貴島さん、すみません」

雑踏のなかでその名を呼ぶと、表情を険しくした男が振り向き、啓美を睨《にら》んだ。

「いきなり名前を呼ぶのはやめてくれませんか」

「すみません、喉が渇いて。靴もきつくて、ちょっと。まだ歩くんでしょうか。お手洗いにも行きたいんですが」

貴島は、はっとした表情で注意深く周囲を見回したあと自動販売機から缶入りのお茶を二本買い、一本を啓美に渡した。埃《ほこり》臭さのなか人が行き交う。自販機の横に場所を移し、啓美は缶にかじりつくようにお茶を飲んだ。ひと息で半分がなくなっていた。

「近いトイレを探しましょう」

啓美はまた男の背中を見失わぬよう人波に紛れ込む。喉の渇きが薄れたことで、少し余裕も出てきた。貴島がいったいどこへ向かおうとしているのかわからないが、余裕がないことは伝わってくる。自販機から二十メートルほど先にトイレの標示があった。

「用を足したら、ここに戻ってきてください」

男の表情はいつしか険しいままとなり、腕時計に走らせた視線が啓美を萎縮させた。頷《うなず》いて、女子トイレへと入った。列の五人目、手洗い場の鏡がすぐそばにある。

鏡に映る五人目の女を見て啓美は息をのんだ。丸々とした顔、頬に埋もれるような鼻に、ちいさな唇。目はくっきりとした二重だったはずが、腫れぼったい。ぼさぼさの眉毛に輪ゴムで結わえた髪だけが長く、グレーのパーカーに白いジャージは、まるで寝間着のまま街中に放り出された入院患者だった。

トイレに並んだ女たちのなかには制服姿の学生もいて、なぜか真っ白いレッグウォーマーを身につけている。ダンスのレッスンでもないのに素足にふくらはぎだけ保温していることが不思議で、しばらくたるませたレッグウォーマーを見ていた。ひとりふたりと個室へ消えてゆく。学生がこんな昼時に学校へも行かず、なにをしているのだろう。

夜の窓硝子だけではわからなかった現在の自分を、ちいさく右手を上げて確かめてみる。鏡のなかの三番目の女が、左手を上げた。

用を足して手を洗っても、手を拭くハンカチも持っていなかった。仕方なくパーカーのポケットのあたりで拭うと、出口まで並んでいた女たちがさわさわと壁のほうに寄って啓美を避《よ》けた。

「お待たせしました」

貴島はお茶を飲み干したところだった。切符を一枚手渡され、言葉ではなく顎《あご》で、ついてくるよう指示を受ける。

慌てて駆け込まなくても、すぐに次の電車がやってきた。久しぶりに乗った電車にはみっちりと人が詰まっている。

目黒から恵比寿《えびす》、渋谷まで、啓美のすぐ横には貴島がいて、背中にあったリュックはいつのまにか右腕に移動していた。赤子を抱くように黒いリュックを胸に抱える貴島の隣に、リュックほど大切にされている実感のない啓美がいる。

渋谷——

貴島がさっと車両から降りた。見えない鎖でもついているのではないかと思うくらい自然に、男の背中を追った。雑踏に流されながら、男の背中から五十センチ以上離れぬように歩く。靴の中、足の親指の爪が割れそうに痛い。

交差点では、歩行者信号が青になった瞬間に真ん中めがけて人の束がなだれ込み、すれ違い、対岸へと向かう。貴島の背中は薄気味の悪い交差点を斜めに突き抜けて、坂を上り始めた。

坂を上り小路に入って、猥雑《わいざつ》な看板が増え始めたところで貴島が振り向いた。

「お腹が空いていませんか」

「空いています」

「なにか食べたいものはありませんか」

あたりを見回すと、開いているのは見知らぬ外国文字のスパイシーな香りがする店と、ラーメン屋、そして質屋。香辛料のにおいに食欲をそそられながら、けれど「ラーメン」と答えていた。

心得たように男はラーメン屋の暖簾《のれん》をくぐる。先客はいない。いくぶんほっとしながらカウンターに座る。貴島の手にリュックがなかった。足元を見ても、どこにもない。

醬油ラーメンをふたつ注文して、横に座った彼に囁《ささや》いた。

「あのう、リュックは――」

貴島は「気にしないでください」と言ったきり、探す素振りも見せなかった。

つま先の痛みに耐えかねて、スニーカーから一度足を抜いた。靴下の親指部分に穴があいている。

ラーメンのスープを一滴も残さずにどんぶりを置いた貴島が、カウンターの下を覗き込んだ。

「足、どうしました」

「スニーカーがきつくなっていて。すみません、修行が足りず」

「ここではそういう単語は使わぬように」

囁きよりはるかに小声で彼が言う。啓美も怖《お》じけて「はい」と応えた。

「そのまま歩くのは、大変でしょうね」

「長い距離は、難しいかもしれません」

貴島は「ううん」と腕を組んだが、すぐに啓美のどんぶりに半分ばかり残っているスープが気になるようで、ちらちらとカウンターの上に視線が戻る。

「あの、わたくしは全部飲めませんので、よろしかったら」

「ああ、そうですか。じゃあ」

遠慮のない仕種で啓美のどんぶりに手を伸ばす男にわずかでも親しみを感じたぶん、尊敬が一気に薄れた。貴島は啓美が残したスープを平らげたあと、尻のポケットから財布を取り出し、店主にラーメン代を払った。間近で見る男の財布には、一万円札が数枚、千円札も数枚、あとは小銭が入っている。カードや預金に関するものは、出家の際にその身から剝がす。財布を持てるのは幹部の特権なのだろう。

ラーメン屋から出ると、坂のある通りをけたたましいサイレンを鳴らしながら消防車が遠ざかって行った。一台、二台、三台。

次々と近づいては遠くなるサイレンに、開いている店の人間がみな外に出てくる。

貴島は来た道とは逆方向に向かって歩き始めた。一度解放されたつま先は、いよいよ痛みが増している。幼い頃から、足も脚も背骨も関節もすべて母の管理の下にあったことを思い出し、耳を劈《つんざ》くサイレンの音に神経を叩かれ、食べたばかりのラーメンを吐きそうになる。

貴島が細い路地を右に折れた。急いで後を追う。サイレンの音の止《や》まないなか、啓美が連れて行かれたのは店先に運動靴が積まれた間口の狭い靴屋だった。最も安いものを手に取り、サイズを合わせた。

その後ひどく長いあいだアップダウンのある狭い道を歩いた。ラーメン一杯で長時間歩くとは思わず、疲れて立ち止まれば、気づいた貴島がじっとこちらを見る。

途中、何度か消防車と救急車のサイレンが聞こえ、そのたびに音のするほうを見た。貴島はさほど気にならぬ様子だ。

啓美はときどき飲み物を希望しては一気に流し込み、口数の少ない男について行く。土地勘のない街は、どこにいるのかもわからないし、どのくらい歩けばどこに着くのかも想像できなかった。

太陽がずいぶんと西に傾き、そろそろ膝が痛くなってきた。疲れが全身に回り、思わず空を見上げた。先ほど左側にあった高層マンションが、方角は変わったものの似たような距離に在る。道は違っても場所はそれほど変えていないのではないか。これは錯覚ではなく、自分たちは本当に同じ場所をぐるぐると回っているだけではないのか。なぜそんなことを――人気《ひとけ》のない通りを行く際、非難めいた口調にならないよう気をつけながら訊ねてみる。

「すみません、目的地はどちらでしょうか」

「なぜ、そんなことを訊《き》きたいの」

息も切れていなければ表情も変わらぬ男に逆に問われた。

「先ほどから、ずいぶん歩いていると思いまして」

「修行だと思えば、どうでしょうか」

そう言われてしまうと、返す言葉がないのだった。これが修行というのなら、そうなのだろう。言葉を失いかけたところに、再び曲がり角がきた。

今度ははっきりと見覚えがある。まだ太陽が高いときに歩いた場所だった。救急車が立て続けに数台、通りの信号を通過していった。東京はこんなにサイレンの多い街だったかと改めてその騒々しさにうんざりする。

「お昼からずっと、同じ場所を歩いているような気がするんです。どこへ行くのでしょうか」

立ち止まった橋の上からは、そろそろ開花しそうな桜の木が川面へと枝を投げかけているのが見える。枝にはもう膨らんだつぼみが身を寄せ合っていた。

貴島は橋の上から川面を見下ろしたまま、顔を上げない。男の背後を何人もの人間が行き交う。日焼けをしたのだろうか、皮膚がちりちりと痛痒《いたがゆ》かった。

啓美は一歩男に近づき、一緒に川面を見下ろすふりをしながら、もう一度訊ねた。貴島がわずかに顔を上げる。

「今日は、帰れません」

「どういうことですか」

「暗くなったら、先ほど彼らと別れた場所まで戻ります。そんなに遠くはないので、もう少し我慢してください」

それならば、どこかに座らせてほしいと頼んだ。

「あのあたりに、ベンチが見えるんですが、座ってもいいでしょうか」

「わかりました」

どっちが主導権を握っているのかわからない会話のあと、貴島が飲み物を買ってくるからと信号機のあるほうへ歩いて行った。啓美は川筋の歩行路にあるベンチでひと息ついた。見れば、桜の枝がすぐそばにある。木々もアスファルトも道行く人も、音も風もなにやら遠い世界のもののようだ。

雑踏と疲れ、不可解な一日が瞼を重くする。啓美は息を吸って吐き、それを三度繰り返したあと疑問に蓋《ふた》をして目を瞑《つむ》った。

思い出したのは、ちょうどこの時期にあった、東京でのバレエコンクールだ。大阪で勝ち上がってきた中学二年の終わりのことだ。今年こそという気負いは、娘よりも母親の方が強かっただろう。

――あんたがヨーロッパに行かはったら、それでええんよ。あんたの弱いとこは舞台の真ん中を使わへんことや。今日は真ん中でいちばんええとこ見せるんやで。

――ほんなら、ママが踊ればええんや。

これからコンクールの舞台を控えた娘の頬を打つどんな理由があったのか。啓美はその日のステージを意地で踊りきったが、結果は実力どおりのものだった。

留学は叶わず、母の憔悴《しょうすい》は啓美本人の晴れ晴れとした表情とは裏腹で、かえって周囲がふたりを気遣うほどだった。

膨らみかけた桜のつぼみが古い記憶を呼び覚まし、何年経っても癒えない傷を鮮やかに開いてみせる。

「具合でも、悪いのでしょうか」

目を開けると、貴島がコーラの缶を持って立っていた。教団幹部には不似合いな不安そうな表情を見上げ、啓美は首を横に振った。

「これ、飲めますか」

「ええ、大丈夫だと思います」

受け取ったコーラのプルトップを引いて、慣れぬ甘い炭酸を喉に流し込んだ。

キリキリとした痛みが腹まで一本の滝になる。半日歩き回ったあと、教えの禁を破って俗なる飲食をする幹部の顔にも翳《かげ》りがある。翳った太陽は沈み、そちらこちらで明かりが点《つ》き始めた。道行く人の速度もいくぶん落ちてきた。無言でコーラを飲み終えたとき、大きなゲップが出た。

人目をはばからぬ癖がついたのは、よかった。大勢の前でゲップをして、屁《へ》を放ち、そもそも人間は空洞であることを身体で覚えろと教えたのは現師である。

恥ずかしさを忘れた身体は母の嫌う最も醜いものであったが、啓美にとっては反抗と救いがないまぜになったよい容れ物だった。

「まだ、戻れないんでしょうか」

貴島が明るいほうへ体をねじり、腕の時計を見る。

「そろそろ、いいかもしれません」

空き缶を持ったまま、再び歩き出した。夜風が吹いてきたようだ。昼間の汗が乾いて少し臭う。ひとまず、体を落ち着けられる場所に向かっているという安心で、腰や膝の痛みを忘れた。

ベンチを立ってからほどなく、やはりアップダウンのある坂道を登り切ったところで、やっと貴島が歩くのをやめた。絵美や運転をしていた男と別れた場所だった。

家々の玄関先に門柱灯《とも》が灯され主の帰りを待っているが、通りはひどく静かだった。

家からの明かりがところどころ漏れている。中に人がいることはわかるのに、人の気配というのがほとんど感じられない地域だ。

貴島は胸の高さまである狭い間口の鉄門から中へ入ると、啓美にも来るようにと手招きする。鉄門を閉めてかんぬきに似せた鍵を掛けた。

家と家に挟まれた通路を往くと、玄関があった。明かりはない。慣れた仕種で家に入る貴島を追いかけた。彼がここに来るのは、初めてではないようだ。

その家は通りから一軒ぶん奥まった場所にあるせいで、いっそうひっそりとしていた。真っ暗な家は、玄関で靴を脱ぐのもひと苦労だった。貴島はさっさと中へと入ってしまう。気配を追うだけで精いっぱいだ。

「暗いから気をつけて。そんなに段差はないんだけれど、電気は通ってないんです」

彼はそう言うと手探りでライターを探し当て、テーブルにあったキャンドルに火を灯した。リビングは吹き抜けで、窓にはすべてカーテンが引かれている。炎が揺れれば、壁に放たれた灯《あか》りも揺れた。

「もう少しで、彼らも戻るはずだから。そのへんで休んでいてください」

壁際に猫足のソファーがあった。とりあえずと腰を下ろす。ソファーにはクッションがふたつ置かれていて、手元に引き寄せると煙草《たばこ》と埃のにおいがした。

「ここは、どなたの家なんでしょうか」

「教団の持ち物です」

五分待たず玄関に人の気配がして、貴島がリビングのドアを開けた。入ってきたのは絵美と、運転をしていた幹部だった。絵美がぐるりと部屋の中を見渡し、壁際のソファーに座っている啓美を見つけ「ひっ」と声を上げる。啓美だとわかったあとは、半ばよろけるような仕種で近づいて、ものも言わず隣に座り込んだ。

男たちはテーブルに置いたキャンドルのそばで、ちいさなメモを見せ合いながら話している。絵美がこそこそとした声で訊ねた。

「ずっとここにいたの？」

「ずっと同じところを歩き回ってた」

「ご飯、食べたの？」

「お昼にラーメン一杯」

「お腹、空いたでしょう」

そこでまた、大きなゲップが出た。コーラだね、と絵美が笑いをこらえている。

「ねえ、啓美さんはどこに置けって言われたの」

「なんの話？」

「光の世界を取り戻す装置」

光に満ちた世界は、現師の教えの届いた場所と教わってきた。その世界を取り戻す、とは一体どういうことか。素直に訊ねた。

「あのひと、新しく幹部になった盛岡《もりおか》さん。彼が装置の指導をしたらしいの」

絵美の言葉は、ちっとも問いに答えていなかった。

「科学者なんだって」

ちらとこちらを見る盛岡も、貴島も、女ふたりの会話をとがめる余裕はなさそうだ。

絵美がどこから引っ張り出したのか毛布を手に戻ってきた。啓美の分もあるという。四角く折りたたまれた毛布を広げ、自分の体に巻いた。誰も口を開かなかった。疲れから、目を瞑るとすぐに気が遠くなった。今日一日を振り返る暇もなく、啓美は夢も見ずに眠った。


遠慮がちな腕に体を揺らされ、目覚めた。

「岡本さん――出発します」

ここがどこかを思い出すのに数秒かかった。男が貴島だったことも同時に思い出す。どんどん頭が鈍くなってきている。

ソファーの横を見た。絵美はいない。毛布もなかった。

貴島が紙袋を片手に玄関へと向かう。早く来いと促され、毛布をソファーに置いた。キャンドルを手に立ち上がると、ぐらりと体が揺れる。玄関先で、貴島の手にしたキャンドルの灯《ひ》が吹き消された。運動靴に足を入れたところで、啓美も炎を消した。

住宅街はしんと静まりかえって、街灯から遠くなるたびに星がひとつふたつ瞬いているのが見える。いったい何時なのだろう。ちいさな十字路まで行くと、左側に停まっていた車のスモールランプが灯った。

貴島があたりを見回し、小走りで車の後部座席へと乗り込む。啓美も後を追った。煙草のにおいが染み込んだ車内に入ると、鼻の付け根が痛む。

運転席には見たことのない人間が座っていた。貴島と後部座席に並ぶと、車はするりと夜の道へ滑り出し、街の明かりから遠いほうへ向かって速度を上げた。

じき、不夜城か近未来かと思うほどの明かりをたたえた街の灯が見えた。速度が落ちる。施設に戻るのではないらしい。失望と不安がぐるりと体を巡ってゆく。

車は工場街へと入った。大型車がひっきりなしに行き交っている。工場の明かりが届き、運転をしている男の横顔も貴島の表情もよく見えた。貴島の足元には、豪邸から持ち出した紙袋がひとつあるきり。

車が停まったのは、街灯から少しばかり離れた道路脇だった。後部座席から出るよう促され、外に出た。嗅いだことのないにおいがする。腐敗臭と体臭が混じり合いながら、夜に溶けていた。

運転手が狭い小路の前で手招きして、貴島、啓美の順に暗がりを行く。左手にドアが並ぶひょろ長い小路を、五つ六つと数えながら足音を潜め歩いた。ドアの隣にあるちいさな窓に、明かりのある部屋とそうではない部屋があった。

六つ、七つ、八つ目のドアの前で、運転手が立ち止まった。鍵を持つ男に促され、無言で中へと入った。

運転手が壁のスイッチを入れると、唐突に六畳一間に台所が付いた部屋が現れる。突き当たりには半間分の茶色いカーテンが掛かっていた。これまでいったい何人の人間がここで寝起きをしたのか、想像もつかない古さ、そして臭さだ。部屋は通りを大型トラックが通るたびに細かく上下に揺れた。

薄緑色の作業服を着た運転手が大きく息を吐いた。いままで呼吸をしていなかったのではと疑いたくなるほどの深呼吸を二度、三度して、どさりと座り込んだ。

窓の下に布団が二組、丸めてある。端から毛布と掛け布団が不規則にはみ出している。家具はない。

運転手は、面倒くさそうな表情のあと、日下部《くさかべ》と名乗った。

貴島は、台所の前の板張りにあぐらをかき、紙袋から封筒をひとつ取り出し、日下部に差し出した。ものも言わず受け取った日下部が、封筒の中身を抜き出し数えた——五万円。

「まさかこんなことに巻き込まれるとは思わなかった。俺はいいバイトだって聞かされてただけなんだ。ここも貸すには貸すけど家賃は別にもらうし、やばくなったらすぐ出て行ってもらうから、そのつもりで。あと、買い物は一回につき五千円もらう」

貴島は頷きながら尻のポケットから財布を取り出し、さらに二万円を渡した。

「これで、しばらく保《も》つ、手のかからない食料と飲み物、日持ちのする食材を買ってきてください。連絡が来たら、出て行きます。少し面倒をかけますが、どうかよろしく」

貴島は、半分ふて腐れたような態度の日下部に丁寧に頭を下げた。金の入った封筒を胸ポケットに、二万円をズボンのポケットにねじ込んだ日下部が立ち上がった。彼は突っ立ったままの啓美の前で足を止めると上から下まで視線を一往復させ、「ふん」と鼻息を吐いて部屋を出て行った。

そっと玄関脇のトイレへとつま先を向けると、貴島が押し殺した声で「出てはいけない」と言った。

「すみません、お手洗いです」

「ああ、そう」

ドアの前に、くたびれたスリッポンと新品の運動靴が脱ぎっぱなしになっていた。

和式の簡易水洗便器はひどい汚れ具合だ。日々の掃除と修行と瞑想と食事で満たされていた教団施設から、恐ろしく遠いところにいる。

部屋に戻り、台所の蛇口をひねると、咳き込むような騒がしさのあとようやく水が出てきた。飲める気はしない。手を洗ってやっと、空腹に気づいた。

「お腹、空きませんか」

おそるおそる男に訊ねたが、濁った視線が返ってきただけだった。貴島はじっと右手にのせた黒い機械を見つめている。紙袋は上部をくるりと折り込んで、中が見えぬようになっていた。金が入っていることは、先ほどのやりとりでわかっている。

日下部がいつ食料を調達してくれるのか、それさえわかれば安心なのだが。啓美は布団二組しかない殺風景な部屋を見回すも、貴島より前に出て座るわけにもいかず、台所の板の間で、壁を背にして正座した。

目を瞑ると五年間の修行の欠片《かけら》が顔を出す。朝起きてからのことをひとつひとつ思い浮かべ、折りたたんで肚《はら》に重ねてゆくのだ。

施設ではみな眠っている頃だろうか――時間がわからなかった。

「すみません、いま何時なのでしょうか」

貴島の両肩が一瞬持ち上がり、怖いものでも見るような仕種で啓美を見た。

この男は、わたしがここにいることを忘れていた――まさかと思いながら、もう一度「何時ですか」と訊ねた。瞬きを繰り返したあと「午前三時です」と返ってきた。

腹が減っていることに気づいてしまってからは、容易に眠れる気もしなかった。仕方なく瞑想を続けようと目を瞑りかけた啓美に、貴島が言った。

「お疲れでしょう。こちらで、どうぞ横になってください」

布団を一組、壁へと離した。奥にある布団を使うようにということらしい。言うとおり壁側にあった布団を転がし解く。

先ほどトイレで嗅いだ酸っぱいにおいが立ち上り、布団から顔を背けた。

一度空気を入れ換えれば少し違うかもしれないと、カーテンに手を伸ばす。貴島がそれを止めた。

「においが、気になって」

「すみません、我慢してください。ここにいる間は、とにかく我慢してほしいんです。食料も明日には届くと思います」

啓美は布団の上に正座した。貴島は丸まったままの布団に背中をあずけて目を閉じている。

「小山さんは、どこへ行ったんでしょうか。わたくしはどうしてここにいるんでしょうか。今日、いったい何があったんでしょうか」

数秒置いてから「どの質問にも答えられません」と返ってきた。かまわず、続ける。

「五階の人たちがみな、いなくなっていたのはどうしてですか。現師はどこへ行かれたのでしょうか。子どもたちは――」

訳知り顔だった絵美の表情が過《よぎ》る。少なくとも啓美の知らないことを、彼女は知っている。施設ではうまく逃がせていた感情がここでは働かなかった。

「光の世界を取り戻す装置って、なんですか」

貴島は表情を変えずに、手にした機械に視線を落とした。どうやら電話のようだ。

「誰からの連絡を待っているんですか。いつ帰るんですか」

こんなふうに教団の幹部に詰問するときが来るとは思わずにいた。まだ五階で出くわしてから丸一日経っていない。

拝顔も幸運のひとつとされていた日々が、急激に遠くなった。

公衆トイレの鏡に映った自分が、自分に見えなかったことを思い出す。

「光の世界を取り戻す装置」は、貴島が持っていたリュックに入っていたのか。真面目に修行さえしていれば、いつか光の世界にたどり着けると現師は言っていなかったか。

貴島が足を投げ出し目を閉じた。低い天井から注ぐ蛍光灯は、ときおりちかちかと瞬いている。男とふたりきりになるのも初めてなら、時間割のない場所に放り込まれるのも初めてだった。

電話が震え出した。一秒と待たずにそれを耳にあてた男は、すぐそばに啓美がいることも構わず、かじりつくように叫んだ。

「どうして戻れないんだ」

泣かんばかりのひりひりとした声が部屋に響いた。貴島の声が裏返り、擦《かす》れながら、問い続ける。

「僕は——計画どおり、装置を置きました。振り向かずにシナイの山を登ったんです。任務を遂行したんです」

シナイの山とは現師曰《いわ》く、教団の教えを賜る大切な場所だった。登る際は後ろを振り返ってはならぬという教えがある。

「現師は——現師は何と仰《おっしゃ》っているんですか。僕は、僕のやったことはなんだったんですか」

貴島が何度か「教えてください」と宙に向かって請うていた。どの願いも叶う様子はなかった。

通話は向こうから切られたらしい。耳から離した携帯電話が、手から畳の上に落ちた。男の肩に嗚咽《おえつ》が溜まって、揺れる度にこぼれ落ちる。

遠い昔に、コンクールに落ちた少年たちがふて腐れた顔で泣いているのを何度か見た。自分は泣くまいと決めている者とそうではない者——自分の感情に負けた者は誰にも勝つことができない。

あれほど苦痛だったコンクールのひとこまが通り過ぎてゆく。

——あんたが負けたんは、あの子やないで。王様のおる席に向かって精いっぱい踊ってへんのがバレたんや。勝ち負けの舞台にも上がれん者《もん》を、誰が評価するんよ。

節食とレッスンと勉強と、啓美の二十四時間すべてが母の満足のために在った日、自分は踊る死体だった。

貴島のうなだれた姿を見て、コンクールが終わったあとの楽屋を思い出した。もう遠い場所に置いてきたつもりの時間が、再び近い場所を巡り始めた。気づかれぬよう呼吸を整え、瞑想のために脚を組む。

貴島がゆるゆると台所へと立ち、蛇口から出てくる水を両手ですくって飲んだ。瞑想も忘れ、水を飲み顔を洗う男の、丸めた背中を見た。シャツで顔を拭う貴島の両脚が震えていた。教団幹部が電話ひとつで狼狽《うろた》えている姿を見れば、五年の日々もその身から抜けてゆきそうなものだが、いま心を落ち着ける方法は瞑想くらいしか思いつかない。

向かい側に広げた布団の上で、貴島も脚を組んだ。ふと、目の前の男に父の姿が重なり慌てる。父は――いつも母の陰に隠れ、会社勤めが息抜きのような暮らしをしている人だった。それでも家族という集合体で最もうまく立ち回っていたと思われるのが父だった。彼が誰より先に自らの役を降りたのは、母の誤算だった。

――もう、一緒にはいられなくなりました。ごめんなさい。

父は、好きな女がいると打ち明けた。

道徳――ミチノリという名前が冗談ではないかと思えるような出来事だ。

女のいる新潟に行くという。ひとり娘だった啓美が、中高一貫私立校に入学した一年後のことだった。

知っていたのか、それとも寝耳に水だったのか、母の反応から窺い知ることはできなかった。

――あんたの娘の、大学卒業までの養育費は、よろしくお願いします。

女のプライドなのか、より父を痛めつけるためだったのか、母は静かに舞台袖に消えた。

それまで時間貸しスタジオを借りて続けていたバレエ教室は閉め、父が詫びにと置いていった貯蓄を元手に「岡本バレエスクール」の看板が上がった。

啓美に課せられたミッションは、ヨーロッパへのバレエ留学だ。啓美が母の執念と野望に付き合いきれなくなったのが中学卒業時のこと。

その頃はもうどんなに練習を重ねても減量をしても、ローザンヌやロイヤルのロの字にも届かぬことがわかっていた。

頭ひとつ抜きん出ている子たちはみな、体のなかに音楽を持って生まれてきた子、あるいは努力などという言葉の意味もわからないまま上へと駆け上ってゆく子たちだった。

減量と練習でたどり着けるのは、己のどんつきまでだ。啓美の限界を軽々と飛び越えてゆく子たちのなかでは、それも痛々しく映っていたに違いない。諦めが悪いのは、母ひとりだった。

ふっと肩の力が抜けた。おそらくはこの男も今日、なにかを失ったのだ。

「先ほどは、いろいろ問い詰めるようなことを言って申しわけありませんでした。とても不安だったので。お許しください」

ゆるゆると男の顔が持ち上がり、啓美を見ている。言葉の意味が伝わっている感じはしなかったが、それでもいい。目を閉じて、ここに来るまでの車窓の景色をひとつひとつ思い起こした。見間違いでなければ、そう遠くない場所にコンビニがある。落ち着いて考えれば、なにを怖がる必要があるだろう。問題は、ここから出てはいけないと思い込んでいる貴島のほうではないか。

呼吸を整えているうちに、うっすらと眠気がやってきた。どんな一日だったのかは目覚めてから考えることにした。

カーテンの向こうの明るさを確認して、起き上がった。時計がないのでどのくらい眠れたのかわからない。貴島は布団の上でこちらに背を向け座っている。眠らなかったのかもしれない。啓美は小声で「おはようございます」と声をかけた。

「すみません、いま何時でしょうか」

ゆるゆると半分体をずらした貴島の顔はうっすらと伸びた髭《ひげ》のせいで頬から下が暗い。

「十時、です」

「ありがとうございます」

ラーメン一杯でどこまで持ちこたえられるだろう。

「わたくし、この近くにコンビニがあるのを見た気がするんです。なにか、食べるものを買ってこようと思うんですけれど」

声を落として、駄目でしょうかと言葉を足した。貴島はすぐには答えなかった。答えようとする素振りもないままの数秒がやけに長く感じて「お金を貸してください」と、なにも入っていない腹から声を出す。

貴島は、考えることを拒否してでもいるのか虚《うつ》ろな目を向けるばかりだ。

玄関に物音がして、身構えた。

「俺だ、入るぞ」

言うか言わぬかのうちに日下部が台所の前に立っていた。離れて座っているふたりを見下ろし、「ちっ」と舌を鳴らす。片手に白いレジ袋を提げていた。

「すぐ食えるものにしといたぞ」

日下部はどさりとレジ袋を床に置き、貴島の布団の縁までやってくると脇に挟んだ新聞を放った。

「見てみろよ。これ、お前たちだろう。一面のトップを飾りやがった。キチガイのやることには付き合いきれねえ」

啓美に向けた視線にも頬にも卑しい笑いが浮かんでいる。

「お前ら、捕まったら間違いなく死刑」

日下部が「死刑」を三度繰り返し、小指を鼻の穴に入れて回す。貴島が顔を上げたところで、さっと布団の縁から飛び退《の》いた。

「悪いが、これ以上関わるのは勘弁してもらいたい。この食いもんが底を突いたら出て行ってくれ。それで十分だろう」

貴島が睨みつけても、日下部は決して視線を合わせない。啓美はこの男の顔を覚えておかねばと、その表情を見続けた。

「明日、また来る。それまでに出てってくれ。本当なら金を突っ返して通報したいくらいだが、それをすると次の仕事がしづらくなるんでな。まったく、えらい物件に触っちまった。お前らの教祖様は、いったいどこにトンズラしやがったんだか。だいたいな、信じるもんしか救わねぇインチキを信じてるお前らが馬鹿なんだよ」

日下部が去ったあとすぐ、啓美はレジ袋に飛びついた。メロンパン、あんパン、サンドイッチ、おにぎりがそれぞれ二つずつと、缶コーヒーが四本、なぜかかっぱえびせんがひと袋入っていた。

しっかりふたつに分けて、貴島の前に並べた。憎らしげな男が持ってきたものは、渡した金に見合っていない。完全に足元を見られていることに気づいても、いまはどんな感情よりも食欲が勝った。

　啓美は朝の瞑想と祈りをしないまま、メロンパンを三口で食べた。缶コーヒーで流し込むパンが胃の腑まできりもみしながら落ちてゆく。いつかこのパンの旨《うま》さを思い出す日が来ませんようにと祈りながらあんパンの袋を開ける。

　肩で息をしていた。コーヒーはあっという間になくなり、二本目のプルタブを引く。

　貴島もサンドイッチを缶コーヒーで流し込んでいた。片手に新聞を持ち、目は記事を追っているようだ。憔悴しきった様子から、貴島がこのまま手をつけなかったら――啓美は遠慮なくその食料をもらおうと思った。

「その新聞、読み終わったら貸してください」

　うん、と顔を上げずに答えてから、ハッとした表情で啓美を見る。こちらから視線を逸《そ》らすことはしない。ほどなくして啓美のほうへ、丁寧に畳んだ新聞が差し出された。受け取ったスポーツ新聞の一面に躍る「大量殺戮《さつりく》」の太くて赤い四文字に目を奪われた。

「白昼のテロ、その時人々は次々に倒れ込んだ　いったい誰が――」

　渋谷駅の通路で発生した有毒ガスが、通りがかった人を次々に襲ったという。死者は五人、意識不明を含む重症で病院に運び込まれた被害者は百人を超えていた。

　啓美は目の前でメロンパンの袋を開ける男を見た。

　昨日もう一組、絵美とあの男がいたはずだ。しかし、新聞に載っているのは渋谷の事件のみ。啓美の疑問は、なぜか貴島のしたことよりも、新聞では一言も触れられていない人間たちに向けられた。

「小山さんたちは、どうしたんでしょうか」

想像したよりずっと静かな声で、小山とは誰かと問い返された。昨日、啓美が眠ってしまったばかりに挨拶もなく消えたふたりのうちの、女のほうだ。貴島は缶コーヒーを勢いよく飲んだあと「わからない」と吐き出した。

「ここに潜伏するのも、日下部の持っているルートで逃げることになったのも、現師が連れてきた盛岡さんの計画でした」

盛岡とは施設から運転してきたあの男だ。コンビを組んだ女にベラベラとなんでも喋《しゃべ》ってしまう締まりのない口を持った——首謀者。

「盛岡さんは、どちらへ」

「別のルートを使っています。居場所はわからない」

なぜかと問うと「複数で助け合うと見つかりやすいから」だという。

最後に施設を見回ってから出発することになった貴島に出会ってしまったのは、必然なのか偶然なのか。

「現師は、どこにおいでなんでしょうか」

「島に——」

「島って、どこの」

「無人島です。光の世界が実現するときは、現師がその島にいなくてはいけないんです」

言いながら、男は軽く首を傾げた。

本当だろうか——

啓美のほうが問いたい。貴島の言葉をそのまま返す。

本当ですか——

ふたり同時に首を傾げた。啓美は、手元に残っていたサンドイッチを口に入れた。縮んだ胃も急にものが入ってきて戸惑っている。

この紙面のどこにも「光の心教団」の文字はない。しかし、日下部と名乗った男はこれが貴島たちの犯行だと知っていた。新聞に書いてあることが本当だとすれば、計画のほころびは確実に自分たちを探し当てるだろう。

「光の世界は、手に入るんでしょうか」

「わかりません。新聞に書かれていることが本当なら、計画を実行したのは僕ひとりだったということになる」

「じゃあ手に入らなくても、貴島さんのせいじゃないんですね」

完全な傍観者としての言葉がこぼれ落ちた。

腹を満たし、施設での日々が遠のいた。貴島のほかにいったい何人が計画を実行するはずだったのだろう。

昨夜の電話でおおよそのことはわかったのか、男はすでに静かに悔い始めている。そのとき、啓美の尻からひとつ屁が出た。己という空洞にたっぷりの食物を入れたのだ。毎日の健康を確かめる目安だった。貴島がぽかんと口を開けてこちらを見ている。追い打ちをかけるようにゲップが出た。

施設で日常だった風景は、貴島の驚いた顔に見事にしぼんだ。

「ここは、施設じゃなかったですね」

いいわけをすれば、またゲップが続く。五年の歳月が、屁やゲップを我慢するということを難しくしていた。人目もはばからず放屁するのは、体という空洞を意識する大切な瞬間だったのだ。

「僕らは、教団の異端児でしたから。研究が主な修行で、二階から上のみなさんのほうがずっと教えに忠実だったと――」

再びの放屁で貴島が言葉に詰まる。みな同じものを食べて排泄《はいせつ》していたのだ。一日を瞑想と感謝に捧げる空洞の暮らしを振り返った。修行を積めば空洞に光が満ちるのではなかったか。

施設のなかの選ばれた若い女たちにはときどき、空洞を満たす修行も与えられた。現師に空洞を満たされた女は、ほどなく五階に部屋を得た。五階に招かれることのなかった啓美の空洞は、ただ日々を食して排泄を繰り返していた。

啓美は、教団幹部と呼ばれながらも実は教義のあれこれには疎かった男を哀れんだ。同時に腹が満たされ、慈悲深い気持ちが戻ってきた。ふと、貴島が手にしていた小さな電話を思い出した。

「あの電話は、どこと繋がっているんですか」

「もうどこにも通じません」

いま自分たちが世間で起きていることを知る術《すべ》は、コンビニで新聞を買うかテレビかラジオのある場所へ移動するかだ。道行く人に訊ねるわけにもいかない。

「明日までに、ここを出て行かねばなりません。僕は――どこへ行ったらいいんだろう」

貴島の口から「警察」というひとことが漏れないことに、内心ほっとしていた。ほっとしながら、それはなぜだろうかと自問する。貴島が自首をすれば自分もついて行かねばならない――ふと、先ほど食べたあんパンの甘みが舞い戻った。

日下部が口にした「死刑」がぐるりと体を一周して啓美の脳裏に戻ってくる。

死刑――

そんなはずはない、自分はなにも知らずに貴島について行っただけではないか。

死刑――

膝の上にある新聞の見出しが現実感なく赤々と暴力的な大きさで啓美を責める。

死者五人――

これは殺人事件ではないのか。

たとえ教団の計画だったとしても、直接手を下したのは貴島だ。

逃げるべきなのか。逃げ切れるか。

「もう少し、ここに置いてもらえるよう頼んでみます」

貴島がおにぎりのフィルムを剝がすのに手間取りながら言った。啓美は男の言葉が信じられずに
「なぜ」と問うた。

「今後のことを、冷静に考える時間が必要だと思うんです」

「冷静に考えるのなら、ここにいるのは間違いだと思います」

「どうしてですか」

なにを言っているのだ、この男は。

「食料は、今日一日分あるかないかです。わたしはあとおにぎりひとつしかありません」

かっぱえびせんに手をつけるのは、妙にのんきなことを言う貴島をどうにか動かしてからの話だった。

「あの男を信じる気持ちになれないんです。受け取った金のわずかしか遣わず、新聞を持ってきて貴島さんを脅しています。約束が違うのは、どっちなのか。よく考えてみてください」

敢えて「わたしたち」を脅している、と言わなかった。

「ここにいても、いいことはひとつもないように思います」

「出ても、きっと同じだと僕は思うんだけれども」

あなたは実行犯ですからね、という言葉をのみ込んだ。最もいい選択は、この男を置いて啓美がひとりで出て行くことなのだが――先立つものがない。

ということは、金があれば出て行くことに迷いは生まれないということだ。

腹が膨れ、会話に詰まったところで貴島がトイレに立った。

扉の閉まる音を合図に素早く貴島の布団の上にあった紙袋に飛びつき、手を入れる。あっさりと紙の束に触れた。

片手で摑《つか》みきれるだけのものを一回で引き上げる。啓美の手に、輪ゴムでまとめられた一万円札の束が二つあった。おそるおそる覗くと丸裸の札束、それもどこからかかき集めたような使用感のある札の束が無造作に投げ込まれている。

二つくらい抜いたところで気づきもしないだろう。

このくらい――

ここから出るために真っ先に必要なのが金であることは確かで、摑み取ったものが本物の金であるよう祈った。素早く紙袋の口を元に戻し、自分の布団まで跳ねるようにして退いたあと、札束を布団の下に滑り込ませる。

薄い敷き布団、尻の真下に金があった。貴島を捨てて早くここを出て行かねばならない。そうしなくては、自分も集団殺人の犯人にされてしまう。

なに食わぬ顔でおにぎりを食べている啓美に構わず、貴島が台所で蛇口を開いた。チェックのシャツを腰に縛り、アンダーシャツを水に浸して絞り体を拭き始めた。ちいさな背中には、筋肉らしいものはない。

幼い頃からレッスンで、舞台で、ワークショップで見てきたダンサーたちの体とは大違いだった。貴島が、体を拭いたシャツを洗い、梁《はり》に刺さった釘に引っかけた。チェックのシャツを着なおして再び布団の上に戻る。

紙袋から金を抜いたことに気づかれはしまいかと、腋《わき》にじわりと汗が滲《にじ》む。

啓美は缶コーヒーを飲みながら、じっと尻の下にある札束の感触を確かめ続けた。これがすべて本物だったなら、まずはこの白いジャージをなんとかしなくては。そして、新しい下着も。

下腹にときどき刺すような痛みが走る。一週間もしないうちに生理が始まる。とにかく、と啓美は尻の下に意識を集中する。

ここにいてはいけない——

顔や体を拭いた貴島は、少しさっぱりとした表情になった。遠くから金属の音やトラックの走り去る音が聞こえる。たびたび床を揺らすのは通りを行く大型車だ。耳を澄ませば、それほど静かな場所でもなかった。

「いま、何時ですか」

「十一時です。午前の」

すっきりと返ってきたひとことに、カーテンが閉じたままの窓を見た。透けているのは三月の日差しだ。

「明日の朝までに、出て行きましょう」

そして、早々に別行動だ。

もし夜明け前までに貴島が動き出さなかったら、啓美はひとりで逃げることに決めた。

ときどき携帯電話を開いては瞑想する貴島を眺めながら、黙々と関節をほぐす。こんな場面で長く教わってきたストレッチが活かせることも可笑しい。

その日の夕刻にはもう、食べ物は底を突いた。ここからだ、と啓美は早々に横になった。寝たふりをしながら貴島の様子を窺い続ける。

建物の外を、大型車が通り過ぎる。車が往く方向へ、とにかく逃げる物資を手に入れて歩けるだけ歩くのだ。やってきた際の道筋を逆回ししては逃げる方角を探した。

貴島も横になっているようだ。ときおり寝息も聞こえてくる。まだ早い、もう少し。

窓の外が暗くなり、昼間室内にこもった空気が発酵して積もってゆく。もう少し、もう少し、と唱えているところに、玄関の戸が今朝より少し遠慮気味に開けられた。

薄暗がりのなか、男が「早く閉めろ」と低い声で言うのが聞こえた。——日下部か。

啓美は身を起こした。まさかいま追い出されるのでは、と思わず舌打ちする。

布団の下に手を伸ばしかけたところへ、日下部が「こっちだ」と啓美を指さすのを見た。

貴島もほぼ同時に起きたようだ。紙袋を持った音がかき消え、日下部の後ろからのっそりとした影が現れた。啓美の体に一撃が入る。肩を前から蹴られ、仰向けに転がった。熊だ。

熊が獣臭い息を吐きながら啓美の太ももに乗り上げる。無理に起き上がろうとした際、顔に熱が走った。目の玉を刺されたかという痛みのなか、耳のすぐそばで熊が息を吐いた。

「痛ぐしねえがら、黙ってれ」

すぐにこの布団の持ち主だとわかった。痛みと恐怖を体からこぼさぬよう歯を食いしばる。啓美のジャージと下着を剝ぎ取った脚の間へ、熊が突き進んで来る。

痛みより熱さが勝った。打たれた頰もただ熱い。

自分の背骨から、聞いたことのない音がする。恐怖を逃がすのは体が発する声を聞くことだった。腰骨、背骨、肩甲骨がギリギリときしみながら泣いていた。

気が遠くなるほど揺れたあと、熊が一度吠《ほ》えた。

啓美から離した体を左右に振り、ファスナーの中へと棒きれを仕舞い込む。

「痛ぐなかったべ。えがっただべ」

日下部が熊に向かって「喋るな」と言った。啓美には目もくれず、二人は部屋を出て行った。

啓美は手探りで下着とジャージを探した。腹も陰部もただ熱く、体に異物を刺されているみたいだ。

カーテンの向こうから漏れくる少ない明かりを頼りに、下着を見つけ穿いた。ジャージを探り当てたとき、隣の布団で背中を丸めていた男が目に入った。

貴島が声を押し殺して泣いていた。

啓美が串刺しになるのをただ黙って見ていた男だった。助けてもらおうなどと思ってはいなかった。恐怖で震えていたってよかったのだ。

啓美がこの男を許せないのは、いかなる理由があったとしても、いま目の前で嗚咽を漏らしていることだった。

貴島さん――

ゆるゆると男が顔を上げる。

貴島さん――お金、持ってますよね。

男が頷いた。

啓美は男に背を向け、布団の下から金を引き出す。見えぬよう気をつけながら、一つずつブラジャーにねじ込んだ。痛みはあるが、恐怖は去った。再びやってくる前に、さっさと逃げなければ。

くるりと向き直り、右手を出した。

「お金ください。とても痛いんで」

貴島は紙袋に手を入れ、ぶるぶると震えながら札を持った腕を伸ばした。啓美の手に、札束がひとつ渡ってくる。ここで泣いている場合ではない。誰も頼れない。頼りにならない。

「すごく痛いんですよ。信じられないくらい。あんなことされたの、生まれて初めてです」

その手をすぐに引っ込めなかったことで、観念したのか男はもうひとつ札束を出した。

汝《なんじ》、欲深きは身を滅ぼさん――

光なんて、どこからも差さないじゃないか。啓美は震える男を置いて部屋を出た。

第二章

母と娘

久しぶりに見る父親は、おどおどした小男になっていた。

渋谷駅毒ガス散布事件から三か月が過ぎた。新潟も梅雨の時期だ。大阪に戻って叔母に会おうかとも考えたが、啓美が施設にいるあいだに阪神・淡路大震災があったことを知り、進路を新潟に変えた。

未来にしか光なし、か――現師の言葉を声にせずつぶやいてみる。

父が水を飲みのみ、窺うような目つきで言った。

「ずいぶん長いこと、施設にいたんだよね」

「五年。まるで浦島太郎です」

「だけどお前、なんであんなことを」

「わたしはたまたま幹部と歩いていただけなんよ」

蕎麦《そば》屋の個室で声を潜める男は、啓美と母を捨てて新しい家族とともに人生をやり直している。身を寄せる場所として、短期間ならどうにかなるのではと思っていたが、この様子では少し怪しい。

世の中を震撼《しんかん》させた「光の心教団」は、五月に現師が瀬戸内海に購入したというリゾート跡地で逮捕され、事実上解散となった。教団の幹部たちも顔が漏れ始めている。

いったいいつ撮られたのか、啓美の顔写真も出回っていた。白いジャージ、やや横を向いた顔で公開されたスナップ写真は間違いなく岡本啓美だった。この小太りで無表情の女が、渋谷の事件に関与しているという。指名手配という言葉がピンとこない。

教団にカメラがあった記憶もないし、こんな写真が撮られるような場面をいくら思い出そうとしても難しかった。

伸びた髪を切り、黒縁のだて眼鏡を掛けてみたら、まあまあ堂々としていられるくらいに世間は啓美の顔に無関心だった。らしい場所にらしく立っていればそう思うのだろうが、小花模様の木綿のワンピースを着て帽子を被って、隣にいたり、すれ違ったりしている女が指名手配犯とは思わぬようだ。

偽名を使い会社に電話をかけると、あっさりと父に繋《つな》がった。そして蕎麦屋の個室でいま、夕食にありついている。

「家《うち》にも、何度か警察が来たんだよ」

言いにくそうに、しかし口元は苦々しく歪《ゆが》んでいる。

「警察には、なんて言ってるの」

「もうずいぶん前に別れた娘なので、こちらには来ないって。実際、三か月のあいだ音沙汰もなかったし。大阪にも行っていないのに、新潟には来ないだろうって」

「ねえ、どうしてわたしが大阪に行ってないこと知ってるの」

髪に白いものが目立ち始めた男が「しまった」という顔をする。ねえなんで知ってるの、と追いかけた。

「ママから、電話をもらったんだ。向こうにはもっと頻繁に警察が足を運んでいるよ。マスコミの対応で倒れたこともあったらしい」

「あのひと、なんて」

あのひとなんて言うもんじゃないよ、という前置きのあと「困ってたよ」と続いた。

「啓美が大変なことをしてしまったって。そんなに嫌なら早く言ってくれれば良かったのに、って。バレエ教室を継いでほしかったけれど、犯罪に手を染めるほど苦しめていたとは思わなかったって言ってた。震災で、ずいぶんと大変な思いをしたようだ。叔母さんは建物の下敷きになって亡くなったって。お前が教団施設にいるあいだに、世の中も人もずいぶんと変わったんだよ」

自分を教団に誘った叔母が死んだと聞いて、汗でねばついた背中に冷たい風が吹いた。どう生きたところで、人間は死ぬところで死ぬのだという、説明のつかない場所に着地する。その説明のつかない場所を具現化したのが教団施設だったと、いまならわかる。

「電話では、よく話すの？」

「誰と」と問われて「ママ」と答える。父は「いや」と首を振り、震災後と啓美の写真が出回ってからの二回だったという。正直を主張するためか顔を上げたが、目が泳いだ。

「もしママから連絡があっても、わたしがここに来たことは言わないで」

「大阪には、戻らないのか」

「わたしが戻ったら、あのひと発狂すると思うんよ。警察が出入りしてるって聞いて、わざわざ行くわけないやん」

父の両肩が痙攣《けいれん》に似た持ち上がり方をした。

「お子さんおること、叔母ちゃんから聞いたわ。いまいくつ」

父は「まだ小学生だ」とうつむいた。

「いくつなん」

「十歳」

「四年生か。男の子、女の子、どっち」

「女の子だよ」

「運動会で一緒に走るの、大変やな」

にっこりと微笑んだつもりだったが、どうだろう。父はそれには答えなかった。もう五十をいくつ過ぎたんだろう。娘の啓美より先に、母から一抜けした賢い父。

「これから、どうするつもりだ」

「どうするって、どういう意味？」

「事件は、お前が思っているよりずっと大きかった。渋谷のあと芋づる式に出てきた教団の悪事は、知らないわけじゃないだろう」

教団施設に入ったまま行方不明になった者がずいぶんいるという。出頭してはどうか、と問われ
「なぜ？」と訊ねた。

「どうして、わたしが出頭しないといかんの」

「どうしてって、お前」

啓美の思考はいま、驚くほどシンプルだった。

「なにも知らんで犯罪者にされるわたしを、警察に突き出すつもり？」

「お前の力になりたい。なんとかしてあげたいと思っている。一番いい方法で」

「力になってくれるっていうんやったら、今晩、家に泊めて」

妹にも会ってみたいし、と続ければもう、父の顔色は蒼白に近くなった。このまま匿《かくま》えば、自分

も火の粉が降りかかる。目の前の男はもう、そんな気持ちを隠そうともしない。

「三か月、いろいろ大変だったんよ。ひと晩くらい、安心して眠りたい」

啓美は畳みかけるようにもうひと押しする。

「頼れるところ、ないんよ。この先、パパに面倒がかからないように生きていく方法を、落ち着いて考えさせて」

長い沈黙のあと、父が「わかった」とうなだれた。


新潟市の外れにある、住宅街の一戸建て。

ちいさな庭には手製のベンチがあり、玄関先には紫陽花《あじさい》が満開だ。

啓美を見て、新しい妻は玄関先で言葉を失った。上がれとも言わず、ふたりを見比べている。

「初めまして、啓美です。父が大変お世話になっております」

女の瞳がゆらゆらと左右に揺れる。左右に揺れたかと思うと上下に動く。

「いろいろ面倒をおかけしてすみません。ひと晩、お世話になります」

女の心臓の揺れがこちらまで伝わってきそうだ。心臓と一緒に体が揺れ始めた彼女は、夫に助けを求めているのだが、肝心の夫は彼女と目を合わせない。

麦わら帽子、だて眼鏡、ビーチサンダル、肩に提げたキャンバス地のトートバッグには洗面道具や化粧品。すべて百円ショップで買ったものだ。木綿のワンピースだけは量販店のワゴンで見つけた半額商品で、着てみればまあまあ似合っている。

父の妻もまた、安っぽい木綿のワンピースに肩までの髪をカチューシャで上げていた。三十代半ばだろうか。

父が無言で靴を脱いだ。背中を丸めてリビングへと入ってゆく。啓美もビーチサンダルを脱いで揃え、あとに続いた。磨き上げた廊下をぺたぺたと粘る音を立てて歩く。若い妻も啓美の後ろをつかず離れずついてくる。

台所とリビングがワンフロアにあって、広々とした家だった。啓美が育った大阪の、祖父母が建てた家とは大違いだ。父がテレビの前にあるソファーにどさりと腰を下ろした。

「パパ、いい家やな。こんないいお家に住んでたの。うらやましいなあ」

父はテレビのリモコンを持ったが、電源を入れるふうでもない。

若い妻が背の低い冷茶グラスに冷たい麦茶を注いで、フロアテーブルの上に置いた。

「初めまして。みどりと言います」

目と頬の間に怯《おび》えが挟まっている。

「みどりさん、どんな字ですか」

「ひらがなの、みどりです」

父は妻の籍を抜け旧姓に戻ったので「風間《かざま》」となった。風間みどり、か。

「お嬢さん、お二階ですか?」

「いいえ、今日は林間学校で校内キャンプに」

父がソファーから立ち上がった。啓美もみどりも首の骨がポキリと鳴るほどの勢いで父を見上げた。顔色のすぐれない彼が「疲れた。風呂に入る」とだけ告げて居間から出て行った。

みどりもそそくさと台所へ戻った。

ソファーに取り残された啓美はぐるりとリビングを見渡してみた。電話台近くに貼られた学級通信や状差しや、幼稚園時代の娘が描いた頭頂部が真っ平らな父母の絵や、この家に十年かけて積もった家族の景色をひとつひとつ視界に入れる。

微笑ましさの欠片もなかった生家がぐるりと記憶を撫でていった。

みどりさん、と声をかけながら台所を振り向き見た。

「いいお家ですね。わたしの養育費を払いながらローンを返すのは大変だったんやないですか」

「そんなことは。いろいろご迷惑をおかけしましたし。啓美さんにも――さびしい思いをさせたこと、本当に申しわけなく思っているんです」

台所の手元灯の下でみどりがちいさく頭を下げた。

「みどりさんは、専業主婦なの？」

「ときどきカルチャースクールのほうに」

「なにを習ってるんですか」

「アロマテラピーを、教えています」

「アロマテラピーって、なんですか」

「香りで心の安定を得たり、自律神経を整えたり、できます」

この女はなにも悪くない――ふと、誰が悪いという発想は施設にいた頃はほとんどなかったことを思い出した。

五年にわたる修行生活だったが、自分は人間の欲のなにものも手放せてはいなかった。たった三か月外をひとりでうろついただけで、生まれ持った図々しさも露《あら》わになった。

父も弱い人間だし、母も弱かった。なにより自分はただ居場所を移して逃げていただけだったことが、追われることではっきりとしたのだった。

目の前にいる父の新しい妻も、啓美の両親の被害者なのだろう。

現師がいともあっさりと捕まった廃墟寸前のリゾート跡地は、信者たちが差し出したお布施で購入したという。目黒の高級住宅の住人は、いまどうしているのだろう。

教団は解散となったが、行き場を失った信者の救済措置はこれからだという。それらの情報も、ベンチや道ばた、ゴミ置き場に捨てられた新聞、週刊誌で知るのみだ。

どこからどこまでが本当なのか、追われる身となった啓美本人が知らないのだから可笑しい。

啓美のように当面の金を持っていれば別だが、金も仕事もないまま放り出された施設の信者たちを思うときだけ、胸が痛かった。誰もがみななにかを信じていたのだ。たとえ俗世の欲にまみれた教祖であっても、あの場所では新しい世の光だった。

啓美は不思議と教団にも状況にも怒りは覚えなかった。怒りも悲しみもない理由が知りたい。

父が暮らす城の、ソファーの柔らかさなども確かめてみる。クッションにはスイカ模様のカバーが掛けられていた。これは娘のお気に入りだろうか。

父が、風呂から戻ってきた。冷蔵庫の開閉に敏感な母のせいで、いつもビクビクしながら牛乳を飲んでいたが、癖というのはなかなか抜けないものらしい。背後の気配で、父が牛乳を飲んでいることに気づき、啓美はまた古い記憶を一枚めくった。

——パパ、わたしはどうすればいい？

——いつでも、相談にのる。お前の父親であることは変わらない。

――なにが、変わるの。

――ママと別れる。啓美とも一緒に暮らせなくなる。それだけだ。

たしかに、それだけだった。

「パパ、相変わらず、風呂上がりは牛乳なんだね」

風呂を貸してほしいと頼んでみる。

「使ったあとは掃除をしておくから、お願いします」

みどりが慌てた様子で「気がつかなくてごめんなさい」と台所から出てきた。

着替えはあるのかと問われ、ないと答えた。汚れたら新たに買い、古いものは捨てることを繰り返している。下着も最後の一枚を使ってしまい、替えがない。一度トイレの洗面台で洗ってはみたのだが、干している時間も場所もないとなれば、やはり安物を買い、着ては捨ててゆくのが良いのだった。

「お風呂、使ってください。掃除はどうか気にしないで」

「ありがとうございます。捨てるようなものでいいので、着替えがあったらいただけませんか。来る途中で買ってくるのを忘れてしまって」

言葉を失ったみどりが、呆然《ぼうぜん》と啓美を見る。啓美は立ち上がり、素直に腰を折った。

「本当に、捨てるようなものでいいんです」

父がもうやめてくれと言わんばかりの口調で、風呂場に用意させておくからと促した。

脱いだものは、下着からワンピースまで、見事に垢《あか》だらけだった。駅や公園を中心にして浮浪しながら新潟に向かったのだ。心がけて人目につく場所にいたのがかえって良かったのか、川崎の汚い部屋を思い出すような出来事は起こらなかった。

貴島は、どうしているだろう。

啓美は久しぶりの家庭風呂で深々とラベンダーの香りを胸に溜め、意気地のない男のことを考えた。あのままふたりで逃げていたらと思うと、余計にこの湯船が尊いもののように思われた。金を差し出したときの男の姿を思い出すことで、自分はどんな場所に眠ろうとも強くいられるような気がしている。

いずれ貴島は捕まるだろう。

風呂場の棚にあったリンスインシャンプーで髪を三度洗い、ようやくベタつきから解放されたとき、そのすがすがしさにほぅっとため息を吐いた。

啓美は知らず鼻歌を歌っていた。バレエ「エスメラルダ」ソロパートの一節だ。タンバリンの音まで聞こえてきそうな気持ちよさを、母の罵倒が打ち消す。

——あかん、そんな辛気くさい顔のエスメラルダなんて、おらんで。

脱衣所に、物音がした。浮き上がりかけた体を湯船に戻すと、みどりが啓美の名を呼んだ。

「着替え、ここに置いておきます。お嫌じゃなかったら、使ってください」

「ありがとうございます。助かります」

みどりの気遣いは、啓美にとってとても居心地が良かった。しばらくのあいだ、どこにいても、どこで眠っていても、舌打ちをされたり疎まれることばかりだったのだ。

湯船から上がり、ふかふかとしたバスタオルを体に巻いた。風呂場から脱衣室から、ふんわりといいにおいが漂っていた。ここはアロマテラピストのいる家なのだった。

新品の下着は臍《へそ》まで隠れるストレッチ木綿。ありがたいことにショーツライナーまで置いてあった。Tシャツも木綿で、さらりとしたワイドパンツの穿き心地もいい。細いみどりならどれも余るサイズだろうが、啓美が身につけるとどれもパッツパッツとしている。新潟にたどり着くまでの三か月で少し体重も落ちたはずだが、まだMサイズには遠い。

鼻歌をやめても、啓美の内側には音楽が流れていた。どれも、入賞に届かなかったコンクールの課題曲ばかりだ。最近、気づけば笑っている。どんどん施設での習慣が体から離れている。

ドライヤーで髪を乾かし、脱衣所から出た。

台所では、みどりがひとりで晩ご飯を食べていた。キャスターが付いたスツールに腰掛けて、目の前の調理台に煮物の小鉢とご飯茶碗、梅干しの壺。みどりは啓美の姿を見て、お帰りなさい、と言った。

「お風呂、ありがとうございます。入浴剤の入ったお風呂、久しぶりでした。すごくいい匂い」

「お腹、空いてませんか」

家事全般が好きではなかった母には、煮物を作るという発想もなかっただろう。食の楽しみや感性よりも稽古と減量に傾いた暮らしで、プリマが育つわけがなかったのだ。啓美はがんもや大根、にんじんやレンコンの入った薄い色の惣菜をひとくち食べてみたくなった。

「お風呂をいただいたら、空いてきた。ひとくち、いいですか」

「もちろんです」

みどりが嬉しそうに立ち上がり、茶碗にご飯を盛り、丁寧な仕種で小鉢にひとつずつ煮物を盛り付けた。リビングに運ぼうとするので、台所でいいと告げる。納戸から丸椅子を持ってきてくれたみどりは、狭い場所にふたりで座ると照れたような笑い顔を見せた。

「美味《おい》しい。みどりさん、料理がお上手なんですね」

梅干しをひとつもらい白いご飯と一緒に口に入れた。口の中から胃まで洗い流してくれそうな酸味だ。

「パパは、どこに?」

「もう、おやすみになったようです」

まだ九時だった。いつもこんなに早くに寝るのかと問うと、曖昧な応えが返ってくる。

「わたしと顔を合わせるのが嫌なんだと思う。ごめんなさい、突然訪ねて来たりして」

怖くないですか、と問うた。

みどりの箸が止まる。しばらくうつむいたあと、「少し」と小声で返ってきた。

「新聞や週刊誌、読みました。前の奥様——啓美さんのお母様からもお電話があったようです。本当のことなのかどうか、わたしにはわかりませんけれど。不安がないと言ったら嘘になります」

「そうですよね、わたしも逆の立場だったらそうだったと思います」

「週刊誌に書かれていること、本当なんですか」

教団施設に潜入した週刊誌記者が消えたという記事が、意外なほど大きかったのを思い出した。何についての真偽を問うているのかと、質問に質問で返す。

「渋谷の事件です」

啓美はみどりの不安が少しでも薄れるよう、言葉を選んだ。

「あの日、たまたま施設で会ったのが、渋谷の主犯といわれている幹部やったんです。彼のリュックになにが入っていたのか、知らないまま一日中歩き回ってました。潜伏先に連れて行かれて、ひと晩で逃げ出したんです」

うつむいていたみどりが、すっと顔を上げた。

「ひと晩で、逃げたって」

こんなことは、あっさり告げるのがいいのだろう。啓美はできるだけにこやかに「乱暴されて」とつぶやいた。いくつもの情報を削《そ》いではいるが、嘘ではない。みどりの喉がひゅっと鳴った。

「痛くて痛くて、死ぬかと思ったけど、殺されずに済んで良かったです」

「乱暴って、まさか」

「怖かったです」

みどりの瞳から耐えきれなくなった滴が頬にこぼれ落ちた。啓美は自分の体験を横に置いて、まじまじと彼女を見た。教団に迷い込んだときの自分も、こんなふうに素直に人の言葉を受け取っていたのだ。

「そんなことが、あったなんて」

「父には、内緒にしておいてもらえますか」

みどりは「もちろんです」と頷いた。

「結局、母から逃げるつもりで入った教団施設だったけど、風に押し出されるみたいにして、また逃げ始めることになりました。最初から東京にでも出ていれば良かったたんかなあ」

みどりの瞳が翳った。

「啓美さんにも、奥様にも、わたしたちはひどいことをしました。人を不幸にしてまで手に入れるものではなかったと思います」

　みどりの思い詰めた頰を見た。啓美は歯から逃げるこんにゃくを追いかけ、彼女の言葉を待った。

「この幸福は端《はな》から間違いだったと思うんです、わたし」

「どういうことですか」

　お互いの器に何もなくなるまで、沈黙が続いた。

「啓美さん、少しこの家に居てください」

　それまで見せたことのないつよい瞳と引き結んだ唇に、なぜか理由はわからないまま頷いている。

　食器をシンクに移しながら、みどりが続ける。

「啓美さんに、聞いていただきたいお話もあるんです」

　聞き間違いではないかと、復唱する。みどりが食器を洗いながら背中で「追々、話します」とつぶやいた。


　彼女の言葉の意味がわかったのは、翌日娘が林間学校から戻ってからだった。

　異母妹は最初は戸惑った様子だったが、両親の知人と紹介されて素直に挨拶した。

「すみれちゃんっていうんだ、きれいな名前だね。わたしは啓美といいます。どうぞよろしく」

　五年間、子どもを相手にしていた経験が役に立ちそうだ。すみれは肩までの髪を黄色と黄緑の二色のヘアゴムでハーフアップにしている。アーモンド形の目をした、利発さと妙な色気を漂わせる不思議な気配の子だった。

「林間学校、どうだった？　学校は楽しい？」

「まああです」

おや、と表情を柔らかにしたまま啓美が首を傾げると、すみれが先に目を逸らした。

「洗濯物を出して、早くバッグを片付けなさいね」

母親の声かけに「はい」と二階へと上がってゆく。

リビングの隣にある四畳半の和室は、ふすまで仕切られるようになっており、昨夜はそこに布団を敷いて眠った。和室の隅に畳んだ布団は、経験がないほど心地よい寝床だった。安眠を誘うラベンダーの香りに混じって、家全体からとにかく気持ちの休まる香りがするのだ。

布団を敷くのを手伝いながら、みどりに何のにおいかと訊ねると、ラベンダーにフランキンセンスとイランイランをブレンドしているという。よくわからないが、ずっと嗅いでいたいにおいだと言うと、嬉しそうにしていた。

「すみれちゃん、頭の良さそうな子ですね。なにか習い事はしているんですか」

みどりは「それが」と口を開く。

「バレエを習いたいと」

「それは父が反対するんじゃないですか。前の家でさんざん嫌な思いをしたろうから」

「嫌な思いかどうかはわからないんですけれど、すみれが近くのバレエ教室に通いたいと言い始めた頃から、家のなかがちょっとおかしなことになってしまって」

「おかしなことって」

重たい荷物の結び目を解《ほど》くように訥々《とつとつ》と、みどりが続けた。

「お友達が、バレエ教室に通い始めたんです。とても良心的な教室で、それほど余裕がなくても続けられると評判なんです。通わせてあげたいと思って、思い切って相談したんですけれど」

当然のこととはいえ、父親は反対する。

「あの日、なにかが狂ったんだと思うんです」

それまでうつむき加減だった顔を上げ、みどりがすがりつくような目で啓美を見た。

みどりの目は、「光の心教団」に救いを求めてやってきた信者たちに似ていた。啓美は自分もかつてみどりと同じ目をして、後光のタペストリーを前に説法する現師を仰いだのではなかったか。

「なにがあったんですか。わたしで良かったら、聞かせてください」

みどりがためらいを含んだ仕種でTシャツを脱いだ。色気の欠片もないタンクトップの背中を向けると、皮膚に古いもの新しいもの、数えるのも不快な青あざと引っ掻《か》き傷が重なり合っていた。

「父が、やったんですか」

「すみれも、似たようなものです」

妻と娘の衣服に隠れた場所ばかり狙う傷だった。啓美は、常に妻の暴言に耐えていた父の姿を思い出す。相手と場所を変えれば、彼も同じ種類の人間なのだった。

「前の家では、どうだったんでしょうか」

「わたしは、父が手を上げたのを見たことはないです。だからいま、とっても驚いているんです」

「娘がバレエを習いたいと言っただけで、豹変《ひょうへん》するものでしょうか」

「わたしの母は、自分のことしか頭にない人だったから。父は母や祖父母の言うことを聞いて真面目に会社勤めをしている、羊みたいな人だったんです。それだけに、別れると言い出したときはびっくりしたんです」

啓美は少し間を空けて「みどりさんにお目にかかって、父の選択は正しいと思ってたのに」と続けた。苦笑いしながら、みどりが言う。

「一度叩いてしまったあとは、もう後戻りがきかないようでした。最初は娘だけだったんです。これではいけないと思って娘を庇《かば》ったら、今度はわたしに」

何を使えばそんな傷になるのか、少し調子の外れた質問をしてみた。母にきつい物言いをされては肩を落としていたあの気弱な父が、新しい妻と娘に暴力をはたらきながら暮らしているとは思わなかった。

「ベルトが、多いかな」と、みどりがつぶやいた。

「ああ、なるほど」

調子の外れた答えが返ってくれば、追いかける言葉も間が抜けている。

みどりが理由の読めない笑い声を上げた。

「啓美さんって、面白い」

「すみれちゃんと、お話ししてきてもいいですか」

みどりがすっと真顔に戻った。

「すみれと、何を」

「バレエのこととか。十歳であの体形なら、追いつけるかもしれない。始めるのに遅いわけではなさそうだなって思いました」

それが――みどりは言いにくそうに、けれど確かな口調で言う。

「内緒で、習わせているんです。週に二回、同じ時間帯にわたしがアロマ教室を入れて、ふたりで家を出て、ふたりで戻ります」

地道なストレッチや稽古も、すみれは喜んで通っているのだという。鼻の奥に、ツンと痛みが走る。啓美が稽古で感じ続けたのは恐怖ばかりだった。取り返しのつかぬ十代だ。逆に施設にいた時間は、誰も、自分すらも啓美を哀れまなかった。まやかしにもひとつくらいは光があった。

「今日も、これから教室なんです。三時間ほど留守にしますけれど、ごめんなさい」

「本当にしばらくここに置いてもらっていいんですか」

「ありがたいです。すみれもわたしも、そのあいだは叩かれないかもしれない」

遠慮がちだがしっかりとした目で、もしそうだったらずっといてほしいくらいだと続けた。

「最近は、どこが発火点なのか正直よくわからないんです。啓美さんの前では、そういうところを見せないと思いますけど」

すとんすとんと、二階からすみれが下りてきた。髪の毛をきっちりとまとめて、後れ毛をたくさんのピンで留めている。

「すみれちゃん、これからバレエのお稽古なの?」

戸惑う様子で母親に助けを求めている。みどりが娘に「啓美さんはバレリーナなんだよ」と告げた。少女の瞳が、母親そっくりにすがるような色を帯びた。

「もう、やめてからずいぶん経ったけどね」

「ちいさい頃からやっていたんですか」

なるほど、すみれの不安は始めるのが遅かったのではないかということらしい。啓美はこんな子たちを何人も見てきた。これからでも大丈夫ですか、三歳から始めないと上手くなれないんじゃないですか。彼女たちの悩みは切実だ。

「三歳のときの写真はもうレオタードを着てた」

少女は「やっぱり」と半分うなだれる。

「でもね、三歳から始めたって中学生で辞めちゃう人はいっぱいいるの」

「どうして?」

「お腹いっぱいご飯を食べたいんだと思う。その時期に無理をしなくちゃいけないようでは、一流にはなれないから。よほど恵まれていない限り、体重との戦いだもの」

ふっと場の空気が緩む。みどりが嬉しそうに会話に入ってきた。

「この子はたぶん、ダイエットはしなくて済むと思うんです。わたしもわたしの両親も、背はそんなにないけれど、みんな食べるわりには太らない体質だったらしくて」

「それはありがたい資質だと思う。どんどん美しい筋肉がついてくれそう。がんばってみて」

バレエが好きなのかと問うてみた。少女は大きく頷いた。啓美は少女の瞳にひたむきな光を見て、なぜか嬉しくなった。

「わたしもお腹いっぱい食べたいなあって思って、バレエをやめたらこんなんなっちゃった。体質は宝物だから、大切にしてね」

心の底からそう思ったのだった。

「お稽古が終わって帰ってきたらゆっくり話しましょう」

すみれの顔が曇る。父親の前では話せないという。みどりがひとつ頷いて、娘のおだんごのピンを直した。

「この髪も、あのひとが帰る前に戻しておくんです。なにがあっても気づかれてはいけないの」

「おかあさん、ごめんなさい」

薄く開けた窓から入り込む風が、すみれの言葉をするりと包んで部屋の隅へと飛ばした。

「さあ、行こうか」

みどりが大きなトートバッグを肩に掛けた。自分の仕事道具のほかに娘のバレエ道具も入っているようだ。

ふたりを玄関で見送ると、外側から鍵が掛かった。インターフォンには出なくていいという。リビングに戻ろうとしたところに、昨夜脱いだビーチサンダルが目に入った。明るいところで見るサンダルは、鼻緒の部分がちぎれかけている。

「忘れちゃったら、また大変だ」

貴島に買わせた運動靴は、ジャージと一緒に捨てた。百均のポーチに入れた金は、大事にちびちびと使っている。

ビーチサンダルの鼻緒は案の定、ちょっと力を加えただけであっさりと切れた。ここを出て行くときは、新しい履き物が必要だ。そのときはみどりに頼もうか。啓美の裡に、自分とは生《な》さぬ仲に向けた不思議な気持ちが芽吹いた。

現師が言っていた「生まれ直し」とはこんな気分のことだろうか。彼が新聞や週刊誌で読むように「希代のテロリスト」だとしたら、長閑だった施設での暮らしはいったいなんだったのだろう。

啓美はビーチサンダルを台所まで持って行き、みどりが細かく分別しているゴミ箱のひとつへと放った。

すみれは「早くトウシューズを履きたい」と言っていた。一度でも履けば気が済むというものでもない。できないことが多すぎて泣きたくなる日もあるだろう。もしも彼女が体のなかに音楽を持って生まれてきた子なら、と思った。

啓美は違った。自分の体には、どんなに短い音楽もなかった。鼻歌で出てくるものは、ダンサーにとっての音楽ではない。本当のダンサーは、聴こえる前に音をつかんでいるのだ。

手持ち無沙汰な時間をやり過ごそうと、リビングテーブルのラックにあった通販カタログを手に取った。ひとりリビングに座っているのも落ち着かない。ふと思い立って、階段に腰掛けた。

パラパラとめくるカタログには、色とりどりの夏物衣料が並んでいた。流行のファッションには近づいた記憶もない。学校の制服と練習着と衣裳、ジャージまで思い浮かべてふと、一着だけ持っていた薄紫のワンピースのことを思い出した。

受験に合格したときに、母が買ってくれたシンプルなワンピースだった。

――ええか、いくつになってもこのワンピースが着られる体形を保つんや。身長は伸びてもええ。けどそれ以上、太っても痩せてもあかん。いまがベストや、わかるか。

中学生になる年に与えられた「纏足《てんそく》」のようなワンピースを思い出し、カタログの夏服がぼやけた。そのワンピースは、着てゆく場所を夢見るようなものではなかった。啓美は毎週のようにそのワンピースを着ては体形のチェックを受けた。

いよいよ胸のあたりがきつくなって、ダイエットも追いつかなくなってきた中三の秋のこと。週末に気持ちがゆるまないようにと怒鳴る母の前で、ワンピースを着た。

背中のファスナーをぎりぎり持ち上げて、母の前に立った。両腕を上げたら、脇の下が裂けてしまいそうだった。

——きついな。そないに体を丸くして、いったいなにを踊るつもりや。稽古が足らんのと違うか。

まるで隠れて買い食いでもしてるみたいやな。

腹が減って倒れそうな状態での稽古はきつい。学校帰りになるべくクリーム類の少ない菓子パンを腹に入れながら稽古場に向かっていた頃だった。まるで自分の一部始終を見られているような恐怖感に襲われながら、じっとこちらを睨みつける母と目を合わせぬよう努めた。

——菓子パンは、そないに旨いもんか、啓美。

母の口から菓子パンという単語が飛び出したとき、脳天を金槌《かなづち》で叩かれたかと思った。なにが駄目なのかわからないが、母の論理でゆくと駄目な者には制裁が加えられる。目を瞑るのと頬に熱が走ったのはほぼ同時だった。

威嚇もしない。ためらいなく、母は娘を打つ。

二度、三度。決まって左から叩かれた。右手で左頬を、左手で右頬を、母は見事なリズムをつけ、バレエで鍛えた両腕を美しくしならせながら娘の頬を打つ。

あの恐ろしい制裁を、いまは父が新しい妻と娘にしているという。

どうやったところで晴れぬ気持ちになったときは、まずなにか思いきり腹に入れるのが良いのだった。啓美はカタログを階段に置き台所に入り、冷蔵庫の扉を開けた。ため息が出るほど整理された冷蔵庫だ。すぐに口に入れられそうなものを物色したが、整然と並ぶ常備菜のタッパーウエアを崩すのもためらわれ、閉じた。最下部の引き出しを手前に引くと野菜庫で、いちばんに目に飛び込んできたのはバナナだった。

啓美は一本ずつラップに包まれた姿で野菜庫に並ぶバナナを手に取った。神経質にも、ラップの端は二センチほど内側に折りたたまれていて、すぐに開けるようになっている。こんなところにもみどりの細やかさが、と思いながらバナナを一気に腹に入れた。冷えた麦茶を飲み、使った湯飲みをゆすいで水切りかごに戻す。この家にはいつもいいにおいが漂っていた。台所でも、食材を邪魔することのない柑橘《かんきつ》のいい香りがするのだ。

階段に戻り、再び腰掛けカタログを開いた。いつまでもみどりの借り物ではいけないだろう。けれどこれらのワンピースや下着を注文したところで、自分は到着までの期間をどうするつもりなのか。

静かな家に、ポロロンと長閑なインターフォンの呼び出し音が響いた。

啓美はきゅっと身を縮めた。誰が来ても出なくていいのだが、立ち去るまでは気を抜けない。閉じたカタログを胸に抱いてじっとする。数秒後、再び鳴った。宅配便か、近所の住人が訪ねてきたのか、いい加減もう去るだろうと思われたところで、今度はドアの鍵が回される音に変わった。

一瞬、忘れ物をしたみどりかすみれが戻ったのかと思ったが、それにしては鍵音が乱暴だ。玄関に人の気配がする。少し重みのある硬いバッグを置く音、シューズボックスの扉を開けては閉めて、どうやら玄関周りで探し物をしているようだ。ひとつ咳払いが響く。

みどりでもすみれでもない、父が帰宅したのだった。

出て行こうかどうしようか、考えているあいだに父はリビングへと入った。苛立《いらだ》ちを隠さない足音を聞いて、啓美は階段を一段ずつ上った。こんな場面でつま先立ちが役に立った。

リビング、台所、風呂場、トイレ、父はいったいなにを探しているのだろう。だんだんドアの開け閉めの音が乱暴になってゆく。これは、啓美の知らぬ父だ。

玄関に啓美の履き物がないことを確かめたあと、彼は誰もいない自分の家を家捜ししているのだった。気がかりは和室の片隅に畳んだ布団と壁の間にある、啓美のトートバッグだった。気づいて中を見られることを考えると背中の産毛が立った。

ここで、父とふたりで対峙《たいじ》したくはない。いつ豹変するかわからぬ男とふたりきりになってはいけない。

啓美は気を抜かぬよう気をつけながら、すみれの部屋へと入った。きちんと整頓された机周り、ベッドもしっかり直してある。起きっぱなしで学校へ行くことなど、あの子にはないのだろう。

子ども部屋で、啓美が摑んだのはベッドで可愛い小花を咲かせている掛け布団だった。急いで布団に潜り込み、手に持ったカタログは掛け布団の上に放る。カタログを見ているうちに眠くなり昼寝——

もう、あれこれと考えている暇はなくなった。父の足音が階段を上がってくる。

呼吸を整えた。

深い眠りに入る際の呼吸に、できる限り近づける。瞑想へ続く道だ。五年間毎日、朝、昼、夜と続けていたことだった。

顔の筋肉も動かない。鼻から息を吸い、口からゆっくり吐く。父が夫婦の寝室に入った。

深い呼吸。胸にのせた腕の、ゆっくりとした上下。消えかかった瞑想への道を往く。

ドアが開いた。

ひゅっと息をのむ気配のあと、父が一歩室内に入ってくる。

啓美は深く瞑想する。ここにいる意味も考えない。ただただぽつぽつと意識の向こうに続く道を歩いた。

ちいさな舌打ちが聞こえた。ドアが静かに閉まった。階段を下りる足音を用心深く聞いて、啓美はそれでもまだ眠りの演技を続けていた。

階下で玄関のドアに施錠する音が聞こえた。啓美は深く息を吸い、吐いた。

なんだったのだろう。起き上がったものの、すぐにリビングへ行くのはためらわれた。

物音がしなくなっておおよそ三十分のあいだ、すみれのベッドヘッドにあるカエルの目覚まし時計を眺め続けた。

起き上がり、注意深く掛け布団を元に戻す。髪の毛の一本も枕に残ってはいないかと確かめてから部屋を出た。

啓美は急いで和室の布団と壁の間に挟んだトートバッグを引き出した。大きく開いて、洗面道具の下にあるポーチを確かめる。金が無事だったことで、やっと肩から力が抜けた。

夜、定時に帰宅した父は、啓美が今日も風間家に留まっていることに驚いたふうを装い、そして苛立ちを隠さなかった。明らかに不機嫌な態度で、目を合わせようともしない。

「パパ、もう少しお世話になることにしたから。みどりさんもすみれちゃんも、とても親切にしてくれるんよ」

台所で牛乳を飲んでいる父に話しかけるが、返事はなかった。

今日の夕食は、白いご飯と常備菜、そして豚肉の生姜《しょうが》焼き。

「美味しい、みどりさんありがとう。こんなご飯何年ぶりに食べたかわからない。美味しいです」

「おかあさんはね、栄養士と調理師の資格も持ってるんだよ」

「そうなの、すみれちゃんは幸せやねえ」

啓美は自分の狸《たぬき》寝入りに気づかれていないよう祈りながら、けれどこの男はそんなに賢くもないと思った。

啓美に気づかれる前に退散したところで、その肝のちいささがはっきりした。みどりの旨い食事と、バレエが好きだという素直な妹がいなければ、全員を傷つけて出て行くところだった。

「幸福って、こういうことをいうのかもしれない。ありがとう」

啓美が放った言葉に、みどりが箸をやすめて目尻を拭った。

食事が終わり、せめてもの手伝いにと洗い物を申し出た。

「ありがとうございます。お気持ちだけ。実はもう体が段取りどおりに動くようになってて、台所仕事をしないと落ち着かないんです。良かったら、すみれと話してやってくださいませんか」

二階で宿題をしているはずだから、というので遠慮なく階段を上がった。夕方になって降り始めた雨が、明かり取りの窓に滴を繋げている。

ノックをする。

「すみれちゃん、啓美です、いいですか」

ドアが内側から開いた。幼さのなかにもはっきりと見て取れる意志のつよさ、まっすぐなまなざしが好ましい。

すみれは母から啓美が異母姉と聞かされても動じなかった。それは彼女が生まれ持つ軸のつよさだ。啓美は小声で、レオタードやタイツはいつ洗っているのか訊ねてみた。

「おかあさんが、昼間洗って急いで乾かしてくれてるの。夜は出せないから」

「おとうさんがバレエを嫌いなの、きっとわたしのせいと思うんよ。ごめんね」

「啓美さんのせいではないと思う」

賢そうな瞳でそう言うと、すみれは学習椅子に腰掛けた。

ベッドの端に浅く腰掛け、いまどんな稽古をしているのかと訊ねた。

「床で体とお話をしながら、毎日続けるストレッチ。それと、バーレッスン。ちっちゃい頃からやってる子は、もうコンクールに出てるけど、うらやましがっても仕方ないし」

「そうだね、メンテナンスを教えてくれる教室は、きっといい先生がいると思うな」

すみれが不思議そうな顔をするのが面白くて、啓美の口からぽろりと本音がもれた。

「わたしは気づいたらもう舞台で踊ってるような環境にいたけど、それがいいことも悪いこともあったんよ。そりゃあ、毎日指導者と一緒にいるわけだからその日の稽古の反省会は寝るまで続くし、反省すれば多少は伸びるからね。けど、やりたくてやっていたかどうかは、わからない」

「バレエ、好きじゃなかったの」

「嫌いじゃなかったけれど、バレエを好きでいるにはちょっとしんどいこともあって、思い切って逃げました。遅れてきた反抗期やね」

素直なまなざしの前で恥ずかしいことを口にするのは爽快だった。

「お肉やご飯をお腹いっぱい食べてみたかったし、甘いものも我慢したくなかった。食べるのを我慢していたら、気持ちがトゲトゲしてくる。誰にも優しくされない人間は、誰にも優しくできなくなるの。だから、そういう場所から逃げたんだ」

「逃げて、どこへ行ったの？」

「同じような人がいっぱいいるところ。でも、そこもうなくなっちゃった。戻るところがないんで、すみれちゃんのお家にご厄介になってるの」

すみれには、啓美が世の中を騒がせている凶悪宗教団体の信者だったことは伏せられているのか。自分に付いたそんな肩書も、この三か月で知ったのだったが。

「いまも、踊れる？」

子どもはまさかというような質問を投げてくるものだ。啓美はしばし首を傾げ、どう答えればいいのか考えた。すぐに出てこない言葉こそが、返事なのだった。

「前のようには、無理。ずいぶん体重も増えてしまったし」

「じゃあ、痩せたら踊れる？」

「体を元に戻すには半年かかると思う。踊るとなるとまた別。五年以上も音に合わせてないもの」

すみれの瞳がきらりと光った。どんなに父親に叩かれても、この子の胸にはまだ光が宿っている。啓美の脳裏にも、ほのかではあるが火が灯った。

「すみれちゃんは、何番までできるの」

ぜんぶ、と言いながらすみれが立ち上がった。すらりとした体と長い手足。これなら教室でも期待されているのではないか。そして、一番のポジション。

すみれの首は腰骨にしっかりと繋がり、天井から吊《つ》るされたように美しかった。つま先を百八十度外側に向けて立つ少女は、少し誇らしげに顎を固定する。すごいじゃないの、と言うとさらに得意げになり、そして照れた。

「じゃあ、二番」

足の裏ひとつ半をさっと離す。重心が足の中心にあるのがわかる。利き足に傾かないのはすみれの資質なのか、指導者がいいのか。四番、五番、多少ぐらつくものの、おさまるのも時間の問題だろう。

バーレッスンもしているというので、リクエストする。

両脚を開いてプリエ、プリエ、グランプリエ。手が美しく空気をすくい上げて横へと伸びた。

「すごいよ、すみれちゃん」

すみれがさっと床に腰を下ろすと、前後開脚をしてみせた。

「やっとここまできたの」

啓美は少女のひたむきさに泣きそうになった。母親に褒められることだけが嬉しかった幼い頃、自分もこんな笑顔を持っていたのかもしれない。

階段を上がってくる足音がして、すみれがさっと学習椅子に戻った。ノックのあと返事を待たずにドアが開く。現れたのは父だった。ベッドに腰掛けた啓美を陰湿な目で流したあとすみれを見る。

「宿題は終わったのか」

「これからです。ごめんなさい」

「学校から帰ってきたあと、なにをしていたんだ」

「おかあさんのアロマ教室のお手伝いに行ってました」

「宿題を片付けてからにしなさいと、いつも言ってるだろう」

すみれが鞄《かばん》から学習道具を出したので、啓美も長居するわけにもゆかない。父が階下に下りたところで、立ち上がった。

「じゃあ、またね」

啓美さん、と呼び止めたあとすみれがひときわ潜めた声で言った。

「おとうさんは、わたしを疑ってます。いつもは鞄を検査するの。一度お便りを出し忘れたことがあって、それからずっと」

検査、の言葉にぞっとした。啓美も声を落とし訊ねた。

「探してるのは、レッスン着?」

頷いたすみれがまだ何か言いたげなので「早く言って」と目配せをする。

「着ていないかどうか、いつもは服を脱ぎます」

あの父のどこにそんな嗜虐《しぎゃく》的な趣味があったのかと驚く。自分の知る母が、いまの父によく似ていたのも驚きだった。

啓美が買い食いをしていないかどうか確かめるときの彼女もまた、服を脱がねば許してもらえそうもないくらいの剣幕だった。

啓美は「見つからないようにね」とだけ言って妹の頭をそっと撫でた。

階下に下りると父が台所で牛乳を飲んでいた。啓美はリビングで通販カタログを手にして和室に入った。寝るとき以外はふすまを開け放している。

啓美は丸めた布団に背中をあずけて、カタログを開いた。視界の端で父がソファーに腰を下ろし、テレビのリモコンスイッチを押す。湿度の高い室内に、バラエティ番組の笑い声が響く。テレビの音に紛れて、音が出ないよう気をつけながら屁を放つ。

逮捕された幹部信者たちが次々にその名を明らかにされていた。彼らも留置場で屁を我慢しているのかもしれない。首謀者たる現師がだぶだぶとした体を揺らして連行されてゆく映像を街角のモニターで見た。陸に上がった深海魚のような醜さは、施設を出なければ気づけなかった。貴島の名前は聞こえてこない。まだ、泣きながらどこかに潜伏しているのだろうか。

丸まって泣く貴島の姿を思い出したところで、キュッと下腹が痛んだ。

カタログから顔を上げずに父の様子を窺ってみる。呼吸の数、動きのなさ。ここに妻と娘は来ない。息を殺すというのはこういうことか。カタログに視線を落としながら、全身で父の呼吸を聞いた。向こうもこちらを窺っているのが、乱れのない呼吸でわかる。バラエティ番組からは絶え間なく過剰な笑い声が響いてくる。父は静かだ。

パパ――

精いっぱいのさりげなさを装い、顔を上げた。肩を上下させた父が、無理やりの無表情でこちらを見た。

「ひと晩と思ったんだけれど、すみません」

父がテレビを消した。ソファーに沈めていた体を起こし、啓美のほうへ体を向ける。

「なるべく早めに、今後のことを話し合おう。パパもできるだけのことをするから」

「ありがとう。すみれちゃんと会えて良かった。わたしに妹がいるなんて夢みたい。みどりさんも、いい人やね」

父はそれには応えず、リビングから出て行った。

テレビの音が消えたリビングに、台所仕事を終えたみどりがやってきた。みどりはしゃがみ込んで、両手にのせたものを差し出し言った。

「これ、当面の着替えです。安物で申しわけないんだけれど、使ってください」

Tシャツ、ショーツ、全ゴムのワイドパンツがどれも三枚ずつ。寝間着を兼ねた室内着に替えがあるのはありがたい。どれもゆったりとしたサイズで、値札は外されている。啓美は立てていた膝を折り、正座した。

「ありがとうございます。図々しく家に上がり込んだこと、ちょっと恥ずかしくなってきました」

あまり良くしてもらうと早く出て行かねばという気持ちになりそうだ、と言うとみどりが手を振って「違います」と大真面目な顔をしてみせた。

「もし出て行ってほしいなら、真っ先に外出用のお洋服をお渡しします。家の中ばかりで気が晴れないのは気の毒だと思っています。正直なことを言うと最初は怖かったんです。でも、すみれとあんなふうに話してくださって、いまは怖がったことを申しわけないと思っています」

ひと息にそう言って、みどりがふぅっと息を吐いた。嘘を言っているようには見えなかった。

「なるべく早めに今後のことを話そうって、さっき父が。出て行ってほしいっていうのはわかってるつもりです」

「わたしたちのこと、驚かれたと思います。人に話したのは初めてなので、言ってしまってからどうしていいかわからなくなりました」

少し言いよどんだあとみどりは再び、すみれと話してくれてありがとうと続けた。そんなに礼を言われるようなこともしていないだろうに。不思議な気持ちで彼女の言葉を待った。礼の意味がわかったのは、沈黙が不安に変わる少し手前のことだった。

「あの子いま、学校にお友達がいないんです。わたしも人付き合いのいいほうではなくて。地元は見附《みつけ》なんですけど、帰っていないし続いている友人もおりません」

見附とはどこかと問うと、新潟市内から電車で一時間ほど離れた場所だという。実家はひとり残った父が介護施設に入り、いまは父の後妻と兄一家が住んでいる。みどりが畳に腰を下ろした。ぼそぼそとした会話が続く。

「兄とはいっても、継母の連れ子で。わたしは、二度目の母や兄とは、同じ家で暮らしたことはないんです」

新潟に出て下宿生活をしながら高校に通ったみどりにとって、時期を同じくして再婚した父はもう他人のようなものだという。

「育った家が姿かたちを変えてゆくっていう嫌な思いを経験しているのに、人の家庭を壊してしまいました。そういうのって、ずっと続くんでしょうか」

みどりによく似た表情の信者をずいぶん見てきた。

「悩んだひとのところで、途切れてゆくものかもしれないですね。なんとなくそう思いました」

生まれかわるチャンスは、誰にでもある。これは殺人集団といわれた場所で学んだことだった。

二階から下りてきた父がリビングに向かって「おい」と妻を呼ぶ。みどりが立ち上がり「また、明日にでも」と和室を出た。

みどりと向き合って話せたのは、翌日父が出勤してすみれが登校してからだった。学校へ行くすみれの表情は、どこか戦いを思わせ硬かった。

洗い終えたピンク色のレオタードをハンガーに掛け、みどりは除湿機のスイッチを入れた。湿度の高いこの時期でも半日かからず乾きそうだ。

「夏のハイネックは――」

暑いのでは、と言いかけた言葉をのみ込んだ。胸元と背中の大きくあいたレオタードでは傷が丸見えだ。

「啓美さん、お茶にしませんか」

台所でふたり、スツールと丸椅子に座った。みどりが買ってきてくれた部屋着は着心地が良かった。家から出ない生活など、彼女が言うほど苦にはならない。この家に家族以外の人間がいることを、周囲に気づかれる要素もまだなさそうだ。

みどりはちいさな葉が漂うサーバーからお茶を注ぎ入れる。礼を言ってひとくち飲んだ。

「庭で育てているカモミールとミントのハーブティーです。心が落ち着く作用があります」

「ハーブティーも、教えているの？」

「アロマとハーブティーは、親しい関係なので。こちらは雑学」

「アロマテラピストの資格は、いつ取ったんですか」

「大阪にいた頃です」

そういえば、みどりと父が知り合ったいきさつを聞いたことがなかった。遠慮なく訊ねるとあっさり「最初は出入りの業者だった」と返ってきた。

「ちょっとお給料の支払いが遅れたりするようになって、岡本さんにその話をしたらバイトで使ってもらえるようになったんです」

母と別れたあと、父は旧姓に戻った。

「風間みどり、か。格好いいよね」

「本当ですね」

「父は、思ったよりも面倒くさいひとみたい」

みどりが「ふふ」っと半分笑いながら肯定した。

カモミールがふたりの間の緊張を解いていた。ミントはなにを促すのか、問うてみる。みどりは少し考えるような表情のあと「鎮静、ですかね」とつぶやいた。

「なんにせよ、ベルトを鞭《むち》にするのはいけないと思うの」と正直に告げた。

「わたしもすみれも、抵抗せずにいるから、それがかえっていけないのかもしれません」

「なぜ、抵抗しないの」

「なにか理由があるんだろうな、ということはわかるので」

「理由？」

「叩かれるのは慣れていると言えば変かもしれないけれど、叩く人のほうが余裕がないことはなんとなくわかるんです。叩いているうちに怖くなる感じ。痛いし怖いはずだと思っている相手がなにも言わないのは、叩いているほうにとって怖いものだと思うんです」

「みどりさんを叩いていたのは、父のほかには、誰なんですか」

あっさりとした口調で「母です」と返ってきた。

「別に、それが傷になって残っているとか、恨んでいるとか、そういうことはないんです。わたしもちょっとトロいところがあるので、仕方ないかなって。母は若いうちに死んでしまったので、恨みようもありません」

母親に罵倒されながら育ったふたりだった。深刻なことを深刻そうには語らない彼女が面白い。

「正直なことを言えば、ああまたかと思ったんです。血縁ってそういうリスクを持った互助会みたいなものだと思うし。血縁ではないにせよ、結婚でまた似たようなことが始まったんだなって」

でも、のあとみどりはふたくちハーブティーを口に運んだ。

「すみれが叩かれるのは、ちょっと違ったんです」

「娘だから?」

「わかりません。他人様《ひと》からもぎ取ったような幸福だったし、自分のときはああやっぱりなって。自分には人を苛つかせるなにかがあるんだろうとは思ってたんですけれど、あの子を叩かれるのはとても嫌でした」

「レオタードを着ていないかどうか、服を脱がせて確かめるって。昨日すみれちゃんが言ってたけど。着ていないのがわかっても叩くの」

「すみれも——わたしに似ているんだと思います。人に手を上げさせるなにか、あの手の人のスイッチを入れてしまうものがあるのかもしれません」

スイッチと言われて思い出すのは、母の「あんたが悪いんや」だった。

「みんな、自分が悪くないことを証明するのに必死なのかもしれない。誰に向かっていいわけしてるのか、さっぱりわからないけど」

言葉に出して納得することもある。

「新潟への転勤が決まったときは嬉しかったんじゃないかな。母は自分たちから逃げた情けない男だったって。どっちもどっちだと思うけど」

「新潟への転勤は、事実上の降格でした」
初耳だった。そうまでして妻から逃げたかった男も、結局は足場のもろい舞台で踊り続けていた
ということか。
「業績不振で、リストラの対象になったんです。いまは窓際といえばいいのか、一線からは外れて
各部署をたらい回しにされてるみたいです。この家の資金は、わたしの父からの生前贈与でした。
実家からの、事実上の手切れ金で買った中古なんです」
「戸建ての家に住んで家族持って、順風満帆ってこういうことだと思ってたけど、本人にとっては
そうじゃなかったってことか」
「家を持っていることが、余計に周りの癇《かん》に障ったのかもしれません。人間関係も、ほとんどうま
くいかなくなっているようです」
「とはいっても、家庭内暴力はあかんな」
すみれちゃんを叩くのはやめさせたほうがいいよね、と具体的な案も浮かばないままに口に出し
てみた。みどりの反応は鈍い。ときおり牛のような頑固さを見せる女を盗み見た。
出口のない話題に疲れてきたところで、みどりにひとつ頼み事があると告げた。
「履き物を、一足買ってきてもらえないかな。サンダルが壊れちゃって。サイズは二十三センチな
んだけど、サンダルで十分なの」
「どこか、行きたいところがあるんですか」
「どこに行くのかはまだ考えてないけど、履き物がないと出ても行けないし」
みどりが「わかりました」と頷いた。安いものでいいと言うと、にこりと笑った。着替えの代金

を頑として受け取ろうとしないみどりに、千円札を三枚渡す。

「これで、夏を乗り切れそうなのを一足お願いします」

好みはあるかと、噴き出しそうな質問をされて「うんと派手なやつ」と答えた。

昼飯はそうめんに漬物と昨夜の残りで済ませ、みどりは夕食の買い物に行ってくると言って家を出た。干した洗濯物の中からすみれのレオタードは外されている。昨日の殺気立った家捜しを思い出す。すみれの練習着はみどりが持って歩いているのかもしれない。

この家もまた、誰の安息の地でもなかった。

啓美はふと、大阪の母が哀れに思えてきた。夫にも娘にも去られた彼女はどうしているだろう。いままで感じたこともない穏やかな心持ちが、かえって啓美を不安にさせた。


和室で畳んだ布団にもたれているうち眠ってしまったらしい。目覚めたのは、すみれの「ただいま」の声が聞こえてきたときだった。

起きて立ち上がると、すみれが二階に来てほしいという。

「啓美さん、昨日の続き」

話すのを楽しみにして帰ってきたと言われれば悪い気はしなかった。すみれの部屋はベッドの掛け布団の角まで整えられており、いっそうこの家の内側のいびつさを浮き上がらせる。チュニックTシャツに七分丈パンツ姿のすみれは、床に投げ出したかかとを手前に引き寄せ、股関節のストレッチを始めた。

「今日の宿題は作文だから」

「じゃあ、一緒にやろうか、ストレッチ」

喜ぶすみれに、次々とバレエの質問を投げかける。もともと体は柔らかなほうらしい。恵まれた体には音楽も潜んでいるらしく、動きにおかしな溜めも無駄もなかった。

学校はどうなのか、と訊ねてみる。

「どう、って?」

「おかあさんから、楽しくなさそうだと聞いたから」

「楽しくはない。意地悪されてるし」

「どんな意地悪なの」

「普通の意地悪。靴を隠したり、無視したり、机が隣の教室に移動してたり」

「それって、いじめじゃないの?」

「やってるほうは楽しいみたいだから、つきあってる」

啓美の口からへらへらと乾いた笑いがこぼれ落ちた。この、並外れて軽やかな解釈は母親ゆずりなのかとすみれの顔を見る。

「わたしやっぱり、おかしい?」

「いや、おかしくはないよ、面白いだけ。意地悪される理由って、なに?」

「泥棒の現行犯逮捕。うちのクラス、その子と遊んだらお金がなくなるっていう噂《うわさ》が流れてて。それなら現場押さえればいいじゃないって言ったの」

子どもたちの幼い正義感は、机の上に千円札を置き忘れたふりの部屋に、疑いのあるクラスメイトをひとりきりにする計画へとたどり着いた。息を潜めてクローゼットとベッドの下に隠れていた少女たちの前で、噂の子は千円札を素早くポケットに入れた。

わらわらと現れた同級生たちの前に、ポケットの金を投げ捨て、少女は友人宅を飛び出した。少女はそのまま両親と学校を味方につけて、罠《わな》を張った同級生たちに頭を下げさせたという。

「自殺しようとしたんだって。それで、おおごとになっちゃって。死ななかったのはよかったけれど、発案者がわたしだったんで自然と孤立。泥棒女はいま、クラスの人気者なの。一度死のうと思ったお陰で、タロット占いができるようになったんだって」

「そりゃあ、わかりやすくて、かえってつまんないねえ」

すみれが床に百八十度の美しい開脚をするそばで、啓美もひとつひとつ関節を広げる。背中や脇腹についた贅肉《ぜいにく》が圧迫されて苦しい。

「五年間好きに食べたり飲んだりしていたら、人間の体なんてすぐにぶよぶよになっちゃうんだなあ。体質のせいばかりにもできないみたい。戻すのにどのくらいかかるかなあ」

「啓美さん、体が戻るまで家にいたらいいのに」

「そういうわけにも、いかないんだよね」

「逃げてるから?」

驚いた。この少女は啓美が追われていることを知っているのだ。理由までその耳に入っているのかどうか、訊ねてみる。

「知ってる。『光の心教団』の毒ガス事件に関わってたんでしょう」

「間違ってないけど、正しくもないよ。それは週刊誌に書いてあることだもん」

本当のところはどうなのかと問われ、施設で迎えた静かな朝から始まった逃亡をかいつまんで話した。施設で暮らしている間に、教団が爆発的に大きくなっていた事実も、幹部が一階でなにをしていたのかを、知らなかったことも。

「阪神大震災も、この三か月で知ったの。施設の暮らしは、いま思えばとても地味だった。瞑想したり体操したり、食べたり眠ったりを、とても安全な場所で送れていたんだなって思う。運営にかかるお金も、信者が寄進した財産だったから、よく考えたら次々にお金持ちの信者を入れていかないと難しかったんやね」

すみれは興味があるのか、ときどき動きを止めて啓美の話を聞く。

「じゃあ、啓美さんはなにも知らなかったってこと？」

「まだ捕まってない幹部と別行動になってから、なにがあったのか、週刊誌や新聞で初めて知ったの」

逃げなくてはいけない状況なのは、川崎のアパートに缶詰めになったときにわかっていた。逃げる気になったのは、貴島が金を持っていたからだった。当面の金がなければ、あっさりと警察に出頭して事情を話していたかもしれない。母から逃げるために選んだ場所だったのが、いまは世間から逃げている。理由が次々に変化して、逃げる啓美はひとりだが、景色はずいぶんと変わった。

「じゃあ、啓美さんはこの先も逃げるんだね」

「おとうさんが通報しなければね」

みどりが通報するかもしれない、という想像は言葉にしない。

すみれは「うぅん」とひとつ唸《うな》ったあと、それは問題だなあとつぶやいた。そして啓美がのけぞるような提案をしてくるのだった。

「じゃあさ、わたしたちと一緒におとうさんに叩かれてみない？」

返す言葉を見失った啓美に、すみれは悪戯《いたずら》っぽく笑いながら前後開脚を決めた。

教室に通い出してまだ半年だというのに、この子が選んだ習い事は気まぐれでもなんでもなく、一生を左右する選択だったのではと思えてくる。

すみれの膝は見事に反って足の甲も厚く、この脚がいつか大舞台を踏むことを予感させた。すみれは足首を回しながら歌うように軽やかな口調で言った。

「わたし、バレエを続けたい。バレエのことを考えているときだけ、そのほかのことなんてどうでも良くなるし。でも、最近おとうさん、だんだんおかしくなってきちゃって。ばれるのも時間の問題だと思うのね」

どうおかしいのか訊ねてみる。

「最初はただ叩くだけだったんだけど、ベルトを使うようになってからちょっと変わった。こっちも痛いしすごく嫌なんだけど、なんだかおとうさんのほうがかわいそうな感じ？」

すみれが笑う。その笑顔に半分ぞっとする。叩いている側が観察されているのだ。

「狂ってる、ってあんな感じかも」

「そりゃ、すごい表現だね」

「だって本当だもの。啓美さんに見せてあげたいな、ベルト振り回してるおとうさん」

見てみたいとも、見たくないとも言えなかった。


今後のことを話し合おうと言ってから、一週間が過ぎた。

「レオタードを乾かすのも大変だよね」

「けっこう慣れました」

「あれから、叩かれたりしてる?」

みどりは唇の端を持ち上げて、首を横に振った。助かります、と控えめな口調で頭を下げた。

家事を手伝ったり、アロマオイルの配合を習ったり、週刊誌を読んだりで時間は面白いほど早く過ぎてゆく。帰宅したすみれと、父が戻るまでの時間、話しながらストレッチをする日々が思いのほか楽しいのも事実だ。

けれど、とうっすらとした不安も湧いてくる。一歩も外に出ない暮らしが苦にならないとはいえ、このまま期限を決めずに居候を続けるわけにもいかなかった。自分がここに留まり続けて、それで父の行動が収まるということでもないだろう。暴力の在るところに「光」は生まれない。信じる信じないというところを超えた、これはときおり降りてくる修行の成果だ。

あの日、実行犯になったのは貴島ひとりだった。携帯電話を握りながら泣いていた男の悔いは、どこに向かって流れたのか。

啓美さん、とみどりが顔を覗き込む。どうかしましたか、と問われた。

「頭にもやがかかってるみたい。生理が近いからかも」

みどりが「あら」と言って立ち上がり、ショーツや生理用品を入れたポーチを持って戻ってきた。

「生理が終わったらゆっくり考えましょう」

言いながらみどりがフレンチスリーブの袖口を肩までめくり上げた。右の肩の後ろ側に梅干しがふたつ並んでいるような皮膚の変色がある。

いったいどんなことをすれば こんな鬱血《うっけつ》が、とみどりの顔を覗き込んだ。痛そうに見えないどころか、うっすらと笑っている。

「今朝見たら、こんなになっちゃってて」

「パパがやったの？」

みどりはおおよそその場にそぐわぬ笑顔で頷いた。

「写真を撮ってもらえますか」

みどりはエプロンのポケットからインスタントカメラを出して言った。

「残しておかないと、消えちゃうんで」

なるほど、と紙とプラスチックでできたカメラを受け取った。右肩の後ろにこんな鬱血を作るのは、自分では無理だ。痛いのは当然で、訊ねたいのはその方法だ。カメラを構えて、袖口をめくりあげた肩口とみどりの振り向き顔を一枚撮った。教えられたとおりフィルムを巻くダイヤルを回す。

「どうやったら、そんな色をつけられるんだろう」

二枚目の準備をする啓美に、みどりの返事はあっさりしている。

「つねるにも、最初から力を入れると痛みで悲鳴が出ますけど、じわじわやると麻痺《まひ》するんですね」

礼を言いながらカメラを受け取ったみどりが、残りの枚数を確認して「あと三枚か」とつぶやく。そして、冷蔵庫の扉に貼ってある宅配乳酸菌飲料のカレンダーを見た。

「残りはなにを撮っておこうかな」

現像に出す日でも決まっているのかと問うと、そうだと答える。

「毎月、月末に決めてるの。ほら、日付がちゃんと入るし、カメラ屋さんも大切な証人だから」

みどりが、啓美の顔にカメラを向けた。

「なにするん、やめて」

「だいじょうぶよ」

みどりはのんきな表情で続ける。

「もう少し、ここにいてください。わたしが、啓美さんを別人にしてあげるから」

みどりの言葉が真実味を帯びてきたのは、それから一か月後のことだった。

一か月間、夕食も午後五時にひとりで摂り、眠る場所もすみれの部屋となり、父とはほとんど会わずに過ごせている。朝も会わず、夜も家族の食事には加わらない。まるきりこの家にいないような生活が成立するのも、みどりとすみれの協力があってこそだった。

そのあいだ、一度警察が訪ねて来たが、父もみどりも見事な演技で玄関先の数分を乗り切った。不本意な状況だが、警察は父にとっても厄介この上ない存在なのだ。

父と、今後のことを話す機会はなかなか訪れないままだ。

ときどきみどりの体に傷やあざがつく。啓美は毎回写して残す。

みどりが啓美の食事だけ別に作るようになってから一週間を待たず、代謝が良くなったのかすぐに汗をかくようになった。日本海側の夏の暑さは、大阪のそれとも質が違う。みどりの言いつけどおりストレッチ、スクワット、階段の上り下り、水分補給と筋力トレーニングを続けた。体を動かすこと自体は嫌いではない。結果、一か月で十キロの減量が成されたのだった。

体重計の数字を覗き込んだみどりが「もう少しですね」と言う。体はかなり軽い。昼間すみれが学校へ行っている間に二時間のストレッチをし、二リットルのペットボトルをダンベル代わりにして汗をかく。そのぬるい水は、翌日に体に流し込む分だ。ほかになにもすることがないので、みどりが作った運動メニューをこなし、毎日褒められることで過去に感じたことのない面白さを味わっている。

「結局、パパとは一か月近く会ってないね。変な生活。気持ち悪がってない?」

「啓美さんのことはなにも言いません。一緒の食事はご遠慮なさっています、と伝えてあるし」

表はじりじりとした暑さだが、話し声が外に漏れることを気にして日中は終始エアコンを二十八度に設定してある。三十度を超えるすみれの部屋でひとり黙々とストレッチをしている間は汗だくだが、階下でみどりの作った食事を摂っているときは湿度も低く極楽のようだった。

色のついた飯は、玄米かと思えばこんにゃくが混じっているという。五穀米を混ぜたご飯は、こんにゃくによる嵩増《かさ》しのおかげで腹いっぱいになるし、揚げ物に似せた肉も、豚や牛ではなく鶏のささみ。量は変えずにカロリーを下げているわけだが、野菜の彩りとドレッシングやソースで、食べる側にはまったくストレスがないのだった。お茶菓子には、おからを使ったクッキーが出た。それも彼女の手作りだ。

「啓美さんの武器は、きっとその真面目さなんだと思います」

「不真面目って言われたことはないけれど、真面目もちょっと違うと思う」

みどりはふふっと笑って、薄いノートに今日の体重を書き込んだ。食事メニューとカロリー、一日の運動量、そして体重のグラフが神経質な文字と線で書き込まれている。

量を減らすわけでもなく、材料を変えて筋力とカロリーに働きかける食事を作るみどりが、夜中には神経が麻痺するほど夫につねられている。啓美がこの家に留まっている理由は相変わらずはっきりとしないが、すみれがベルトを鞭にして打たれている場面はないので表面的には静かで、湿った時間が流れている。最近は、そのためだけにいるのかもしれないと考えるようになった。

ここにいる限りは安全だとみどりが言う。啓美もそれを否定しない。けれど、と思うのだ。だからこそ余計に、ここで捕まるわけにはいかない。父の家族というよりは、父を介して知り合った知人として啓美を慕う異母妹に、重たい荷物を背負わせることになる。

体のpH《ペーハー》を整えるというハーブティーを飲んでいたところへ、電話の音が響いた。鳴るたびに両肩が持ち上がる。みどりが二度目のコールで受話器を取った。

「はい、そうですけれども——どちら様でしょうか。いいえ、存じ上げませんが。すみません、どちら様でしたか、もう一度お願いします」

嚙《か》み合わない問答をしているうちに、切れたらしい。受話器を戻しながら、みどりの視線が啓美に返ってきた。

「なんだったの」

「わからない。岡本啓美さんをご存じですかって」

涼しいはずの部屋で、背中にひとすじ汗が伝った。胸の下、腋のあたりにじわじわと湧いてくる。

「警察かな」

みどりはすぐに首を横に振った。警察ならばそう名乗ると言われればそうだ。

「女の声でした。アイハラなのか、アユハラなのか、はっきりしませんでしたけど」

「岡本啓美を知ってるかどうか、訊かれたんだ」

知らないと即答しても良かったのだろうか。啓美は身近に迫ってきた追っ手を想像する。ここに電話をかけてきた意図はなんだろう。

「そろそろ、出て行ったほうがいいね」

「まだ、靴を買っていないから」

「出回ってる写真とは、ずいぶん変わったと思うし。舞台化粧とまでは言わないけど、少し塗ればなんとかなる、きっと」

新潟に来るまでのあいだも、誰も啓美に気づかなかったのだ。人は見たいものしか見ないし、堂々と歩いていれば誰も疑ったりはしない。すべてとすれ違ってゆけばいい。

「ここでわたしが捕まったら、すみれちゃんはますます学校が嫌になるだろうね。レッスンにも行きづらくなるだろうし」

みどりの親切には感謝している、と告げると彼女の顔にうっすらと血の気が戻ったように見えた。血縁などみじんも信じてはいなかった。父も母も、自分たちの生活が娘によって脅かされることを恐れている。もともと、いつか切れてゆくものだったと思えばなんということもない。

「ここを出て、どこへ行くのですか」

「わからない、行けるところに行ってみる。これでけっこう運がいいし」

行き先を言っても言われても、お互いに負担になるだけだろう。みどりはひとつ息を吐いて「髪も切らなくちゃ」と言った。

「一か月で、ずいぶん体が軽くなった。もう無駄に増やさないようにする。みどりさんには本当に感謝してる」

みどりが「すみれの、おねえさんだから」と微笑んだ。

「すみれが言うの、啓美さんは悪い人じゃないんだって。そんなこと、わたしだってわかってます」

「すみれちゃんは、バレエでけっこういいところまで行くと思うの。本人次第だけれど。あのやる気があたりまえになって、不安を持たないで続けられたら、望むところへ行けるような気がする。いまだからわかるんだ。大事なのは、自分を疑わないことなの」

ぱっと華やいだ表情でみどりが小刻みに頷いた。

「履き物を、買ってきます」

「ありがとう」

その夜、布団に入ったあと、すみれに切り出した。

「そろそろ、行かなくちゃいけないみたい。明日、靴を買ってきてもらうことになったよ」

「どこに行くの」

かさかさとも、こそこそともつかない囁き声が暗い部屋に積もってゆく。

「まだ決めてない。右へ行こうか左に行こうか。足が向いたところに」

「行かないでほしいな」

「こんなに長くいられると思わなかったの。ちょっとすみれちゃんの顔を見てみたいなって思ったんだ。林間学校に行ってる日だったね」

長い沈黙が続いて、もう眠ったかと思ったところでぼそりとすみれが言った。

「お願いだから、おとうさんがわたしを叩くところを見て」

「わたしがいなくなったら、また叩くかな」

「叩かれると思う」

その話になると、しのびないのだった。啓美が出て行けば、間違いなくまた始まるという。想像するだけで脳裏に嫌な絵が広がる。

「出て行く前に、言っておこうか。そういうのもうやめてって」

間髪入れずに「無理」と返ってきた。

「おとうさん、啓美さんがいるからここに来ないだけ」

嘘だと思うのなら、出て行くふりをしてこっそり見てみたらいい、と言う。怖くないけれど叩かれればしばらくは痛いし、なにより怪我《けが》をするのは嫌なのだという。

「啓美さんがいなくなったら、また始まるよ」

叩かれ慣れた子どもにとっては、親の顔色がすべてだった。大阪にいた頃は借り物のように暮らしていた男が、どうして妻や娘に手を上げるようになったのか、啓美も知りたい。

「クラスの、泥棒さんのときと同じことをすればいいの?」

すみれが夏掛けの端でくぐもった笑いを隠す。やってみようか、と言うとすかさず「うん」と返ってきた。


夏休みに入ってすぐ、啓美はみどり一家が夕食を終えたあとのリビングに下りた。父がソファーで新聞を広げている。窓にはカーテンが引かれており、エアコンも父の好みの温度設定なのか少し寒いくらいだ。

「パパ、ちょっといいかな」

振り向いた父が、まるで幽霊でも見たような表情になったのを見てほっとする。極力会わぬようにして過ごせたのもみどりのおかげだったが、こんなに驚くとは思わなかった。髪の毛はみどりが短く切ってくれた。頭のかたちがわかるくらいだが、これで多少きつい化粧をすれば大丈夫だという。

——出回っている写真と同一人物だとは、気づかれないと思います。

彼女が言い切ると、啓美もそんな気持ちになってゆく。

「ずいぶん面倒かけました。お礼、なにもでけへんのやけど。明日出て行きます。本当にお世話になりました」

「出て行くって、行き先にあてはあるのか」

啓美は「なんとなく」と答えた。父の表情には明らかな安堵《あんど》がある。元の娘を追い出すこともできない小心さと、現在の妻と娘に暴力を振るう心根と、いったいどっちが本当の彼なのか——ああ、と思い至った。どちらもこの男だ。

ひとは弱気でちいさくなり、弱気でおおきくもなる——外に出てやっと教団の教えが啓美の血肉になっているのがわかる。父は、心の弱い人間なのだ。

あのままなんの疑いも持たず施設で年を取っていたら、自分はどうなっていただろう。

全財産を教団に寄付して、無一文の状態で日がな一日瞑想をしていた信者の背中を思い出せば、人の幸福がいったいどこに在るものか、そこだけが集中してぼやけている。貴島の真面目すぎる性分と、遂行した任務と、その道連れとなった自分。どれもが、弱気でおおきくなったりちいさくなったりした心のなれの果てだ。

「人目につかないように出て行くので、いまのうちにご挨拶をと思って」

父が数秒黙り込み、顔を上げた。

「やっぱり出頭する気持ちはないのか」

「そうしたほうが、いいと思うん、パパは」

「まだ若いんだ、やり直しはいくらでもできる。悪いことは悪い。知らなかったことも、決していいことではなかったと思わないのか」

「なにを悪いと思えばいいのか、正直まだわからないんや。もう少し時間が必要やと思う」

「ニュースは見ているだろう。お前が関わったこと以外にも、ずいぶんといろいろなことをやっているし逮捕者も出ている。お前が思うよりずっとひどい団体だったことも、大きな事件だったことも理解しないと」

「理解はできないけど、知ってる」

「お前は——なにがやりたいんだ」

まさかそんな質問が来るとは思わなかったので、急には言葉が出てこなかった。なにがやりたいとか、どこへ行きたいとか、考えたこともなかった。

台所を振り向き見ると、みどりが不安そうな瞳をこちらに向けている。この壊れきった家族のなかに、自分の居場所など求めたこともなかったが、みどりの親切には感謝をしている。唇の端を持ち上げると、みどりが浅くひとつ頷いた。

「パパやみどりさん、すみれちゃんには迷惑をかけないようにします。だから、わたしがここにいたことも、誰にも言わんといて」

「好きにしろ」

父の手に再び新聞が広げられた。紙が擦《こす》れ合う音が、少しばかり大きくなる。

ここにいたことは、言わない。それはお互いに課した約束だ。父もみどりも、口には出さない。

そして、啓美も。

「さよなら、パパ」

父は応えなかった。

翌朝、父の不在時に出て行ったことにするため、みどりが用意してくれたスポーツメーカーのサンダルを二階のすみれの部屋へと上げた。みどりが五日分の下着や着替えが詰まったボストンバッグの隅に、登山用のコンパクトなブランケットを一枚入れた。

バッグ片手に、見知らぬ街を歩く自分を想像する。みどりのお下がりのポーチには、化粧道具が収まっている。眉毛と目は常にしっかり描きましょうね、と言いながら詰めていた。

「本当に、出て行っちゃうんですね」

「うん、ずいぶん長くお世話になった。見かけもずいぶん変えてもらった。みどりさんには感謝してる。週刊誌にあった手配写真とは全然違う」

みどりは満足そうに頷いて「維持してね」と微笑んだ。

この先は、自分のための体重管理なのだった。母の機嫌を損ねることを恐れてではなく、追っ手が手にしている写真から遠く離れるために、髪を短く切り化粧をする。

――おそらく三日を待たず、すみれにきつく当たり始めると思います。また、あの毎日が戻ってくる。

みどりはそう断言する。彼の苛立ちはもう極限に達しているはずだと言う。

――わかるんです、スイッチが入っているのにすみれの部屋へ行けば啓美さんがいる。叩かれるわたしたちが悪い、という論理があるので、それが通用しない相手の前では決して手を上げられません。

啓美は、そこでようやく言語化できたひとことを放った。

――ねえ、どうして逃げないの。

みどりの返答は予想もしていないことだった。

――どちらかが死ぬまで続くんです。

――誰かに、助けを求めることだってできるじゃない。

――誰か、って、誰ですか。

逆に訊ねられて、言葉を失った。自分だとはとても思えない。啓美が出て行ったあと、ふたりにとっての救世主が現れてくれれば――その救世主は、ふたりからまたなにかを搾取する。

――パパが、先に死ねばいいんだろうね。

みどりは荷物を整える手を止めることなく、軽やかに「そうですね」と言った。


父がすみれの部屋にやってきたのは、啓美が出て行ったふりをして二日目の夜のことだった。父が二階へ上がってくる際は、ベッドと壁の隙間《すきま》に入る。上から大判バスタオルで覆っておけば、ベッドの上から覗き込まない限り見えることはない。すみれとふたり、父の足音がするたびに身構えて目くばせをし合う。イベントを待ちわびる子どもの、楽しいひとときだ。

ノックだけは遠慮がちだった。啓美は寝そべった場所から、息を潜めてすみれの足下とラグマットが敷かれた床を見つめる。

「すみれ、ちょっといいかな」

部屋に入ってきた父が、机に向かっているすみれの後ろに立った。

「このあいだ、不思議なものを見たんだよ、おとうさんに説明してくれるかな」

「不思議なものって、なんですか」

「すみれによく似た女の子が、バレエ教室に入って行ったんだ。おとうさん、バレエだけは駄目だって言ったよね。覚えてるかい」

猫なで声とはこういう声のことだろう。

「おかあさんのアロマ教室のお手伝いに行ってるはずのすみれが、どうしてバレエ教室に入って行くわけ」

「見間違いだったと思います」

「僕は、すみれの父親なんだよ。見間違うわけないよ」

「わたしは、知りません」

「もう一度訊くよ、バレエ教室に入って行ったのがすみれじゃないのなら、おとうさんが間違ったってことだよね」

「わかりません」

「間違ったって、ことだよね」

すみれが一拍置いて再び「わかりません」と言った瞬間、キャスター付きの学習椅子が後ろに倒れた。思わず声を上げてしまいそうになるのを、必死で堪えた。

椅子から転がり落ちたすみれが、床に突っ伏している。さらさらとした髪が広がる。父の靴下がすみれの髪の毛を踏んだ。

「間違ったのは、本当におとうさんなのかな。もしもすみれだったら、どうする？　どっちが正しいか、ちゃんと確かめないといけないよね。なんでも中途半端はいけないって、おとうさんずっと言い続けてきたよね」

大阪で岡本の家にいたときには聞いたこともないほど、嫌らしく柔らかな声だ。いま、すみれの髪の毛をじりじりと踏みつけているのは、啓美の知らない男だった。

――啓美さん、お願いだから、途中で出て来たりしないでね。最後までよく見て。なにをされても、見ていて。

ここに潜んで一部始終を見る、という計画を立てたときから、すみれが言い続けていた言葉を胸で繰り返す。足が少女の頭に乗せられた。

「その子本当に、すみれにそっくりだったんだよね。すごく嫌だったよ。おとうさん、バレエのこともバレエを習う人も教えるひとも、大嫌いなんだなあ。この世でいちばん嫌いだって言ったよね」

娘の頭を踏んでいた足が下ろされた。微かな金属音がする。ベルトを外す音だと気づいて全身から粘つくような汗が出る。

すみれが頭を反転させた。髪の毛の隙間から覗く目が啓美の姿を確認して光る。

ベルトを外す音が、川崎の部屋での記憶に繋がった。すみれの目が、これから起こることをよく見ておけと言わんばかりに見開かれた。

住宅街の子ども部屋には似つかわしくない音が響く。ひゅんと革ベルトが風を起こした直後、鞭の音とともにすみれがうめいた。

「おとうさん、バレエも嫌いだけど、すみれがおとうさんの言うことをきかないのがなによりも嫌なんだ。どうして本当のことを言わないの。正直にバレエ習ってるって言ったらいいのに」

「習ってません」

「またまたまた。じゃあ、あのそっくりな子はいったい誰だったんだろうなあ」

再びベルトが振り下ろされた。

「わかりません」

「じゃあ、今週もおとうさん仕事を休んで、おかあさんのアロマ教室の見学に行っちゃおうかなあ」

二度、三度と振り下ろされるたびに、すみれのうめき声が上がる。すみれにも自分にも、この男の血が流れているのだと思い至り、言葉にならない怒りと悲しみが押し寄せてくる。

「この、嘘つき。お前もおかあさんと同じ嘘つき女だ」

知ってるんだぞ——

その言葉を何度も吐きながら振り下ろす鞭の先には、娘の背中がある。すみれは悲鳴を上げるでもなく、うめいては息を吐く。

啓美はもう、約束を守れなくなった。すみれがどう思おうと、いい。こんな場面を最後まで見てから出て行けと言われる理由がわからない。

すみれちゃん、ごめん——

ベッドと壁の間から体を起こした。父が、息を切らしながらベルトを揺らしている。視界に入った人影に、ゆっくりと視線を向けた。

男は、人の貌《かお》をしていなかった。

「パパ、なにするん。やめてや」

啓美は、息を潜めていた名残か腹から声が出ない。細い声が、自分でも驚くほど震えていた。

「パパ、やめて。すみれが死んでしまう。その子、わたしの妹やんか」

ぐわあ、という叫び声が家中に響き渡った。床に転がるすみれが、素早くベッドの上へと逃げた。

血走った目の父が、獣のように吠えるのを見た。啓美はすみれの体を両腕で覆った。少女の腕が啓美に助けを求めている。

「パパ、もうやめてや。なにがそんなに気に入らんの。わたしか、ママか。大阪での暮らしはそんなにつらかったんか。バレエがそんなにあかんのか」

啓美の言葉は、しかし父には届かなかった。倒れた学習椅子を両手で持ち上げ、机の上に振り下ろす。スタンドが割れ、次は壁に見事な穴が空いた。啓美はすみれをベッドと壁の隙間へと押し込み、その体を守った。

壁を打ち、床を打ち、窓硝子が割れた——

轟音《ごうおん》なのか、声なのか。割れた硝子の向こうへと放たれる父の叫びに、やがてサイレンの音が重なり、家の前で止まった。近隣から通報が入ったのだろう。

結局、なにが父のスイッチだったのか、啓美にもわからなかった。再びベッドと壁の間に体を滑り込ませる。

叫び、暴れながら階下に連れて行かれる父を見送ったのは、Tシャツの背中に血を滲ませているすみれだった。

啓美は最初からいなかった人間となり、ベッドの下で、もつれながら去ってゆく父の足を見た。

夜明け前、そっと家を出た。

みどりの買ってきてくれたサンダルは履き心地が良かった。遠くに潮のにおいを嗅ぎながら歩いてゆく。心細い街灯に足下を照らされながら、別れ際のすみれの言葉を繰り返し耳に響かせていた。

——人って、不思議だね。

やって来たときは梅雨の入りだったが、出て行くときは季節をまたいでいた。勘を取り戻した体が、前へ前へと進んでゆく。さあ、どこへ行こうか。名残惜しそうな星々が空に瞬くなか、啓美は歩いた。

薄明るく明けてゆく空の下、早朝ランナーとひとり、ふたりすれ違う。繁華街に近い川の縁へ来ると、さらに増えた。のっぺりとした川面、ビル群の向こうには山が見える。久しぶりに何時間も歩いたので、ふくらはぎが張っていた。

川岸の遊歩道にあるベンチに座ると、暑い一日を想像させ、短い風がひとつ吹いた。啓美はバッグを抱え、取っ手と手首をハンカチで繋いだ。

目を瞑ると、父の血走った目が通り過ぎる。みどりが絶好のチャンスを待っていたのだとすれば、その謝礼として啓美の体や顔を逃げやすい形にするぶんくらいはあったのだろう。

彼女たちには、啓美を警察に突き出すよりも大切なことがあった。この利害関係は今の啓美にとって、血の繋がりより信頼できるものだった。

——人って、不思議だね。

本当だね、すみれちゃん。

声なくつぶやけば、眠気がやってくる。素直に頷いていると、瞼が重くなった。

夢のなか、啓美を呼ぶ声がぽつんぽつんと聞こえてきた。女の声だ、誰だろう。

岡本さん、岡本啓美さん――

はい――

返事をしてしまったところで目が覚めた。ベンチの前、Tシャツとジーンズにリュックを背負った女が、啓美の顔を覗き込むようにして立っていた。

第三章

鬼神町

二〇〇〇年十月、ラジオからジュリー・ロンドンの訃報が流れた。

記憶にどんなスイッチを入れたものか、スナック「梅乃《うめの》」の開店準備をしている啓美の横で、梅乃が「ラヴ・レターズ」を歌い始めた。

「梅乃さん、好きでしたもんね」

「どんなスターも死んでしまう。あたしも自分が八十になる日が来るとは思わなかったよ。まあ、そのうちコロリと逝けたら最高なんだけどね」

啓美が「鈴木真琴《すずきまこと》」になってから五年と少し経った。年齢は一九六九年生まれの三十一歳、干支《えと》は酉《とり》。実際の年齢よりも三歳上なのは、梅乃の孫として本物の鈴木真琴がいるからだった。

「今日はちょっと肌寒いねえ、雨が降るのと違うかねえ」

残暑の記憶も新しいのに、今日は急激に気温が下がった。今年もまた、半袖からいきなり長袖のTシャツだ。胸元の大きくあいた安いTシャツと、体にぴったりと添った黒いパンツがスナック「梅乃」を事実上仕切る「真琴」のユニフォームだった。

新潟でしっかりと落とした体重は、その後多少の増減を繰り返したものの、四十三キロでぴたりと落ち着いた。梅乃の食生活が糖尿病患者のそれであることも大きい。限られたカロリーの範囲で暮らしていると、若い体には期待以上の健康が授けられた。

一度膨らんでから絞ったせいか、胸と尻が残ったのは良かった。町にある数件のスナックのなかで、五十歳より若い女がカウンターに立っている店は「梅乃」一軒だけだ。八十と三十一、どんな客も漏らさずに相手ができる。目が衰えても足腰に自信がなくなっても、梅乃の口が達者なのはありがたい。

梅乃は、光とおおよその人物は判別できるけれど、生活に必要な文字を読む視力は残っていなかった。少しずつ失われてゆく視力はもう、手術もできず回復は不可能だという。店の中や住居など慣れた場所ならば暮らせるけれど、家事やお店を切り盛りするには同居者が必要だった。

五年前、信濃川《しなのがわ》の川縁《かわべり》で啓美に声をかけたのは、梅乃の孫で本物の鈴木真琴だった。

――岡本さん、これからどこへ行かれますか。

――わからない。堂々と行けるところがあるなら教えて。

――じゃあ、わたしの頼みを聞いてくれますか。

渡された名刺で、彼女が『週刊トゥデイ』で記事を書いているフリーの記者だと知った。記者として使っているのは「鈴木まこと」。表向き性別を不明にできるよう平仮名で通しているという。

彼女の祖母が、鈴木梅乃だった。

――あなたに、埼玉の田舎町にいる祖母の手助けをしてほしいんです。

鈴木まこととの頼みというのが「自分になりすまして祖母と暮らしてほしい」だった。自身は東京で「鈴木まこと」として週刊誌記者を続け、啓美は本名の真琴になりすまし「孫娘が祖母の身の回りの世話をするために町にやって来た」ことにするという。

「母はもう他界していて、わたしは祖母のいる鬼神町《きじんまち》には子どもの頃と学生時代に一度行ったきりです。祖母もわたしも、お互い面識のある身寄りはいません。年に一度か二度、連絡を取り合ったりはしていたんですけれど」

孫を頼って東京に出ても金がかかるばかりでいいことはない。それよりは鬼神町に残ってぎりぎりまで店を続けたい、というのが梅乃の希望だった。

初めて会った女にそんな話を持ちかけられ、そのまま警察に連れて行くつもりではないかと疑いながらも、のこのこと埼玉までついて来た。理由のひとつは、彼女が貴島の行方を知っていると言ったからだった。

「常に連絡を取れる場所に潜伏してもらっています。彼にはとにかく、教団にいたときのことや渋谷の毒ガス散布事件までのことを細かく文章に書いてもらうつもりです」

「貴島やわたしを匿って、あなたいったいなにがしたいの」

啓美の質問に迷いのない瞳で「貴島の告白本を出します」と言った。

渋谷で消えた実行犯で手配中の信者ふたりを匿って、手記を書かせて出版する。そんなことをすれば罪に問われることは間違いないと指摘するも、鈴木まことは不敵な表情で一蹴した。

「勾留されている間に、原稿をまとめられるはずです」

そして彼女は啓美に殺し文句を吐いた。

「岡本さんは、捕まったとしてもなんの罪にも問われません。そこは貴島にしっかり聞いています。あなたの罪は、罪名もわからずに逃げていることだけで、それは審理を重ねればはっきりします。ただ怖くて逃げていました、のひとことですべて解決です。わたしが罪を問われたとしても、本来あなたが問われる罪はないんです」

安心して逃げ続けてくださいのひとことに笑みを添えた彼女に連れられてやって来たのが鬼神町だった。

啓美も思い出すままに手記を書いてほしいと言われているが、なにをどう記せばいいのかわからずそのままになっている。鈴木まことは、手記を書かない啓美に文句を言うでもなく、最近では折々の電話で、祖母のそばにいることの礼を口にするようになっていた。

梅乃もまた、身の回りの世話をしてくれる偽りの孫との生活をまあまあ楽しんでいるようだ。啓美が思うに、そりの合わない娘が遺した孫よりも、孫のふりをして世間話に付き合ってくれる他人のほうが気が楽らしい。啓美が手配中の「岡本啓美」であることは承知しているというから、梅乃のそばにいればよほどのことがない限り、逃げ隠れする必要はないのだった。

「梅乃さん、今日はジュリー・ロンドンを歌いましょうか」

「客が来ればねえ」

鬼神町は人口一万二千人のこぢんまりとした古い町だが、東武東上線に乗れば池袋から一時間ほどの所にあり、関越自動車道開通後はその利便性から山の上には工場が建ち並び、丘陵地帯を埋めるようにしてゴルフ場が町を取り囲む。どこの工場も東京と直結していた。雇用を考えると、町にとって工場街は都会に続く血管だった。

啓美はちらと店の入口近くの壁を見る。指名手配の張り紙に、貴島と自分の顔があった。角がめくれあがり、ふたりの顔を囲んだ背景の色もすっかり褪せている。当の啓美も、それが誰なのか忘れそうだ。鈴木真琴になって五年経ったが、誰もその張り紙と啓美を見比べる者はいない。

カウンターに立つ真琴ちゃんと、指名手配の岡本啓美の関係を疑う者もいなかった。

渋谷の実行犯に限らず毒ガス散布事件に関わった人間はすべて出頭するように、という御触書《おふれがき》が教団の弁護士名義で発表されたが、肝心の貴島紀夫と岡本啓美だけは居場所もわからない状態が続いている。

Tシャツを長袖にして、いつもの黒いスリムパンツ姿で開店準備のためカウンタースツールを等間隔に並べる。

今年もあと三か月を切った。

お通しは駅前の八百屋で仕入れた南瓜にレーズンを加え、マヨネーズで和《あ》えてみた。まあまあな味だったようで、梅乃も一度でOKを出す。季節のものをひと品、ふた品、スナック「梅乃」のお通しは、乾物で済ませないので評判がいい。

ドアベルが鳴った。ずいぶんと気の早い客だと入口を見ると、本物の鈴木真琴が入ってきた。

「久しぶり。どう、ふたりとも元気でやってた?」

「おかげさまで。まことさんも変わらず元気そう」

鈴木まことは、信濃川の河畔で会ったときとほとんど変わらない。彼女もまたジーンズにTシャツだ。ふたりともショートカットで身長については本物のほうが五センチ高いくらい。啓美は髪をライトブラウンに染めているが、まことは黒いまま。

同じ場所にいてもなんとなく似た服装の女がふたりというくらいで、顔も髪も別だ。啓美のほうは、入念なアイメイクをしている。名前を共有しながら生きていることは、戸籍がふたりでひとつしかないことを確かめない限り誰に知られることもない。

最初の頃は、人口一万二千の町ではすぐに通報されるのではと用心深く暮らしていたのだった。

「この狭い土地の狭い人間関係だからこそ、身元がしっかりしていれば見つからずにいられるはずなんです」

そんなまことの言葉が説得力を持ったのは、派出所の巡査が店に「指名手配犯」のポスターを持ってきたときだった。

「これ、店のよく見えるところに貼っておいて。梅乃ママは目が悪いんで、マコちゃんが居てくれて安心だな」

渋谷駅毒ガス散布事件・特別手配犯「貴島紀夫」「岡本啓美」

誰も彼も、自分が見たいものしか目に入らない。

手配されている岡本啓美は、身長百六十センチ、小太り、入信前の特技はバレエ、表情が乏しい、口下手。

鈴木真琴を名乗り、梅乃が孫と認めたら、もう啓美は真琴以外の誰にも見えない。ちいさな顔、明るく染めたショートヘア、レオタードで人前に出ても恥ずかしくないくらいの体形、終始笑顔。捜査機関が求める岡本啓美はいま、どこにもいなかった。

逃げるから追われる、それだけのことなのだ。

梅乃には、カウンターに座る女ふたりの顔がはっきりとは見えない。生まれて数回しか会ったことのない孫は「まこと」で、五年一緒に暮らしているほうの孫は「真琴」だ。

まことが膝にのせたリュックから保険証を取り出し啓美に差し出した。

「今夜はこっちで仕事して、明日の午後に戻るから。病院行くなら午前中に頼むね」

「うん、わかった」

貴島は几帳面に回顧録を書いているという。啓美のほうにはあまりうるさく「書き残せ」と言わなくなったのはそのせいもあるのだろう。

貴島の真面目さが奪った命は五人。重軽症者多数。

怖じけた者、出頭した者、行方知れずとなった信者や現師の妻たち。事件内容も犯人も特定されているが、当の貴島が捕まり、裁かれるまで終わらない。

なぜ貴島だけが実行犯になったのか。

いかなる理由があったとしても、貴島には相応の刑が待っている。知らなかったとはいえ同時に指名手配されることとなった啓美には、逮捕されれば長い裁判が待っているのだ。その日が明日なのか、それとも十年後なのかはわからない。ある日突然、鈴木まことの気持ちが変わってしまうことも考えられるし、なにより不用意なことでするりと嘘がばれることもあるだろう。

病院は、その危険が詰まった場所でもある。できるだけ行かずに済むように暮らしているのだが、歯となるとそうもいかない。

ここ五年で、まことから保険証を借りたのは数回。最初の年、頭痛がひどくて薬も効かなかったのが始まりだ。梅乃がまことに電話をかけて、どうにかしてやれないかと相談した際、まことは仕事を置いてすぐに鬼神町にやってきた。

「あなたはあたしなんだから、お願いだから元気でいてちょうだい。調子が悪いときはちゃんと言って。無理すればそれだけあとが大変だってこと忘れないで」

結局、噛み合わせによる頭痛という歯科医師の診断に胸をなで下ろした。

まことが少しばかり恩着せがましい口調になった。

「歯医者のデータって、焼死体とか身元不明遺体の照合に使われるんだよ」

「型を取ったりするなってこと？」

「じゃなくて、口の中からでも身元が割れるんだってこと」

「元気でいろって言ったの、まことさんじゃないの」

「まあ、変死しない限りは照合もないけどね」

それは本物も同じだけリスクを背負っているということではないか、と言いかけたところで、梅乃が割って入った。

「年寄りの前で物騒な話はしないで。タコちゃんとは古い付き合いだから、なにか面倒があったらあたしがどうにかするからさ」

タコちゃんというのは、スナック「梅乃」の常連客で、この町に三代続いた田湖《たこ》歯科医院の院長だ。タコちゃんは若いときから梅乃に弱みを握られている。理由を聞いたのは、頭痛の原因だった奥歯をほんの少し削ってもらったあとだ。不思議なことに、あれからぴたりと頭痛は止まった。

タコちゃんの家には大きなサンルームがあって、そこでは彼の趣味の園芸作品が菊から盆栽から、花器も含めてところ狭しと並んでいるのだそうだ。けれどそれらはただの見せかけで、タコちゃんが本当に大切にしているのは大学時代に覚えた大麻草栽培の鉢なのだった。

「まだあたしの目がしっかりしていた頃だったねえ。先代ご夫妻がずいぶんとよくしてくれてたんだよ。息子が跡を継ぐことになったたって、大喜びの先代院長に食事にお呼ばれしたのさ。息子の趣味は草木の栽培だなんて自慢するんだよ。だけどさ、菊と菊のあいだに色気のないおかしな鉢があるんだ。よく見たら葉っぱじゃないか。この梅乃に、そんなことわからないとでも思ったのかねえ」

そろそろ常連客が来そうな午後七時、まことが住宅部分となる二階の部屋へと上がった。客のふりをするのも面倒だし、どこから来たのか訊ねられて危ない真似はしたくないという。まことのそうした用心深さは鬼神町にやって来るときだけではなく、電話番号は伝えても住所は決して教えないところにも見え隠れする。

　その日は週初めということもあるのか客足はふるわず。日が落ちてからどんどん下がった気温は、十度を割った。梅乃はジュリー・ロンドンの曲を歌いそびれたまま早々に二階へと戻った。

　店の洗い物とフロアの片付けを終えた。店の明かりを消して二階へ上がると、梅乃はもう隣の部屋で休んでいた。八畳の居間にはこたつが幅をきかせており、ふすまで仕切られた六畳の部屋は梅乃が、四畳半は啓美が寝室として使っている。

　こたつの上にノートと筆記用具、取扱説明書を広げて、まことが手元でなにか作業をしていた。化粧を落とし台所で顔を洗っていたところへ、まことが声をかけてきた。

「ねえ、ちょっと来て」

　小声で返事をして、保湿クリームをたっぷり塗り込み、出したばかりのこたつに足を入れた。少し足の先が冷えている。

「ねえ、これ」とまことが自身の手のひらにあったものを見せる。銀色の携帯電話だ。似たようなものを最近、自慢げに首から提げている客がいた。

「流行ってますよね」

「あたしのじゃない。これはあなたのだよ」

「わたしが誰に電話をかけるんですか。嫌なんですよ、そういうの。かかってくるのも、かけるのも嫌です」

　まことが「悪いけど」という前置きをして、いぶしたような銀色の携帯電話で啓美の二の腕をぽんと叩いた。

「この先、なにがあるかわかんないの。事が起きて急に、どこへ動いてもらうか動かないでいてもらうか、決めるのはあたしだから」

「なにかあったんですか」

まことが眉間に皺を寄せる。あまりいい話ではなさそうだ。狭い茶の間をぐるりと見回し、煙草とライター、携帯電話を持って「下に行こう」と合図する。梅乃に聞こえる場所ではできない話らしい。

階下に下りて、カウンターの明かりを点けた。

「貴島が、ちょっとおかしいんだ」

まことが、重ねたスツールをカウンターの前に戻して、口から煙を吐き出し言った。

貴島のことは、手配写真を見てももうほとんどなにも思わなくなった。新しい名前と居場所を得た啓美にとっては、過去に置いてきたもののひとつになっている。

「よく会うんですか、貴島さんと」

「よく会うとか、会わないとか、そういうんじゃないの」

まことは「いま、あたしの部屋にいるんで」と、ふたつ目の煙と共に吐き出す。それは知らなかった。

「あたしさ、地方の仕事とかけっこうあるの。殺人事件の疑いをかけられてる女の家を張り込んだり、半月くらい部屋を留守にしたりするんだ。雑誌記者っていったってフリーだからさ、生活なんてあってないようなもんで、すごく不安定なのね」

「仕事の話、あまりしないですよね、まことさん」

「したってわかんないでしょう。あなたには世俗から離れて暮らしてもらってるわけだし」

世俗のど真ん中ですよ、と喉元まで出かかったが堪えた。

「月のうち半分も一緒にいるわけじゃないんだけどさ。あのひとまったく外に出ないし、テレビも観ない、なにをやってるのかと思えば、同じ本を何度も開いたりしてるの。あたしが原稿を書いたり調べ物をしたりしてるときは、隣の部屋で瞑想してるんだよ」

「彼、まだ教団の教えを信じてるんですか」

「もう、現師からは気持ちが離れたようだけど」

言いよどむ気配が煙と一緒にゆらゆらと漂い続ける。この先、彼女がいったいなにを言うのか想像するには少し情報が足りない。

「貴島さんがおかしい、ってさっき言ってたけど」

「男って、どうしてああなんだろう」

吐き捨てられたひとことで、おおかたを察した。男と女か。考えられないことではない。

「貴島さん、瞑想中になにを考えてるんだろう」

「子どものことじゃないの」

さして高くもないスツールから崩れ落ちそうになる。子どもとは、一体どういう展開か。

「ピルを、飲み忘れたの。それだけのことなのに。感傷的なのは好きじゃない。いまそういうことを言ってるときじゃないでしょうって、何度も言ったし向こうだってわかってるはずなんだよね」

心臓が少し速く打ち始めた。どういう状況なのか、こちらが問いたい。

「張り込みの合間に始末してきたこと、いつまでぐずぐず言ってるんだか」

煙の隙間の彼女を見た。新しい一本に火を点けては三口で吸い終わる。隣にいるだけで喉がいがらっぽくなってきた。

「貴島さんと、そういうことになってたんですか」

「まあ、同じ家にいればそういうこともあるよね。向こうもこっちも健康な男女だしさ」

少し蓮っ葉な口調で、まことが続ける。

「あたしも、そんなこと別に、言わなきゃ良かったことなんだけどさ。家で女を待つだけの暮らしをする男にとって、女に拒絶される理由は一生を左右するくらいの重みがあるらしいんだ」

まことが唇を歪ませた。

拒絶をされる理由を求めた貴島は、面倒になった女に本当のことを告げられて、内側にひょっこりと中途半端な善人の芽が出てしまった。

「どうしてそんなひどいことをするんだ、って。この男、本当に馬鹿じゃないかと思ったのね。自分の置かれた状況をよくわかってないんだ。中出しなんかさせるんじゃなかったな。ピルを飲み忘れたあたしが悪いといえば悪いんだけど。二か月なんて、まだ形にもなってないじゃん。それを新しい生命だ、慈しむものだ、なによりふたりの間にできた大切な命じゃないか、なんてさあ」

「ふざけた男」

店の客と話しているような、不思議な遠さを感じたまま口にした。まことは「ふざけた男」のひとことが気に入ったようで、煙草の煙の間で笑い続けた。

「やっぱり、頭が良すぎたんだろうね。人よりよく働く頭で美しいものを見ていいことばかり考えようとすると、ひずみができるのと違うかな。あのひとも、少しは濁ったものや汚れたものから何かを受け取ったほうがいいと思うんだよね。既に何人も殺してるってのにさ」

川崎の汚いアパートで、大きな熊に襲われた啓美を見て泣いていた貴島の姿を思い出した。あの男はあの日から一歩も前に進んでいないのか。

「このあいだ、奴の書いた手記をこっそり読んでみたんだけどさ」

にやついたまことの目元に、少し皮肉が残っている。

「自分の生い立ちから書いてるんだよ」

「幼稚舎からずっと、純粋培養のエリートだったんですよね」

それは週刊誌から拾った知識だ。啓美は事件の日と翌日の貴島しか知らない。週刊誌には、生まれ育った街の人間、同級生、親族、果ては親の土下座する姿が載った。どれもこれも、自分たちには関係のない事件だが知人あるいは血縁の者が大きなことをしでかしまして、という体だった。みな、口を開ける程度の関係なのだ。

「どんだけ自意識過剰なんだか。周りは彼の脳みそが誉れだったわけでね、人間として総括されたものについてはあまり興味を抱かれなかったんだろうね」

「どういうことですか」

「なんにつけ、弁が立って頭が良くて、見てくれもそう悪くない男っていうのは、いけすかないか、どこかがスカッと抜けてるもんだからさ」

まことがそこで、ふふっと嫌な笑い方をした。煙草をチリチリと短くしたあと楽しそうに言った。

「あいつ、童貞だったんだ」

ああ、と合点がいって大きく頷いた。川崎での痛い出来事は、まことに出会った頃に話してある。生理が来るたびに下腹に記憶が蘇《よみがえ》るし、梅乃がいなければ店に立つこともできなかったろう。まことに関してはあのときはずいぶん同情してくれたが、いま思えばただの演技だったのかもしれない。本物の鈴木真琴は、スクープの値段が自身の価値と信じるフリーの記者で、人の心のなんたるかは別の棚に置いておける女だ。

いつ逮捕されるかわからない生活も五年経って、拠《よ》り所の女に惚れたとあっては貴島も気の毒なことだった。まことが灰皿に煙草の先を押しつける。火が消えるときの、苦い香りが辺りに広がった。

「で、こっちの真琴のほうは、どうなの。いるんでしょ、これ」

軽く立てた親指に、曖昧な笑みを返した。

「そういうのじゃないです。梅乃さんが言ったんですね」

「まあね、あたしがそこを知らないってのも良くないことだと思うしさ。恩に着せるわけじゃないけどね」

「別に、どうってことないです。言葉もあんまり通じないし」

ユニフォームのポロシャツを着た外国人の、毎日高台の工場へと続く自転車の列が、鬼神町の朝の景色だった。スナック「梅乃」にも、以前は数人の労働者が通っていた。「梅乃」には、外国人技能実習生割引があって、原価ぎりぎりで酒を飲ませる。そのひとりが中国人のワンウェイだった。

「あんたのことがめあてで通ってるって。まんざらでもないっていうじゃない」

「技能実習なんていう名目でこっちに来てるけど、低賃金の労働者ですよ。毎日ぞろぞろと工場に通っている中国人のひとりです。みんな何が楽しいのかよくわかんない、表情ないし」

「けど、悪い気はしない、と」

意地悪い響きを残して、まことが啓美の表情を覗き込んだ。

「遊ぶところも持たない、気の毒な人たちのひとりですよ」

ワンウェイが初めて「梅乃」に現れたのは半年前、本国に戻る先輩とふたりで連れ立ってのことだった。日本語をけっこう上手に操る先輩がワンウェイの名前を紹介する際に「片道のワンウェイ」と言ったのをよく覚えている。

「片道」の意味を説明するのに、店の中がいっとき沸いた。中国では多い名前のひとつらしい。「一方通行」「戻らない」にも通じる名をそのときはとても気に入っていたようだった。

先輩が帰国したあとは、ワンウェイがひとりでやってくるようになった。同僚を連れてくることはない。友人はいないようだ。明日はなにをするでもない休日、という日に現れて、ビールを一本飲んで帰って行く。男が熊のような体形でないことに救われている。

暑い夏の夜に店の明かりを消したあと、なんとなくふたりで外に出たのはいいが、真夜中に行くところもなく近所をぶらぶらと歩いたのがきっかけで、カタコトの日本語に付き合っている。

まことがにやにやしながら言った。

「会話は、なんとかなるんだ」

「会話といえるほどのものじゃないです」

「名前はなんて言うの」

「ワンウェイ」

「国に戻れないじゃん」、まことが声を上げて笑った。

「男と女とか、そういうんじゃないんです。たいしたこと喋ってないし、向こうもそれほど日本語わかってないし」

「いいんだよ別に、男と女だって。子どもさえできなければ」

そのあとはしばらく無言が続き、彼女がくゆらせる煙に、ときどき冷蔵庫が作る氷の音が響いた。まことがどう思ったにせよ、男と体の関係になる気はしない。なによりも、恐怖と痛みがまだ啓美の体内に残っている。

ゆっくりと一本吸い終えたあと、まことが「そういえばさ」と間《ま》を置いた。

「現師の第四夫人だった川口美智子《かわぐちみちこ》、この辺にいるらしいんだよね」

ふるりと体が震えた。貴島の話をしているときは感じない、不意に知らない誰かに髪の毛を引っ張られるような嫌な気持ちだ。

「無人島のリゾート施設に最後まで居座ったって、週刊誌に書いてあったけど」

週刊誌の記事でも、信じていいものとそうでないものがあるのはまことから聞いている。薄い話題に遠い人間の証言をかぶせて見出しを太くしているものばかりだという。案外中核にあるものはなにも報道されていない。現師は、教団幹部に無差別殺人を命じたカルト教団の中心人物として、いまも裁判準備中のまま収監されている。

「川口美智子が子どもを連れて、知人のいる埼玉に身を寄せているっていうところまではわかってる。子どもがいるからには、居場所もすぐに割れるだろうね」

「川口美智子には手記を書かせないの？」

「あちこちに手を出すと、中心がぼやけるだろう。そっちはもう、誰かがやってるはず。じゃないと噂だって流れて来ないさ。案外、埼玉に来ているっていう話もそばにいる誰かのリークかもしれない」

「そんなふうに、貴島の話もわたしのことも、誰かが気づいて泳がせてるだけかもしれないですね」

まことは不愉快な表情を隠さず「そうだね」と言ってしばらくそっぽを向いた。

川口美智子は現師の子を産んだ女のひとりで、早くから五階の一室を与えられていたはずだ。現師と共に離島に渡り、子どもを連れて最後まで島を逃げ回っていたという女。週刊誌には、第一夫人から第八夫人まで顔写真が並んだ。いったいどこから手に入れたのか中学時代の写真やぼけたスナップの切り取りまで、節操のない並べ方だとまことが鼻で笑っていたのを覚えている。

彼女たちが騒がれ始めてから、めっきり岡本啓美の話題が少なくなったことを思えば、ありがたい話だった。

「まあ、なにか面白い情報があったら教えてちょうだい、これを使って」

まことが首に提げたストラップをたぐり、銀色の携帯電話のボタンを押す。待つ間もなく、プルプルという電子音が響き、すぐに切れた。

「この番号を登録しとくね。まことと、って入れておく」

よく似たデザインの携帯電話がカウンターの上をするりと滑って差し出された。

「持たなくちゃ駄目ですか」

「だから、お互いの身を守るためだって。契約者は梅乃さん。だから、安心して。それに」

まことがなにか言いかけてやめるときは、たいがいわざとそうしている。この絶対的な支配のある関係を楽しんでいるのだ。

「たまに、新潟の彼女の声、聞きたくない？　あなたの妹、全国コンクールで入賞したんだってよ。お祝いのひとつも言ってあげたらいいじゃない。お父さんだって、病院に入ってるっていうし」

「病院って」

「こっち」

クルクルとこめかみのあたりで人差し指を回した。

啓美を鬼神町から出さない理由が、自分に代わって梅乃の面倒をみてくれる都合のいい存在だからとしても、この環境から逃げようと思えばいつでも逃げられる。そのうえ携帯電話という通信手段を与えて、新潟にいる父の後妻みどりと異母妹のすみれに連絡を取ることを勧めてみたりもする。この女の考えていることは企《たくら》みなのか穴だらけなのか、腑に落ちないことばかりだ。

父が心を病んで働けなくなったことは以前まことから聞いていたが、入院と知ってほっとした。少なくともいま、みどりとすみれの体に無数のあざができることはないのだ。

「奥さんは、スーパーのパートやアロマやヒーリングの教室を掛け持ちしながら娘を育てているそうだよ」

「まことさん、ずいぶんとあちこちに手を伸ばしてますよね。新潟の情報まで持ってるんだ」

「そりゃあさ、あなたがなにも書いて残そうとしないから、わたしが周辺を把握するしかないじゃない。ついでに」

またただ。今度の情報は一体なんだ。

「大阪のこと、知りたくない？」

「母親のことなら、どうでもいいです。震災で叔母が死んで、もう大阪に用はないから」

へえ、と意外そうな反応を見せてはいても、言いたくてたまらない様子は隠さない。案の定ぽろぽろとこぼれ落ちてくる。

「バレエ教室は、本格的にたたんだよ。震災のあと、教室を復活させるのは難しかったようだ。いまは、娘のこともあるから静かに人目を避けて暮らしてる」

この女は、啓美の反応を楽しんでいるのだ。手記を書かなくても文句を言わないのは、啓美の動きを把握しておきさえすれば問題がないからだろう。啓美が世の中から追われ、今度は母が人目を避けて暮らしている。申しわけないという気持ちは一ミリも起きなかった。

「ご親切に、どうも」

「それだけ？」

「別に、それを聞いたからといってどうしたいとか、ないもの」

あ、そう。まことの反応もあっさりとしたものだった。

「まあ、大阪のお母さんのところにはあたしが定期的に通ってるから、安心して」

「そんなことまでしているんですか」

「あたりまえじゃない。ほかの記者がなにを言っても、決して動じないようにって毎回励ましてるよ。あと、なにがあっても娘の写真は表に出さないようにって。ああそれと、あなた驚くほど写真の少ない人だった。たいがいの女の子は友達と撮った写真があちこちから出てくるもんだけれど、そういうのは皆無。卒業写真はどれも仏頂面。おかげで助かった。お母さんもコンクールの衣裳を着ているケバい顔の写真以外は持っていなかったし。それはそれでひどい話だけどね。まあこれは、こっちで梅乃さんの面倒をみてもらっているお礼だと思ってくれれば嬉しいけど」

関わり始めて五年、もうこの女に呆《あき》れることもなくなった。啓美は「そりゃどうも」と言って首の付け根を揉《も》んだ。もういい加減、全身の関節を緩めてストレッチを始めたい。毎日欠かさず一時間のストレッチをしているというと、まことは感心するけれど、できるだけ自身の健康を維持できるよう暮らすには毎日の積み重ねしかないのだ。筋肉を落とさぬよう努めてはいても、柔軟性ほど体に留まってはくれない。

ふと、ワンウェイはいまごろなにをしているだろうとカウンターの隅にあるデジタル時計を見た。午前零時を過ぎている。明日の仕事に備えて薄い布団に潜り込み、あの男はなにを考えるんだろう。

スナック「梅乃」から歩いて五分の場所に、青いトタン張りの掘っ立て小屋が三軒並んでいる。技能実習生という名目の中国人労働者に与えられた住まいだ。

鬼神町に来たばかりの頃は、そこが物置小屋ではなく人が住むための家だと言われ驚いた。外国人労働者が暮らしていることも、そのとき知った。

夜の散歩の終わり、寄っていけとも寄りたいとも言い合わず短い立ち話をしたのだった。「ひとりで暮らせるだけいい」と身振りを加えて説明するワンウェイには「よかったね」と返した。

高速のお陰で都心に近づいた町の工場街には、毎年のように新しい工場が建ち、そこへ通う地元の雇用者も多い。人手を補うのはアジア諸国からやってくる技能実習生だ。

町の人間と技能実習生の暮らす家は、すぐ隣にありながらまったく交流がないという。お互いが、外国に暮らす者同士なのだった。

啓美はひとつ、まことが喜びそうな質問をしてみた。

「母は、なんて言っているんですか」

まことは首を少し傾げて、煙草の先を赤くしたあと「なんて、って」とつぶやいたあと、続けた。

「あたしは彼女の娘を善意で探している雑誌記者で、この先あなたたち母娘が困らぬよう、どんな展開があっても応援する人間だからって伝えてある。あなたが母親に会いたいのならなんとかするけど、そういうふうでもないね」

「どんな展開があっても、ってどういうことですか」

「下手を打って予定していないところで捕まっちゃうってこと」

鬼神町にやって来て五年、啓美はするりと鈴木真琴になりすまして生きている。自分の指名手配写真の前でカラオケのマイクを握り、グラスにウイスキーを注ぎ、付き合いで水割りを飲み、うっかり言葉も通じない男に惚れる。

梅乃は黙って見ているようで、そのことをぽろりと実の孫に漏らすのだ。惚れるとはいっても、店の内側でなんとなく秋波を送ったり送られたりするくらい。それ以上にも以下にもならない。地元の男は、ここではとても身持ちが堅いのだ。

「捕まったら、どうなるんだろう、わたし」

「取り調べられてもいいところには、まだ行ってない。だから、そういう展開はないの」

「捕まってもいい時期って、あるんですか」

「貴島がとっとと手記を完成させて、どうして『光の心』がおかしな施設を持つに至ったのか、なぜひとりだけ実行してしまったのかを、すべて書いてから。話はそれから。じゃないと、全員の言ってることがおかしくなっちゃうじゃない。スタートはあくまでも、たったひとりの実行犯である貴島の告白原稿が仕上がってからなんだ。じゃないとさ、あなたの無実だって証明できないんだよ。正直あたしの言うとおりにできない人間に、興味はないから」

「その告白って、まだ書き終わってないわけですよね」

痛いところを突いたらしく、まことが鼻から勢いよく煙を吐いた。啓美は、この女の詰めの甘さを垣間見た気がして、悟られぬようカウンターの端に置いたままのカラオケマイクを充電器に戻した。彼女は、言うほど貴島との生活を嫌がってはいないのだ。


翌日、啓美のレントゲン写真を見た歯科医のタコちゃんが、気の抜けた声で「抜こうよ」と言った。マスクの向こうは無表情だ。

「ちょっと疲れたりすると、浮いたり腫れたりでつらいんです」

「歯茎が腫れるのは、炎症を起こしてるからさ。食いしばりもひどい。その親知らずは今後も悪さをするね。顔出してるけどほとんど埋まってるの、見える？　一般の抜歯よりも少しだけ時間かかるし、腫れることもあるから、お店がお休みの前がいいと思うんだけど、どうかな」

梅乃に電話すると、店を休めばいいとあっさり返ってきた。月末にかかる前がいいだろうということで、二日後の再来院が決まった。

古い付き合いのタコちゃんは、診察を終えるとすぐに「梅乃」の客の顔になる。マスクを右の耳に引っかけたまま、オーディオのスイッチをあれこれ動かして音楽をクラシックからボブ・マーリーに変えた。待合室の日なたにも、二つ並んだ診察台にも啓美以外の患者はいない。

「梅乃さんの調子はどうなんだろう。あの年だともう歯もボロボロじゃないのかな。ほとんど来ないけど、定期的に歯石取りくらいするように言っておいて」

「わかりました」

以前は虫歯の子どもたちで賑わっていたという歯科医院も、その子たちが卒業してからは静かになった。大人になった彼らは、設備のいい医院を選んで移ってゆく。タコちゃんは一本ずつ駄目になってゆく年寄りの歯を抜いては入れ歯を作る。一軒閉めれば一軒増えるを繰り返し、鬼神町は周囲からも歯医者の町と揶揄《やゆ》される。

タコちゃんがカルテを眺めながら首を傾げた。久しぶりに人の仕種に警戒をする。傾げた首はすぐに戻り、ボブ・マーリーが空気を混ぜた。

「梅乃さんのお嬢さんの名前、きわこちゃんって言ったっけ。真琴ちゃんのお母さん」

努めて表情を崩さず「はい」と答えた。

「ずいぶん前に西のほうで亡くなったってのは聞いたんだけど、どのくらい経つのかな」

「母のことは、しばらく思い出しもしなかったです。梅乃さんもわたしもあまり話題にしないので」

「ああ、そうだろうねえ。梅乃さんもずいぶん苦労したから。だけど、こうやって孫が代わりに孝行してくれるんだから、人生捨てたもんじゃないなって思うよ」

これ以上タコちゃんの昔話に付き合ってはいけない。みな、孫は見たことなかったけれど、梅乃の娘のことはなんとなくでも覚えているのだ。

川越《かわごえ》の高校を卒業したところで姿を消した。嘘か本当か、当時梅乃が付き合っていた男の手引きだったと聞いた。

啓美にとってはもう、誰と誰が血縁で誰が他人という線引きなどどうでもよくなっている。誰がその椅子に座っても、役目をまっとうすれば本人よりも本人らしくなるのだ。かえって血の繋がりなどないほうが、それぞれの役割に忠実になれる。

「じゃあ、あさってよろしく頼みます」

もう少し話したいふうのタコちゃんを残し、啓美は田湖歯科医院を出た。

昨日より少し気温が下がったようだ。このまま山の緑がすすけてゆき、今年も冬が来る。駅前まで戻ったところで、すっきりと晴れ上がった空を見上げた。最近、ふとした瞬間にワンウェイのことを考えるようになった。

駅前にある不二家《ふじや》の店先で、ペコちゃんが遠い宙《そら》を見ていた。クリスマスには、抜歯の傷も癒えているだろう。ケーキはどうしようか。普段あまり甘いものを食べない啓美も、今年のクリスマスケーキには心が動いた。

今夜のお通しは焼きビーフンにしようと決めて、冷蔵庫の中を思い浮かべる。豚肉がきれているのを思い出しくるりと向きを変えたが、鶏のささみでもいいだろうと足を止めた。

六度目の秋だった。

お前はいったいここでなにをしているのか、と色の褪せた山の緑が問うてくる。

貴島の本意はどこだろう。何年経っても自分を匿う女の言いなりで、ちっとも前には進まぬ回顧録。流れた命を本当に悔やんでいる、お人好しの人殺し。

馬鹿な男を飼い殺しながら、日々に飼われる女も女だ。気づけば啓美も、駅前のペコちゃんと同じ宙を見ていた。

ときどき妙に暖かい日があって、ひと雨来るとたちまち気温が下がる。鬼神町の空はどんどん高くなってゆく。夏のあいだは濃かった緑がところどころ色づいてきた。

抜歯後の傷が塞《ふさ》がった頃、常連が帰ったあとの店にワンウェイが現れた。その時間帯には梅乃が二階へ上がっていることを教えたのは啓美だ。

「こんばんは」

「いらっしゃい」

一か月ぶりの来店だった。啓美の前のスツールに腰掛けて、ワンウェイが「ビール」と言った。

「ずいぶん、寒くなったね」

ひとつ頷いた男の、少し削げた頬に少ないライトが影をつくる。彫刻刀で削ったような顔立ちに、かたちの良い眉と感情の読めない瞳を持ち、唇はとても薄い。冷たい印象には同時に、深い闇も見え隠れする。それが多少でも気持ちを持って行かれているせいなのかどうか。啓美はしばし、この世でたったひとつの娯楽を見つめた。

「真琴」としてこの男のことを考えているあいだは、あまり面倒なことを思わずに済んだ。ビールの栓を抜き、カウンターに置いたビアグラスに注ぐ。

聞けば彼らの報酬は月額六万か多くて七万円。全額貯金で、報酬とは別に月に五千円の食費が手渡されるという。残業代が一時間四百五十円と聞いた梅乃が、技能実習生からはビールとチャーム込みで五百円と決めたのだった。

「仕事、忙しい?」

「すこし、いそがしい」

青いマッチ箱の家の前で夜空を見た日から、気づけば季節をまたいでいた。店内に低く有線の映画音楽が流れている。

「工場のひとでここに来ているの、いまはワンウェイだけ。みんなどこに行って遊んでるんだろう」

奴らは遊ぶ金など一銭もないはずだ、と地元の客が言う。たいがいの噂話に適当な相づちを打つのが鈴木真琴の仕事なのだった。ただ、それも梅乃がカウンターに立っていないときだけだ。

梅乃の前で他人の噂話や悪口を言うとたちまち店からたたき出される。相づちを打っただけで、その悪口は梅乃が言ったことになるからだった。それが中国人の労働者に向けられたものでも、町議会議員に向けられたものでも同じというのが梅乃のやり方なのだ。

ワンウェイはこちらの言うことは難しい言葉でない限り理解しており、あっさりと「わからない」と返ってきた。

「日本語、ずいぶん上手になったね。もう、困らないね」

「しごとできますから。わたし」

仕事に差し支えないくらいには日本語を理解している、という意味なのだろう。

ワンウェイが、煙草と煮付けと乾物のにおいが染みたドア側の壁を見た。視線の先には岡本啓美の手配写真がある。数秒その写真を見たあと、カウンターのなかに視線を戻した彼が言った。

「とても、にています」

軽い悲鳴を上げそうになりながら、精いっぱいの笑みで媚《こ》びる。誰に？　と問うと、おおよそ工場で力仕事をしているとは思えない美しい指先が手配犯の写真を指した。

「そんなこと言われたの、初めて。びっくりしちゃった」

「そうですか」

首を傾げもしないでそんな言葉を放つ男に、動揺を気取られてはならなかった。啓美は呼吸を整えながら、ワンウェイがなぜ気づいたのかを考える。グラスを洗い、ひとつひとつ拭きながら、男の言葉などもう忘れたふりをする。

お通しの小鉢にポテトサラダを盛りながらふと、この男には啓美について何のフィルターもなかったことに気づいた。啓美が梅乃の孫で、五年前に祖母の身の回りの世話をするためにやってきた鈴木真琴である、という設定が端から通用しない相手なのだ。

明日どんな客がやってくるかしれないという恐怖が、じわじわと胸の内側に広がってゆく。地元の警察官も見破れなかったことを、数回会っただけの中国人に指摘された。啓美は努めて明るく言った。

「中国のお正月って、二月なんだって聞いた。向こうに、帰るの?」

「かえらない。ここにおります」

壁の手配写真に気づいた男がいるという事実は、まことを怒らせることになるかもしれない。即刻、その男に関心を持つ啓美の脇の甘さを指摘されることは想像がついた。

ひりついた気持ちの底に、うっすらと期待が湧いてくる。鈴木真琴と岡本啓美が同一人物だと知られたとき、鬼神町での生活も、まことに飼われる日々も、もしかすると世の中に追われる日々も終わるのではないか。

「あなたいつでもここにいますか」

「ずっといますよ。ここ、わたしの家だから」

「いえ、いいですね。いえ、ほしいですね」

「日本でしばらくがんばったら、すぐに家を買えるって聞いたよ。ワンウェイは、そのためにこっちに来たんでしょう」

語尾を上げてはみたが、通じたかどうか。すぐに「ワンウェイも、中国に帰ったら、家を買えるよ」と微笑んでみせた。

ワンウェイの瞳がゆらりとカウンターの上に落ちる。おや、言ってはいけないことだったか。啓美はポテトサラダを多めに盛った小鉢を差し出した。この男は、安い割り箸を実にきれいに割ってみせる。力加減なのか、それとも中心を探すのに長けているのか。

「おいしい、です」

「よかった」

ワンウェイと話すときは、できるだけ短い言葉でわかりやすく、簡単でなければいけない。複雑な話題を選べず、込み入った話もできないことがかえって啓美を安心させていた。

親知らずを抜いた傷口は予後も良く、ぴったりと塞がった。月をまたいだ検診では、保険証も「忘れた」で済んだ。もう、奥歯が疼《うず》くこともない。

ドアのそばで客を見送る際に、酔ったふりで顔を近づけられることもある。チークダンスで尻を撫でられるくらいは日常だ。いやだ、と甘くたしなめれば、それを合図に梅乃が叱る。それはママの怒鳴り声も含めての、この店の余興なのだ。

「なに、おもってますか」

ワンウェイが真顔で訊ねた。不意のひとことに、問われたことを聞き返す。

「いま、なにおもってますか」

心がここにないことを見抜かれているのだとしたら、男の目は確かだ。

「このあいだ、奥歯を抜いたの。ここの、歯」

口を開けて左下の奥を指さす。男の視線が啓美の口の中に注がれた。恥ずかしさを飛び越えて、臍の下あたりがひりひりとする。

「いたい、ですか」

「もう、痛くない。傷も塞がったし」

啓美が差し出したグラスに、ワンウェイがビールを注いだ。

十一時半、「技能実習生価格」の勘定を払い、ワンウェイが立ち上がった。ドアの外に送り出す際、ドアノブにかけた啓美の手を上からワンウェイが握る。深夜映画のシーンみたいな心地好さと、襟元から漂う薄い体臭が啓美を包み込んだ。

「では、また」

抱き寄せるわけでもなく、ただドアノブの上で手を重ねての会話はそこで終わり、男が店を出て行った。

ひとり残った啓美は、男にわずかでも期待をしていた自分にがっかりした。

カウンターの内側に残った仕事を終えて、狭いフロアのスツールを寄せた。床に落ちている乾き物や箸の袋、歯形のついたたくあんを箒《ほうき》で寄せ集め、ゴミ箱に放る。いったいどこからやって来るのか、毎日掃いていてもざらざらとした砂が床に残る。

箒とちりとりを階段下に戻して、ひとつ伸びをした。店内には、映画音楽が流れていた。ヴィヴィアン・リーの「風と共に去りぬ」だ。

父が家を出て行った頃、母が珍しくレンタルビデオ屋で借りてきた映画だった。夜になると一週間繰り返し飽きる様子もなく観ていた母は、返却後にはもうなにもなかったようにレッスンを始めた。

日付が変わりかけた真夜中、啓美は有線のスイッチを切って新潟の電話番号を押してみた。コール音一度でやめようと思いながら、二度鳴らす。もうやめようと思った三度目で、音が途切れた。

「もしもし――」

忘れていない、みどりの声だ。

「こんばんは」

「鳴った瞬間わかりました。これは啓美さんだって」

「ご無沙汰しちゃって、ふたりとも元気でいればいいなって思って」

「おかげさまで」

みどりは声のトーンを変えずに「なにから話しましょうね」と言って言葉を切った。「悪い話からひとつずつ」と返す。ふふっとこもった笑いを交わしたあとは、時間が重なった。

「お父さまが、入院しています。心がすっかり疲れてしまったようです。社会生活に戻るには、しばらくかかるとのことでした」

「生活は、だいじょうぶなの」

「保険が少し、あとはパートや教室でなんとか。すみれもよくわかってくれてて、あの子のおかげでがんばれます」

「そろそろ高校じゃなかったっけ」

「おかげさまで、県立に」

「バレエは続けてるんだね」

「全国コンクールで入賞できました」

「おめでとう。なかなかできることじゃないのは、よくわかっているつもり」

演目はなにを、と問うとエスメラルダのバリエーション、と返ってきた。啓美は「ああ」と感嘆のため息をついて、瞼の裏側にすみれがつま先を跳ね上げてタンバリンを鳴らす様子を思い浮かべる。衣裳のレース、デコルテの影までがくっきりと想像できた。

「きりりとして、いいエスメラルダでしょうね。すみれちゃんなら、きっと人の目を引くと思う」

エスメラルダは美しいジプシーの娘だ。三人の男から思いを寄せられるが、本人が思いを寄せている男には婚約者がいる。嫉妬によって陥れられ死刑の宣告を受けるも、絞首台の上で無実が証明されて幸福なラストシーンへとなだれ込む。

「おかげさまで、先生にこのまま教室においておくのはもったいないと言われました」

バレエを続けるのはお金がかかる。みどりはそのことについては一切触れない。

すみれにバレエを続けさせるために全神経を遣うみどりの、うっすらと冷たい横顔を思い出した。父も、この母娘の思いをなじることさえなければ、心を病まずに済んだのではないか。母と娘の謀《はかりごと》によって、父は半分この世で葬られた。

みんな、どこか狂ってる。啓美はみどりとすみれを責める気持ちにはなれない。みなどこかで、エスメラルダのように一発逆転無罪となる自分を思い描いて生きているのだ。己を納得させられる理由があれば、なにも怖くはない。

「新潟から、出るの？」

「必要があれば、そうさせてあげたいと思ってます。いまは全日本バレエコンクールを視野に入れてお稽古してるんです」

「あれは八月だから、春には予選段階に入るでしょう」

「いずれはどこかのバレエ団に所属できるようにって、先生にも励ましていただいているんです」

良かった。ぽつりと漏れた言葉に、啓美自身が驚いていた。バレエで身を立ててゆくのがどれだけハードルの高いことか、啓美にはわかる。娘をバレエ留学させて箔を付け、ゆくゆくは教室を継がせて大きくしてゆく——母がそんな無謀な夢を抱かなければ、啓美が無一文で家を出ることもなかった。

真夜中にする「もしも」の想像は、虚しい場所へと流れてゆくばかりだ。

「全日本の舞台で踊れるよう、祈ってるね」

じゃあ、と切ろうとした電話を「お願いが」とみどりが引き留めた。

「もし、決選に残れたら、あの子の舞台を観てやってくださいませんか」

電車で一時間の場所も、いまの啓美には外国ほども遠いのだが。みどりは啓美がどこにいるのかを問わず、ただ次の夏に東京で行われるコンクールの檜舞台《ひのきぶたい》を見てほしいと言う。

「必ず、残りますから。あの子なら」

切実な声に「うん」と応えた。

電話を切ったあと店のフロアに立ち、啓美は苦く懐かしい曲の鼻歌にのせて、四番のポジションを決めた。

タタタン、タタタタタタ、タタタタタン——

ジプシーの娘が不本意な結婚で知る不自由と自由、ここ一番の踊りは観衆の目の前でなくてはいけない。エスメラルダだけは、観られながら、観られていることを意識するプロの目線で踊る。

——あかん、一生懸命やりすぎや。ええか啓美、エスメラルダはプロの踊り子なんやで。素人のお遊戯会とはちゃう。一生懸命な顔やない、男を惹きつける余裕見せんとジプシーになんかなれへん。お客が見えてる顔で踊らなあかん。精いっぱいが見えたらプロのダンサーとしてはお終《しま》いや。

記憶のずっと底で、母がまだ怒鳴っている。スナック「梅乃」のフロアでひとつひとつのポーズを決めては、見えない右手のタンバリンを鳴らしてみた。

すみれのピルエットはどれほど美しいだろう。みどりは娘の動き、関節、指の先ひとつひとつをどれだけ心の支えにしているだろう。

啓美はポーズを腰高のまま決めることもできず、ゆらゆらと踊り続けた。忘れたと思っていた曲も振り付けも、流れ込むように体に戻ってきているのに、踊れるだけの筋肉がなかった。

カタンと階段の上で物音がした。梅乃がトイレに起きたらしい。脳内で流れていたオーケストラが止んだ。みどりの声ひとつで、腹や背中、関節のひとつひとつが温まっていた。

北ではもう雪に閉ざされた町もあるという。梅乃がテレビのニュースに耳を傾けながら、鍋焼きうどんをすすってはティッシュで口元を拭う。

「寒いねえ」

こたつの目盛りをひとつ上げる。向かいで同じようにうどんをすすりながら、この老婆は本当はなにもかも見えているのではないかと思った。

「真琴は甘いもんは食べないんだったねえ」

「ぜんぜん食べないってことはないよ。梅乃さんが食べたいもの、言ってくれたら買ってくる。病気に障るようなやつだと、病院の先生に怒られちゃうけどね」

ときどきぴたりと視線が合う感じは、梅乃の勘の良さだろう。

「今日は、ちっちゃくてもいいんでクリスマスケーキなんてどうだろうね」

「ケーキとなると、夜はこんにゃくの煮付けくらいしか食べられないけど、いい？」

糖尿病の梅乃と、甘いものの話をすることは滅多にない。カロリー計算が、まさかこの生活で役に立つとは思わなかった。

「ちいさいのをふたりで分けようか。たまにはイベントも必要じゃないか、若いんだから」

「梅乃さんが？」

「バカだねえ、お前さんだよ。ひとつ余計に買っておいで。今夜あの、いい声の中国人に持って行ってやるといいよ」

「そんなんじゃ、ないです」

「そんなんじゃなくても、たまには気持ちのいいことしなさいよ。若い体ってのは、好いた男に捏《こ》ねられるようにできてるんだから。あれはお前さんが怖がるような男じゃないよ」

ワンウェイの声は確かに、喉の奥に太い笛を持っているように響いた。梅乃の耳は確かだろう。それでも、自分の体が男に向かって開く場面は想像できなかった。

「今日は梅乃さんのいい声で、クリスマスソングを歌ってちょうだいね」

啓美が勧めると、梅乃もその気になったようだ。あとは客が来ればいいが。クリスマスイブに、ひとりでスナックにやって来るような顧客を思い浮かべる。

「タコちゃんは、今年はどうなんだろう」

「またひとりで、葉っぱ丸めて神様と対話でもしてるんじゃないだろうかねえ」

「タコちゃんにも、ケーキを届けようか」

「あの子は呼びつけてやるよ。歯医者をケーキで釣るなんて、おかしな話だけど」


西日が山の端に向かい始める頃、啓美は財布を持って駅前のケーキ屋に入った。大きな箱が山と積まれてあり、次から次へと予約客に引き取られてゆく。クリスマスの飾りがついたショートケーキを買うには、少し待つしかなさそうだ。

クリスマスに、いい思い出はない。甘いものも、油で揚げた鶏も、一家団欒《だんらん》もサンタクロースも、啓美が育った場所にはなにもなかった。

世の中には我が家にないものばかりが溢れていて、外に出ればただ息苦しかった。食べたいだけ食べられて、息苦しくない場所が教団施設だったのはなぜだろう。頭を絞って考えても、まだ答えが出ない。高い塀に囲まれて情報が遮断されているという点では、母と暮らしているのとなんら変わらぬ場所だったというのに。

ショーケースに並ぶケーキを見ても、心躍ることはなかった。これを食べつけると手配写真の頃に戻る、という戒めが過る。

ああ、と腑に落ちた。

自分はこうして、身動きの取れない制約のなかでしか安心して生きることができないのだ。なにか、すっきりと答えが得られたような爽快さのなかでひとつ深呼吸をした。あっさりと胸に入ってくる酸素は、甘いバニラの香りがした。

その夜スナック「梅乃」には、梅乃と真琴へのプレゼントや差し入れをする客が三、四人現れて、長居をすることなく帰って行った。

「梅乃かあさん、糖尿だからさ」と言って差し出されるのは、ローカロリーのクッキーやお茶、ふかふかのタオルセットだ。

「これ、今年のパレットだって」

啓美にはタコちゃんから、クリスマス仕様のメイクセットが届いた。

素顔で外を歩くことはない。眉に始まり目元のメイクも、素顔を想像させない程度には作り込んである。化粧を落として眠り、起きてすぐに絵を描くように顔を作る。鈴木真琴を演じることに、もうなんの抵抗もなくなっていた。身動きの取れない場所は、身動きさえしなければずっと、啓美を守ってくれる。

「さあ、あたしはそろそろ二階に上がる。真琴は好きに過ごしなさい。あっちのまことには黙っておくから、安心しておいで」

からからと笑って返したが、気持ちは揺れている。梅乃の言葉をまるごと受け取らずともいいのだ。今日のことを東京のまことに知られても、なんということはない。ワンウェイも制約の内側にいる男に違いないのだから。

店の片付けを終えて、冷蔵庫に入れておいたちいさなケーキの箱を取り出す。上着を着て前を合わせ、外から店の鍵を掛けた。冷え込んだ師走の夜、家々の窓に瞬くツリーの電飾は、啓美のいる場所を狭めてくる。

鍵を上着のポケットに入れ、片手でケーキの箱を持ってワンウェイの住む「青いマッチ箱の家」へと急いだ。玄関先で手渡してくればいいのだ。

窓は内側からなにか貼りつけてあるのか、カーテンの柔らかさを感じない平たく薄い明かりが漏れていた。啓美はぐるりと周囲を見回した。どこにも人通りはなく、向かいの家や隣家にも、人の目はなさそうだ。

無防備を意識しながら、窓硝子を小突いた。窓枠ごと濁った音を立てて、硝子が揺れる。反応のなさに痺《しび》れをきらしかけた頃、玄関の引き戸をガタつかせてワンウェイが現れた。

少し離れた街灯が、スエット姿の男を照らす。こちらが誰か、わかったようだ。顎を軽く振って、中へ入れという合図が返ってくる。

啓美は首を横に振り、ケーキの入った箱を掲げた。渡して帰るだけで充分だった。初恋のやりなおし、というういいわけを思いついたことさえ、恥ずかしくてやりきれない。

啓美の気持ちを知ってか知らずか、ワンウェイが白い歯を見せた。

男はケーキを受け取らないまま、啓美に触れることなく笑みだけで家の中へ招き入れた。

六畳間には、テーブルと簡易ストーブと敷きっぱなしの布団。隣の四畳半は薄暗く、段ボールの箱が積み上がっている。布団の上にはハードカバーの本が一冊、開き伏せられていた。ワンウェイは白茶けた蛍光灯の下で、本を読んでいたらしい。漢字ばかりの表紙は、日本のものではなさそうだ。

ワンウェイは部屋の中をぐるりと見回したあと、布団の足下のほうを指さし「どうぞ」と言った。啓美は努めて平静を装いながら座り、手にした小箱を差し出した。

「クリスマスイブだったんで、ケーキ。よかったらどうぞ」

こちらに伸びてくる手が箱だけを受け取り、男は小声で「ありがとうございます」と言った。

ワンウェイは布団の上であぐらをかき、小箱からショートケーキを取り出した。啓美は息を詰めて、男が付属のプラスチックフォークでケーキを食べる様子を見ていた。

半分食べたワンウェイと、不意に目が合う。逸らすチャンスを逃した啓美のところへ、男の体がにじり寄ってきた。男はケーキをひときれフォークに刺して、啓美の口元へと運ぶ。なにかを思う余裕もなかった。啓美はそっと口を開けた。

閉じた唇からフォークを引き抜かれながら、舌先でしっかりと生クリームを舐《な》め取る。

ひとくちずつ、そんな儀式めいたやりとりを二度繰り返したところでケーキが尽きた。フォークを置いた男の手が啓美の耳に伸びてきたあと、鳥の羽根が舞うくらいの速さで唇が降ってきた。

初めてだと、悟られたくない。

若いんだから、という梅乃のひとことがじわりと腹のあたりで解けた。生クリームの残る唇を舐められていると、バニラのにおいが体に充満してゆく。セーターの下から這《は》い上がってくる手のひらが冷たい。怖くて仕方ないのに、ケーキの甘みに負けている。

無意識に身をよじると男の動きが加速した。映画のワンシーンなのだと思った。見た目よりずっと細い体にしっかりとついた筋肉は、服を剝がせば彫刻のように美しいだろう。

怖いまま、男を受け容れた。

啓美の中心をさがす波に、関節のすべてをあずけてみる。シーツもない冷たい布団で男と体を繋げた。荒い呼吸のなか、なぜかエスメラルダの心境になってゆく。繋がった男がこの先死んでしまうことを想像するだけで、血が冷えてくる。

ワンウェイはどうなんだろう。男の思惑まで想像が届かない。啓美はただ体をあずけて、失敗の許されないリフトの恐怖と高揚感のなかにいた。

波が止まった。長い吐息のあと、男が体を離した。薄目を開けて男の仕種を追いかける。いったいいつ着けたのか、避妊具の口を器用に縛っていた。薄暗い横顔を見て初めて、灯りも消さずに繋がっていたことに気づいた。

ジーンズも下着も、左膝のあたりに残っている。映画で見るような美しいシーンには遠かった。啓美の体にはまだ痛みと痒みの交じる熱い熾《おこり》があり、起き上がることができない。

ワンウェイは自身の体の始末をしたあと、再び啓美の体を覆った。首筋に唇が、亀裂には指先が這う。再び体が波立ってきた。もう、怖くない。

自分の体がどんどん生クリームに近づいてゆくのがわかる。中心からどんどん硬くなり、きりきりとした快楽に向かって走っている。なにが起きたのかわからなくなったところで、全身に波をかぶった。

啓美は荒い息のなか、思わずワンウェイの首を抱いた。

溺れてしまう、このまま流されてしまう。感覚は大海に放り出されているのに、両腕がしっかりと岩にしがみついていた。

「きもち、よかったですね」

疑問なのか肯定なのかわからない、不思議なイントネーションに迎えられ目を開けた。

ワンウェイがティッシュの箱に手を伸ばし、まず自分の指先を丁寧に拭いた。

啓美は下着とジーンズに脚を通し、男が差し出した三枚のティッシュを受け取った。

「気持ち？」

「はい、よかったですね」

温まった体に上着を羽織った。使ったティッシュはポケットに入れる。

ワンウェイが枕元にあった煙草の箱から一本抜いて口にくわえた。あの指がさっきまで啓美の体のなかにあったのだと思うだけで恥ずかしい。

ことを終えた男の目元が少し疲れて見えるのは、古い蛍光灯のせいだろうか。居住まいを正した啓美の前で、ワンウェイが隙間風に流れゆく煙を目で追いながら声のトーンを変えずに言った。

「いちまんえん、ですから」

お金のことを言っているのだと気づくまでに、少しかかった。音にせず「いちまんえん」とつぶやいた。

「きもち、よかったですね」

「気持ち良かった、です」

「よかった、です」

ちいさなケーキひとつでは得られない快楽だったのだと知って、なぜか気が楽になった。複雑なところをあっさり飛ばして、着地点が向こうからやって来たのだ。指先で輪を作り、ちいさく振りながら眉尻を下げた。

「ごめんなさい、いま持ってないの。明日でもいいかな。急ぐなら、取りに行くけど」

「あしたが、いいです」

「ありがとう」

金があれば、また同じことができるのだった。ここは生娘を気取って泣く場面ではないのだ。煙草一本ぶんのやりとりが啓美を救ってくれた。ここは、ぎりぎりのプライドが保たれたことを喜ぶところだった。

「じゃあ、明日また来るね。いちまんえん、ちゃんと払います」

「ありがとうございます」

少ない語彙と表情の乏しさ、容赦ない請求とマッチ箱の家。金を要求されてさえ、この男の欲望に選ばれたような優越感が啓美のかなしみに膜を作る。

冷えた外気のなかを戻りながら、既視感が止まらなかった。いつだったろう、確かにこの感じには覚えがある。明かりの消えた「梅乃」の数メートル手前までやって来たところで思い出した。

「あなたの望みを叶えるために、わたしたちは存在しています」

そんな言葉に気持ちを固めたあの日、啓美は教団施設へと向かったのだった。

一回一万円の関係が始まってから、年が明けひと月が過ぎようとする頃にはもう、いったい誰が見ていたものか客のあいだで「スナック梅乃の真琴ちゃんが中国人に熱を上げている」という噂が広まっていた。客に訊ねられても容易に口は割らない。それでも曖昧に笑えば肯定だ。

「真琴ちゃん、そりゃないよ。俺たちあんなヤツに負けるのかよ」

「勝ち負けじゃないでしょう。それに、みんなが思ってるような関係じゃないから。安い賃金で朝から晩まで真面目に働いてるんだよ、少しは見習ったら？」

そう言うと、横から梅乃が助け船を出す。

「あんたたちは言葉が通じると思って油断してるのさ。好きだ嫌いだ言ってるうちが花。悔しかったら誰よりいい男になればいいんだ。まずは女房をなんとかしてから、うちの真琴に色目を使ってちょうだい」

彼らが歌うカラオケは決まって中島みゆきの失恋歌で、そんなやりとりも日々の仕事の張りになってゆく。

「梅乃」の客が求めているのは女ではなく刺激で、それも許容範囲の広いもの。当事者にならずに済んだ安心が、真琴とワンウェイの噂話に姿を変えているのだった。

それでも夜中に出かける際に財布を持って行くことを、梅乃は見逃さなかった。そわそわと時機を窺っていると、するりと鋭いひと言が放たれる。

「この辺で夜中に出かけるのに、どこで金を遣うんだい。別に隠れて付き合わなくてもいいけれど、男と女の金の貸し借りは必ず女が泣くんだよ」

「うん、だいじょうぶ」

貸し借りなどではなくこの金は、快楽の対価だった。金のやりとりがあることで、ひとつ踏ん切りがついていることは確かなのだ。

啓美が金を出すのをしぶるとき、あるいはワンウェイが本国へ帰るとき、確実にこの関係が終わるという安心感だ。終わりが見えている関係は刹那《せつな》に満ちていて、時間と体を潤わせた。

男の肌を欲するときふと思い出すのは貴島とまことのことだった。ふたりは対価の意識にずれががあるのではないか、と啓美は思う。貴島が好みそうな正義とまことの与えた空間には、歪んだ対価が交わされている気がするのだ。

一月の終わり、鬼神町の河原には梅が咲き始めていた。その日どこからともなく漂ってくる薄い花の香りに誘われるように、啓美はワンウェイの住むマッチ箱の家を訪ねた。どこの窓が啓美の様子を窺っているのかわからない。それでも、彼らが見ているものと自分の状況が明らかに違うことだけはわかる。隠れる必要がないのは、ほかに隠している事実があるからだ。加速してゆくスリルは、町の人の想像を超えたところにあった。

重ねた肌はもう、お互いに馴染《なじ》むところもわかってきた。どんなに寒い春でも律儀に花は咲き、女の体も芽吹いて開く。

玄関に出て来たワンウェイに、むき出しの一万円札を渡した。男は遠慮のない仕種で受け取り、スエットのポケットに入れた。ここから先は啓美が客で、カタコトの会話と男の肌を楽しめばいい。

「まだ寒いけど、川のほうはもう、梅の花が咲いているみたい」

「おはな、いいですね」

「そろそろ店も暇になる季節だし、今年こそ渓谷に行ってみようかな。渓谷、わかる？」

「けいこく――なにかきけん、ですか」

「違う違う、谷と川と、吊り橋。山のほうに、景色のいいところがあるんだって」

どうすれば伝わるだろう。あれこれ考えて「ピクニック」と言ってみた。伝わったようだ。

「ぴくにっく、いいですね」

「お弁当持って、一時間もかからないみたい。ちょうどいい距離。のんびり歩いて、お弁当を食べて、帰ってくる」

その昔、鬼が水浴びをしたと伝えられている渓流だった。酒を飲んで溺れてしまった鬼を祀《まつ》ったのが始まりの鬼神町だ。水害も天災も極端に少ない町は、いまも鬼に守られている。

「ひとりで、いきますか」抑揚なくワンウェイが言った。

「ふたりで、いきますか?」啓美は語尾を上げた。

男の指が二本、Vサインを作って啓美と彼のあいだを往復する。

「ふたり、いいですね」

語り合う言葉を持たない者同士だった。伝えるために削いでゆけば、話は驚くほど早い。

「天気のいいときに誘うから一緒に、行きましょう」

「たのしい、ですね」

その日も金が必要なのかどうか、それはいま訊かなくてもいいだろう。今日のぶんはもう渡したのだから、今日の楽しみだけを追えばいい。啓美の恋は、金によって可視化されていた。

啓美は湯上がりの体を布団の上に投げ出した。相変わらず冷たいせんべい布団は、すぐに背中を冷やしてしまう。早く、早く。急《せ》いた気持ちの上に、ワンウェイの胸が近づいてくる。

なぜか今日はずっと丁寧に抱かれている気がした。

骨と骨の繋ぎ目がすべて溶けた頃、男の両手が啓美の上半身を起こした。いったいなにを、と思う間もなくするりと体を裏返す。四つん這いになった啓美の両膝を広げて、背後からワンウェイがゆっくりと入ってきた。

手の痕が残りそうな力で、男の両手が啓美の腰を抱く。ゆっくりと進み、ゆっくりと引き、再び進む。内臓を押し戻されているような感覚もつかの間、繋ぎ合った場所のそばに指先が滑り込んできた。

啓美は布団に両腕を投げ出した。露わになった部分に容赦なく快楽を突いてくる男が、もう誰のかわからなくなった。啓美の体はただの筒になる。

不用意な声が漏れた。一度漏れてしまうと、止まらなくなった。

嵐のあとワンウェイは横たわった啓美の頭を胸に抱いた。こんなオプションが用意されているとは思わなかったので、素直に甘えた。喘《あえ》いだ喉が渇いている。

ワンウェイ、と男の名を呼んだ。返事がないので安心して話し始めた。

「高校生の頃、なにもかから逃げたくなったことがある。いい大学に入るために、すごく勉強したの。寝て起きて勉強。学校に行って、予備校が終わったらレッスン。レッスンが終わったら勉強。疲れたら寝るんだけど、すぐに朝が来るの。眠った気がしてもしなくても、学校に行って――授業中は寝とった。学校が終わったらレッスンして、予備校に行って、レッスンして勉強して。そんな毎日がずっと続いたの。進学かバレエ、みんなどちらかを諦めるんだけど、わたしにはそれは許されなかった。うちのバレエ教室は、受験の年だけはコンクールを休むのを大目にみてくれていたんだけれど、わたしは駄目だった。一度のチャンスも逃してはいけなかったんよ。母の教室だったから」

男の静かな寝息が額に滑ってくる。ふたりとも、セーターを着てはいるけれど、布団のなかにある下半身にはなにも着けていない。こんなに滑稽な姿で横たわっていることが可笑しくて話し続けた。

「バレエを踊る体って、ずっと動かしていないとかえって大変なの。可笑しいやろ。休むとつらいんよ。勉強だって、やれば成績が上がるからつらくはなかった。ほかの子たちがこっそり男の子と付き合ったりしていても、そんなにうらやましくもなかった。わたしがなにかを思ったり、欲したりしなければ母は優しかったから。でもね、」

啓美が話し続けるのを一瞬ためらったのは、一度きりと思って口にしたソフトクリームが信じられないほど美味しかったのを思い出したからだ。予備校へ急ぐ啓美を誘ったのは、バレエ教室を去った同期の子だった。

ここのソフトクリーム、すごく美味しいんだよ。

甘く冷たく柔らかく、ひと舐めで全身に広がる味は、ワンウェイから買う快楽にそっくりだった。

「駄目だと思うと、余計美味しくてね。菓子パンも、食べると元気でるし美味しかったなあ。でも、普段口に入れないものって、すぐに体に跳ね返ってくるんよ。普段の生活では決して増えるわけのない体重が増えて、とても怒られた」

母親に怒られても食べるほうを選んだのは、あのときの快楽がそれしかなかったからだ。

「中学校に受かってからは、食事の管理が厳しくなっていってね。百グラム増やしたら百の罵声。高校生にもなるともうコンクールでいい成績を取るとかそういう感じでもなくなって。わたしは、母の敷いたレールからどんどん逸れ始めた。で、初めて包丁を持ってこっちを睨んでいる母を見たんよ」

あの日、怖いというより、ひどく愚かな女を見たことと、それが自分の母だったことに驚いたのだった。

「刺せばええやろ、刺してみぃ、って言ったら震え出したん。そんなら最初からそんなパフォーマンスしなきゃええのに」

高校三年のとき、見るに見かねた叔母が啓美を「光の心教団」のセミナーへと誘った。

「気晴らしに、バレエとは関係ない場所に連れてったろと思ったみたい。そこではな、欲望をひとつ叶えたら、ひとつその光を人に向けなさいって言うんや。食べたら美味しい、それが嬉しいのなら、美味しかったありがとうって言いましょうって。わたしそれまで、人に意識してお礼を言った記憶がなかったんよ。心からお礼を言う場面なんて、ひとつもなかった」

だから――ワンウェイには心からお礼を言いたかった。「美味しかったありがとう」、どうすれば、この男に気持ちが伝わるだろう。初めての恋を実らせ、対価を払い、礼を言いたいだけなのに。

「教団はいろんなことを教えてくれた。好きなだけご飯も食べられた」

そんなことは、教団施設に逃げ込まなくてもできたのだと気づいたのは、指名手配のポスターに自分の写真が刷られてからだった。

ワンウェイの寝息が止んだ。啓美の背中から手が逸れて、再び亀裂を探る。受け容れればあっさりと幸福感で満たされる。やはり、初めてソフトクリームを舐めたときによく似ていた。

男に合わせて素直に揺れる。これは、濃厚なソフトクリームだ。止まらない。男の名を呼んだ。波がつよく啓美を持ち上げ、退いてゆく。

身繕いのあと「ありがとう」と軽く頭を下げた。ワンウェイは、煙草を口に運ぶ手を止めて、啓美を見た。口を開きかけているが、その乏しい表情からはなにを言いたいのか読み取るのは難しい。

「どうしたの」

できるだけ乾いた声で言ってみる。大切な快楽の現場である。大事な男に疎まれてはいけない。ワンウェイが煙草の灰をコーヒーの空き缶に落とし、表情よりもはるかに淡々と言った。

「ぴくにっく、いきましょう」

「これから？」

「つぎのやすみです」

「そうだね、次の休み。わかった。晴れるといいね」

天井を指さし、「じゃあ」と立ち上がる。関節が啓美のもとへと戻って来た。よろけそうになって、踏みとどまる。からからに乾いた体がさらに軽くなっていた。

日付が変わってからの帰路、バッグの底で携帯電話が振動を始めた。まことに違いないが、夜中の静かな住宅街で声を出せるわけもない。そのまま放って「梅乃」の店内に着いてから折り返した。まことが開口一番に「どこに行ってたのよ」と半ば叱責に近い口調で言う。トイレ、と答えたが、信じたふうでもなさそうだ。

「まあ、いいけどね」

ひとつ厭味《いやみ》のきいたため息を吐いたあと「ちょっと頼みたいことがあるの」と続けた。

「出頭したいなんて言い出したのよ。今さらなにを言ってるんだか。やることやってからにしろって言ってるんだけど、もう生きる力がないとかなんとか。だからさ、あなたがあたしになりすまして別の町で元気にやってるって言ってやったの。告白本がかたちになるまで、岡本もじっとしてるよって。すべてはそのためなんだって。でも、ぜんぜん信じないの」

「何を信じてないんですかね」

「あたしの手のなかには岡本啓美がいるんだってことよ。自分が運命を狂わせた人間がじっと身を隠してるっていうのに、自分だけ楽になろうとしてるんだよ、この人は」

「嘘だと思ってるのは、どうしてですか」

「わかんないよ。だから、ちょっと話してほしいの。いま、ここにいるから」

不意に、まことの声が遠くなる。ガサガサと何かが擦れる音がする。

「もしもし、貴島です」

川崎のアパートに置き去りにした男が、本物の鈴木真琴と暮らしているというのは、本当だった。

貴島です、と男が繰り返した。記憶より少し張りがない。

「岡本です、ご無沙汰しています」

「あなた、本当に岡本さんなんだろうか」

「何を言えば信じますか。渋谷から目黒までぐるぐる歩いたことですか。それとも川崎の工場街に潜伏したことですか」

貴島の息が詰まる気配がする。少し間を置いて、言った。

「済まなかった、僕のせいでこんなことになって」

「いいえ、なんとも思ってませんから」

「鈴木さんにお世話になっているのは僕だけではないって聞いて、嘘だろうと思って。あなたが無事に暮らしているのなら、よかった」

「出頭したいって、本当ですか」

「いろいろあって。毎日、光の見えない暮らしをしているような気がしてね。なにを信じていいのか、よくわからなくなってきたんだ」

なにを信じるか——この男はまだそんなことを言っているのだ。

理由もわからず笑いたくなる気持ちを堪えていると、さっきまで男と繋ぎ合っていた部分が熱を持ち始めた。啓美がいま信じるものは、求めれば手に入る快楽だ。

いまの生活を続けたい。飽きるまで、ワンウェイの体を楽しみたい。貴島の隣に立ってこのやりとりを聞いているまことの、舌打ちする姿が見えるようだ。

「教団はあの事件のほかにもいろいろやってたんですね。知らないのは内側の人間だけだったなんて、皮肉です。祈っても、世界は変わりませんでした」

貴島は数秒の沈黙のあと「申しわけないと思っています」と声を絞った。

「本当のことを、まずは書いてから出頭してくださいませんか。まことさんの五年を無駄にしてほしくないです」

貴島は答えなかった。

またがさついた音のあと、まことに代わった。

「ありがとう。近いうちにそっちに行くから。川口美智子の居場所がわかったの」

「どこですか」

「ひとつ向こうの駅。カルトの妖精がお寺に隠れてるなんてさ。あいつらみんなどうかしてる」

ぷつりと切れた携帯電話を、思わず耳から離した。あいつら、には岡本啓美も入っているのだ。まことが苛立つ原因のひとつに、貴島が自由な道具にならないこともあるのだろう。このおかしな通信機を、できることならワンウェイも持っていてほしかった。


朝から多めの飯を炊き、梅干し入りの握り飯を作っているところに、梅乃が起きてきた。

「今日はまた、早いこと。いいにおいをさせてるねえ」

「渓谷に行ってきます。晴れてるんで、ちょうどいい」

「渓谷って、鬼神渓谷のことかい」

「ここから、一時間くらいって聞いてるし。いい運動だなと思って。五年以上いるのに、一度も行ったことがないんで」

梅乃はこたつに入って「渓谷ねえ」とつぶやいた。

「朝ご飯は、ミニおにぎりと、小松菜のおひたしと卵焼きです」

「あら、朝からピクニックみたいだね」

梅乃の弾んだ声に啓美も笑った。

「梅乃さんも、たまには外を歩きませんか。わたしがエスコートしますよ。平らなところなら大丈夫じゃない？」

「そうだねえ、桜が咲く頃にでも。でも、足腰がついていくかねえ。なにせこんなババアだから」

梅乃が階段の上り下りもきつそうにしているのは気がついている。年が明けてからは馴染み客がない日はほとんど店に出て来ない。こたつで居眠りをしているのに気づいた啓美に、風邪をひきますよと起こされてしぶしぶ寝床にゆくことが増えた。

「梅乃さん、お薬もらいにそろそろ病院に行かなくちゃ。明日もお天気がいいようだし、月曜なら院長先生の診察日だから、明日行きましょうかね。お薬もらいに行くたびに、ご本人は、って訊かれるんですよ」

「ああ、もうそんなになるかね。よろしく頼みます」

珍しく丁寧にそう言うと、梅乃はこたつの天板に頭をのせて背中を丸めた。腰高の窓から朝の陽が入ってくる。陽のたまりに見る梅乃は、どこか老いた猫を思わせた。

薬を飲み、朝食をとり、梅乃は怠《だる》そうな笑顔を浮かべながら啓美の支度を見えぬ目で追っていた。

「楽しそうだねえ。あの男と一緒なのかい」

「もう、みんな知ってるみたいだし。いいかなと思って」

「まあ、スナックのねえちゃんとお日様の下を歩くのは、男の甲斐性だろう。しかしお前さん、よくあのカタコトに付き合えるもんだねえ。あたしゃあ駄目だね。イライラしちまってさ」

「あまり喋らないのが、気を遣わなくていいんです。通じるとつまらないですよ。なにを考えてるかわかんないって、安心」

それは偽りのない啓美の本心だ。梅乃は、偽りの孫娘が日々の暮らしに張りを持っていることを素直に喜んでいる偽りの祖母になる。

「入れ込まないでそこそこに楽しむんだよ。この世に男はひとりじゃないからね」

「ご安心を。梅乃さんも、もうひと花咲かせてくださいな」

茶化してみると、案外真面目な声で「そうだねえ」と返ってきた。

ジーンズにシャツ、その上にトレーナーを重ね、ジャケットを羽織った。リュックには弁当とペットボトルの水と、水筒にはドリップしたコーヒーを容れた。荷物にポケットティッシュを入れる際、なにに使うかを気持ちから突き放し、二つ摑んだ。

鬼が遊んだ渓谷で、川に足を滑らすことも考えてタオルを一枚。期待はいつも啓美だけのもので、誰に遠慮もしなくていい甘い想像だった。長財布は荷物になるので、小銭入れに千円札を三枚と、一万円札を折りたたんで入れた。これでいい。金さえあれば傷つかずに済む。

「梅乃さん、お昼ご飯に焼きそばを作ってあります。軽く温めて食べてくださいね」

「あたしのことはいいから、楽しんでらっしゃい」

気持ちよく送り出してくれる偽りの祖母に軽く手を振り階下に下りた。

暗い店内、階段の明かり取りの窓からひとすじ早春の陽が入る。斜めに切られた陽だまりが、ドアのそばに貼られた指名手配のポスターを浮かび上がらせた。

啓美はタクシーと店屋物の電話番号を記した紙の右下に刺さった画鋲《がびょう》をひとつ抜き、ポスターの真上に刺し直した。そして、カウンター横の柱にぶら下がっていたドライフラワーの束を画鋲を刺した場所へと移した。

貴島紀夫の顔が半分、岡本啓美の顔はすべてドライフラワーに隠れた。

日中の外出に使うサングラスをかけ、スポーツメーカーのアポロキャップを被った。

外に出ると、サングラスなしでは目が痛いほどの日差しだ。腕時計は待ち合わせ時間まで五分。日曜日の町はまだ動き出すには少し早い。啓美は渓谷に向かう道をスニーカーの調子を確かめながら歩く。履き慣れるほどあちこち歩いてはいないが、この調子なら靴擦れもないだろう。

約束どおり、信号のそばにある植え込みの石に、ワンウェイが腰をあずけていた。この町を昼間から腕を振って歩くのも渓谷へ行くのも初めてのことだった。

同じようなアポロキャップを被り、ジーンズにカーキ色のスタジアムジャンパーを羽織っている。右手には水のペットボトルが一本。

啓美はワンウェイの前をするりと通り過ぎた。気づかぬかもしれないとふざけたつもりが、男はすっと啓美の隣を歩き始めた。

すたすたと話しもせず、背後から通り過ぎる車が起こす埃っぽい風に向かう。芽吹きにはまだ早い冬枯れの季節、谷に向かう人も見当たらなかった。

勾配のきつい上り坂にさしかかったところで、やっと会話らしいものが始まる。

「疲れたら、言ってね」

「だいじょうぶ、あるく、へいきです」

「そうか、毎日自転車で鍛えてるもんね」

思ったよりも、足腰は衰えてはいないようだった。何台かの車に追い越されながらS字の急勾配を終えると、駐車場への案内図がある。腕時計を見ると一時間かかっていなかった。

駐車場には一台、軽四輪が停まっている。遊歩道へと下りる場所まで来ると、ひと冬をやりすごしたカラスウリの実が枯れた蔓《つる》にしがみついていた。

秋になると、赤く熟した果実を膨らませるカラスウリ。花はあまり印象に残っていない。梅乃に言わせると、カラスウリの花は日が暮れると開花し、朝にはしぼんでしまう一夜花《ひとよばな》で、若い頃は自分も毎日がこの花のようだったという。真白なレースに似た花が一夜限りのドレスだったと、珍しく梅乃が妙に詩的な表現をしたのでよく覚えていた。

肩幅ふたつぶんほどの遊歩道を二十メートルも行くと、すぐに水縁だった。右から左へ、澄んだ水が岩を撫でながら流れてゆく。思ったよりも速い。

左右のどちらにも、体に疲労が溜まっている感じはしない。体の軸は思ったほど狂ってはいないようだ。ピルエットができるほどではないだろうが、歩けば整うくらいの基礎は残っている。

啓美は自分の体に満足した。一時間歩いただけで故障を感じるようでは、どこにも逃げられない気がしたのだった。新潟での数か月を思い出した。

そろそろすみれの教室でも夏のバレエコンクールに向けて、選抜が始まっている頃だろう。十代の女の子たちがスイーツも遊びも恋も、あらゆる娯楽と距離を置いて、ただレッスンに明け暮れるのだ。

遊歩道を行きながら、川の深場に広がる緑色に足を止めた。ワンウェイも立ち止まり、啓美の見ている場所を追う。

「ワンウェイ、歩くといろんなことを思い出すね。からっぽの頭に、昔のことが流れ込んでくる。悪くないけど、ちょっと億劫《おっくう》やな」

通じていないときは、反応がない。ワンウェイがつまらない返事をしないことで、啓美は救われてゆく。

向こう岸まで渡ることのできる石畳が、二、三十メートル川面に点線を描いていた。渡ってみようかと目で訊ねると、男が興味深げに頷いた。

ひとつ、ふたつ、ワンウェイが先に石を渡る。川の中ほどまで来て、立ち止まった。川上、川下、ぐるりと自分たちを取り囲む春近い山々を見上げていると、この世にたったふたりで取り残されたような気持ちになる。

ふと思い立って、ひとり立ったらいっぱいいっぱいの石の上でY字のバランスを取ってみせた。やはりぎりぎりの筋力だった。

左脚を持ち上げたまま、ワンウェイに話し続ける。

「わたしは若い頃は毎日とても嫌な思いばかりしてた。すべて捨てたつもりでいたのに、いまこうやってまだこんなことができることが、なんだか不思議な気がするんよ」

嬉しいわけでも悔しいわけでもなかった。ただ、幸不幸に関係なく体にも忘れられぬ記憶が残るものだと気づいたところだ。横にワンウェイがいた。

「だんさー、ほんとうだったですね」

「うん」

寝物語を、聞いていたのだ。ゆっくりと脚を下ろした。ひどいぐらつきもなかった。ああ、まだだいじょうぶ。どこで舞台に立つわけでも、今さらなにをする気もないのに、身についたものが剝がれ落ちていなかったことが嬉しかった。

今夜また、みどりに電話をしてみよう。

ワンウェイが竹の葉に細かく砕かれた空を見上げ言った。

「わたし、ざんりゅうこじのこどもです」

水音にも消されることのない、太く響くいい声だった。

第四章

カラスウリ

崖の縁にうずくまって、腹のものを海に向かって吐き続けている夢を見た。吐きながら「これは夢だろう」と思っている啓美を、斜め上から眺めている啓美がいる。吐いている感覚も、冷静に見ている視点もある。さて自分はいったいどっちなんだろうと思ったところで目覚めた。

背中と脇腹に汗をかいていた。時計を見ると午前九時だ。デジタルの温度表示はすでに二十九度。今日も暑くなりそうだ。

梅乃が入院してから一週間になる。古くから付き合いのある開業医に、隣町の総合病院で詳しい検査をするように勧められ、今日が検査結果の出る日だった。

ゆるゆると起き上がり、汗に濡れたTシャツを脱いだ。七月に入ってからは、窓を開けても風はない。エアコンは店舗部分にしかないので、扇風機が頼りだ。タオルを絞り、汗を拭くといくぶんさっぱりとする。たった一週間ですっかりひとりの生活に慣れてしまった。

入院する日の朝に梅乃が「二度とここに帰って来られなかったりしてね」と笑った。それも、今日ではっきりする。

一週間のあいだに二度病院に足を運んだが、洗濯も洗髪もすべて病院側がやってくれるので啓美がすることといえば、差し入れくらいだ。それも、食事制限のある身ではほとんど要求もなかった。話し相手になっても、一時間もしないうちに梅乃が疲れる。

するりと梅乃の孫という椅子に座り、するりと七年目を迎えようとしていた。

鬼神町にやってくる前のことは、啓美のことであってそうではないような、いったいどちらが現実なのか、梅乃といるとわからなくなってくる。

三十代半ばの主治医が梅乃と話すのを楽しみにしているくらい、四人部屋の窓辺にあるベッドに住まいを移しても、梅乃は変わらずスナック「梅乃」のママだった。

啓美は全身の関節を緩めながら夢のなかの嘔吐を思い出す。自分の体にあれほど吐くものが入っているとは思えない。内臓をすべて出してもまだ足りないくらいの量だった。

テレビを点ければ、六月に大阪で起きた児童殺傷事件の続報が、そして別の場所では保険金殺人。次々と起こる事件に上書きされ、世の中はもう岡本啓美を思い出す気配もないように見えた。

股関節、腰、頸椎《けいつい》、肩、肘……。

立ち上がり、シンクの縁に手をかけてプリエ――の真似事。

結局のところ、こうしたことでしか体を維持する方法を覚えられなかった。百グラム増えれば百グラムの負担。それが、十代のときにはわからなかった。

狭いフロアでマンボやジルバの相手を求められて、うっかりリズムにのってきれいなステップを見せ、客に不思議がられたことがある。振り付けのないただのステップくらいならば、すぐに覚えられる。

「あたしに似て、音感と物覚えがいいんだよ」と助け船を出したのは梅乃だった。

ラベンダー色のTシャツを着て、ジーンズに足を通す。

ワイドショーが保険金殺人から週刊誌が休刊になるという話題に移った。啓美の顔をさんざん掲載してきた写真週刊誌だ。そのたびに実物が写真から遠くなるよう心を尽くしてきたのだった。テレビを横目に、化粧を始める。暑い日も寒い日も、啓美が外に出るときは「写真」から最も遠い顔にしなくてはいけない。汗にくずれない夏用のファンデーションを塗り、眉尻を眉一本ぶん高めに描くとそれだけでもう顔の長さが変わって見える。

携帯電話が鳴った。まことからだった。

「今日だったよね、梅乃さんの検査結果」

「うん、一時に間に合うように病院に行きます」

「三時には結果聞いて病院を出られるかな。三時に駅ってどう？」

検査結果ならば電話で報《しら》せると言うと、病院のある隣町の駅に「行くから」と短く返ってきた。

「わかりました。じゃあ三時に」

梅乃が検査入院をしていることを伝えたきり、一度も連絡をよこさなかったまことがわざわざやってくるという。

目元に涼しい色をのせてから、周りにぐるりと濃いラインを入れた。持ち上げた睫毛《まつげ》にしっかりとマスカラを塗り込んで、あとは薄いリップカラーがあれば「鈴木真琴」の出来上がりだ。どんなに暑いときも、前髪を上げたりはしない。額を出すと手配写真と似た角度の生え際が現れるのだ。

万端、整ったところで朝昼兼用のはちみつトーストとハムエッグ、コーヒーを腹に入れた。外に出て帆布のトートバッグに入れっぱなしになっている日傘を差すと、ささやかな日陰ができた。日陰の中を駅まで歩く。

鬼神町から一駅。ちいさな町にそびえるように建つ総合病院には、近隣の町医者では手に負えなくなった老人たちが同窓会のように集う。エレベーターで上階へ行き談話スペースを横切って梅乃の病室に入った。

梅乃はベッドに横になり、点滴の針に繋がれていた。

「梅乃さん、お加減はどうですか」

「まあまあだね」

病院に連れてきたときよりは顔色がいい。頬が削げたように見えるのは、光の加減もあるかもしれない。

「ここは、いい光が入るんだよ」

「梅乃さん、エアコン嫌いでしたけどだいじょうぶ？」

「体ばかり冷えていくのは、死んだのに意識があるみたいで気持ち悪いね」

そんな冗談とも本気ともつかない笑いのあと、ふっと息を吐き梅乃が言った。

「検査の結果がどうでも、ちゃんと言いなさいね。あたしにだって、今後の予定ってものもあるんだから。時間がないなりに、やることはあるのさ」

「わかった。ちゃんと言う」

梅乃にはなにも隠してはおけないのだ。一時には先生のところに行ってくると告げた。

「真琴、聞いとくれよ。あの先生ったら女房の愚痴ばっかりさ。勉強もできて立派なお医者さんになっても、女のことはさっぱりわかんないそうだよ」

「まあ、そういう男の人は多いんでしょうねぇ」

貴島のことを思い出した。本物の真琴がなにを望んでいるのか、最近はぼやけ気味だ。『週刊トゥデイ』の記者が、全国指名手配の逃亡犯を匿っていると知れたらどうなるのだろう。ライバル誌は休刊を後悔するのではないか。腕時計を見ると、一時まであと五分だった。

「梅乃さん、それじゃあ行ってきます」

「ああ、よろしくね」

梅乃も一緒に呼ばれない理由が、点滴や視力のせいばかりでもないことはなんとなくわかる。歩くのも大変だし、背中や腰が痛くて起き上がるのも億劫なのだ。達者なのは口だけだと自ら笑うけれど、決して冗談ばかりでもない。

ナースセンターに名前を告げると、すぐ横にある個室に行くよう指示された。待っていたのは主治医ひとり。梅乃に人生相談をしているという三十代の内科医は、啓美に椅子を勧めてさらりと切り出した。

「血液検査、ずいぶんとさぼっていましたね」

「病院には、お薬をもらいに行ってたくらいで」

長い付き合いの町医者なので、なあなあで済ませてくれるのがありがたいのだった。窓口の事務員に「そろそろ検査を」と言われては「伝えておきます」と応え続けた。

「実際ご本人が行くってことも、あまりなかったんでしょうね」

「仰るとおりです」

梅乃の体にはいくつもの病巣があって、どこから手をつけるのかはもうくじ引きをして決めたいくらいなのだ、と彼が言う。

「くじ引き、ですか」

「いや、例えですけどね。お年のことや、既往症のことなんかを考えると。これもご本人やご家族の考え方なのですけれど」

下手に手をつけてそのまま動けなくなるよりは、多少自由のきく時間が長いほうがいいのではないか、というのが彼の考え方だった。

「最後までがんばりましょう、って言う医者も多いです、正直。でも、梅乃さんとお話ししていると、そのご判断はご自身でしたい人なんじゃないかなと思ったものですから」

「そうかもしれません」

「娘さんは早くに亡くなってしまったけれど、お孫さんと一緒に暮らせて本当に楽しかった、って仰るんですよ。いい孫に恵まれたんで、自分の人生御の字だそうです」

ふっと目の奥が熱くなった。なんのセレモニーだこれは、と自分に問い直す。たった六年間の孫だが、受けた恩は時間以上にあった。

「検査結果は、すべて話してねって言われています」

「そうでしょうね、梅乃さんはそういう方だと思います。僕が言ってもよかったんだけど、まずはあなたにご意見を伺ってみないとね」

告げられた命の期限は、半年だった。思っていたより短いような気もする半面、ちょうどいいのかもしれないとも思う。

「この先、その時間をどう使うのがいいと思われますか」

啓美の質問に、医師は低く唸りながら天井を見た。

「長くお付き合いのあるホームドクターと連携して、できるだけ苦痛を逃がしながらお過ごしいただくこともできます。多少、ご家族のご負担はかかりますけれども」

「梅乃さん、今後の予定があるそうなんです。なので、残った時間はちゃんと言ってほしいそうです。伝えますけれど、いいですか」

「もちろんです。彼女なら、この時間にできることをすべて終わらせるんだろうと思います。その見事な生き方を、できる限りサポートさせていただきます」

病室に戻った啓美は窓辺の椅子に腰掛けて、そっと梅乃の手を握った。言葉を選ぶより先に「三か月くらいかな」とさらりと問われた。啓美は握った手に少し力をこめる。梅乃が細かく頷いた。

「半年あるのね」

「ピンポーン、さすがです」

「見損なっちゃ困りますよ」

啓美は、保って半年の梅乃の命を言うほどうまくはとらえられない。それでも、遠からず自分はまたひとりになるのだという実感はある。

「これから、まことさんに会うんです」

「あの子に、よろしく伝えておいて」

梅乃に今後の予定を訊ねるのは、もう少し先にしようと立ち上がりかけたときだった。

「半年のうち半分を家の掃除に使わせてもらって、あとの半分はまたここに戻ってこようと思うの。それでいいかね」

「わかりました、できるだけお手伝いします」

体力が少し戻ったところで自宅に戻してもらうようナースセンターに告げた。先生に伝えておきます、という看護師の声も軽やかだった。梅乃の判断は正しいのだろう。

外はアスファルトの照り返しのせいか、体感では三十度を軽く超えている。駅へと向かうシャトルバスに乗り込んだ。車内は冷蔵庫のように冷えていた。

駅に着いたのは午後三時より十分前だったが、既に駅前の日陰でまことが煙草を吸っていた。薄いサングラスをかけて、ジーンズにオーバーサイズのリネンシャツを羽織っている。足下に重そうなリュックを置いて立つ姿は、旅番組のひとこまのようだ。

冷えた体に再び熱波が刺さる。啓美の姿を見つけて、まことが簡易灰皿で煙草をもみ消した。

「おつかれさま。梅乃さんの調子はどうだった」

「入院した頃よりも、体調は良さそう」

「で、検査結果は」

手のひらに人さし指を足して「六」を示すと、まことが「ああ」と頷いた。

「梅乃さんには言ったの？」

「三か月だと思っていたのが、倍に延びて喜んでた」

「らしいなあ、あの人。うちの母親に連れられて初めて鬼神町に行ったとき、あたしはまだちいさかったけど、どう考えても母親より婆さんのほうが一枚上手だと思ったもん」

まことは「暑い」と言ってリュックを持ち上げ、さっさと歩き始めた。三分も歩くとこめかみや胸、背中に汗が流れた。まことのスニーカーが、古い商店街の一角にある食堂前で止まった。

「ここ、地ビールとホルモンの店。たまにこういうの、いいでしょう」

昭和に迷い込んだような店の片隅で、迷わずビールと、焼いてから持って来てくれるというホルモンとキムチ、枝豆を頼んだ。自分たちのほかには誰も客がいない。店内には昼間だということも時代も忘れてしまいそうな、古い歌謡曲が流れている。

「この町のこと調べててさ、評判が良かったんだ。こんなに暑いとビールの一杯も飲んでないとやってらんないしさ」

「お仕事のほうは、どうなんですか」

「ぼちぼち」

唇を歪ませた頬のあたりが、少し梅乃に似ていた。

中ジョッキのビールと枝豆が同時に運ばれてきて、ふたりとも一気に半分を空ける。気が遠くなりそうなくらい呼吸を止め、大きく吐き出した。長年の友であるような錯覚さえ起きて、啓美はまじまじとまことの顔を見た。

「梅乃さん、半年の半分を家の掃除に使うそうです。あとの半分は病院に入ると仰ってました」

まことが「うん」と言ってビールの残りを喉に流し込む。次のジョッキをふたつ注文する。ビールがすかすかとまことの体に流し込まれてゆく。

あのさ、と前置いて始まったまことの話に耳を傾けながら、啓美はホルモン焼きとキムチを嚙み続けた。

「あたしの父親ってのがさ、梅乃さんと長く暮らした男だったんだ。母親は馬鹿だから、その男とデキちゃうわけよ。十八やそこらでいっぺんヤった男と死ぬだの生きるだのって、ほんっと馬鹿。あり得ないでしょ」

まことがこんなふうに自分の出自を語るのは初めてだった。今日は語りたいのだと腑に落ちて、啓美も飲み続ける。

「でさ、高校を卒業するやいなや、ふたりで大阪に逃げるわけよ。あそこはなんでものみ込んじゃう土地だから。男のほうも若い女の勢いにすっかり引きずられちゃって、見よう見まねでクラブの黒服とかやるわけ。それまでスナックのママのヒモだったっていうのにさ」

まことが育った場所は大阪でもけっこう物騒なところだった。土地勘があるのはそういうことかと大いに頷き、出会ってから七年目の告白を聞いている。

「どう考えたって、上手くいきっこないじゃない、そういうのって。お互い、母親の男だったり世話になった女の娘だったりするわけで」

梅乃の幸福を踏み台にしての逃避行は、まことが三歳になるかならぬかの頃、突然終わりを告げた。父親の勤め先だったクラブで発砲事件が起こったのだ。標的を席に案内していた彼は、近距離で発砲された散弾を浴びて死んだ。

「だから、うちの母親はいっぺん鬼神町に戻ってるんだよ。あたしもしばらくここにいたはず」

「いたはず、って。まことさん、覚えてないの?」

「肝の据わった婆さん以外、あんまり記憶にない。それだって、学生の頃に来たときの記憶なのか。人の記憶ってあてにならないんだ」

母親が娘を連れて鬼神町に戻ったのには理由があった。娘は出生届を出されておらず、このままでは保育園はおろか、小学校にも上がれないと知ったからだ。

「若い女から逃げそびれて、不運からも逃げそびれた男が見えると思わない? 出生届も出さないままで、いつ逃げようかいつ行方をくらまそうか考えているうちに三年も経っちゃって、結局流れ弾《だま》からも逃げられなかったんだよ」

だからさ——ビールを飲み干し、まことが言った。

「梅乃さんには、長生きしてほしいんだよね」

「本人はもう充分生きたって言ってるよ。それ以上は、まことさんの感傷だよ」

「感傷って、なにに対して？」

不快な表情でまことが首を傾げた。啓美は仕方なく「血縁に対して」と答えた。ふたりの間を山本リンダの歌声が混ぜっ返していった。冷えて硬くなったホルモンを口に入れる。貴島を匿い、啓美に自身の身代わりをさせているまことの行動に、某《なにがし》かの理由があったことで安堵した。

戸籍を得た母親は、まことが小学校に上がるのを機に、再び大阪へと戻った。自身の身の上や子どもの出生について、臆測や噂が飛び交う町で暮らすことに息が詰まったのだった。

「梅乃さんがね、そうするのがいいって言ってくれたらしい。噂はどんなに蓋をしたところで穴の開いた風船みたいに漏れていくからね」

啓美は、大阪のどこかでまこととすれ違っていたかもしれない自分を思い浮かべた。

「大阪での暮らしは、どうだったの？」

「どうだったもこうだったも。いくら働いたところで、ふたりで生活するには足りない。身寄りのない子連れってのはハンデだったね、たぶん」

ああ、と頷くしかない。いつだったか母が「この子には才能がある」と言って連れてきた女の子がいたことを思い出した。彼女もまた、まことと母娘の住まう地域の子どもだった。なるほど体形も物覚えも理想的で、一度教えたことは忘れない。加えてひどく無愛想でハングリーで、周囲とは相容れずいつも稽古場で浮いていた。

母のお気に入りというだけで、啓美も彼女に近づくことをしなかった。

そのうち稽古場で彼女の出自に関する怪文書が出回った。誰の仕業か判明する前に、彼女はまた自分のいたエリアへと戻っていった。バレエ教室の秩序を守らんとするグループの企みだったと発覚するのは、ずっとあとのこと。

中学卒業と同時に教室を去った生徒が立ち話の際にぽろりと漏らした。

——あんときのこと、いまでも悔やんでるんよ。あの子どうしてるかなって考えたら、よう眠れんこと多かったわ。

啓美がすべてにおいて蚊帳の外だったのは、教室主宰者の娘だったからだ。

「母にとってもあたしにとっても大阪はいいところだったけど、病院にも行けない貧乏が溢れてた。周りじゃあよく人が死んだの。みんな明日なんかどうでもいいような人ばっかりだったから」

体を売ることを覚えた母親が、夫と同じく流れ弾のような病を得て死期を早めたのは当然のことだった、とまことは言う。

「梅乃さんには、意地でも頼れなかったんだと思うのね。二度頼ったら負けだって、よく言ってたな。なにに勝ちたかったのかはよくわかんないけど」

母と娘は、大阪を捨てて東京に出た。まことが小学校五年のときだった。

施設に娘を預けたあと、母親は病院の階段から転げ落ちた。

「三か月くらい意識が戻らなくて、夜中に呼吸が止まったんだ。人間って死を選択する意識だけが残るってこと、あるのかもしれないって思った」

明日など恐れるに足るものではないという鈴木まことの生き方は、履く靴を間違ったまま歩き続けた母親のそれをなぞっている。

梅乃は孫娘を引き取るかどうか悩んだ末、まこと本人に選ばせたいと言った。母が戻れなかった土地に行くことに抵抗を感じ、まことは中学を出るまでという約束で施設に残ることに決める。

「高校は、梅乃さんの援助とバイトと奨学金でなんとかなった」

まことが久しぶりに梅乃に会ったのは、大学の合格発表の日だった。

「三年間援助してもらってたことや、それまでのお礼を言いに来たんだけどさ」

母親が死んだ頃に会ったときは多少ふっくらとしていたはずの梅乃が、痩せこけていた。

「糖尿を患っちゃって、って。別人みたいだった。人間、痩せたり太ったりで、ぜんぜん違う人になれるんだ、って驚いたのを覚えてる」

「完璧に違う人間」を目指すなら、あとはいても不思議ではない場所にいることだろう。梅乃の孫は実際に存在し、年格好も疑われるほどではなく、地縁と血縁が合っていれば人の認識はそこで定着する。肩書と中身に相違があるとは誰も思わない。

ときどき、梅乃と娘のことを知っている馴染みの客が訳知り顔で「孫まで、男のことで梅乃さんに面倒かけちゃ駄目だぞ」と忠告めいたことを言うのだが、別人の話なので胸も痛まなければ腹も立たない。

ワンウェイはあれから一度も手配写真のことには触れなかった。啓美も自ら男の疑いを晴らそうとはしない。長閑な渓谷で聞いた告白で、彼が中国残留孤児の息子であることがわかったのがふたりの関係の進展といえば進展だ。

周りは家族を引き連れての日本移住を希望していたのに、ワンウェイの母だけはたったひとりで日本に帰った。

――いつまでまっても、れんらくなかったです。

母と交わした「必ず呼ぶから」の約束は、果たされないままとなった。いつしか父も母国へ帰った妻を忘れた。そしてワンウェイは自力で金を貯め、正規ルートで埼玉の工場街に暮らす「技能実習生」となった。

「あと、半年か」

まことの口からこぼれた言葉に、我に返った。梅乃に残された時間が示すものは、鬼神町で啓美が鈴木真琴として過ごせる時間と同じだった。

「あんたがいてくれて、よかった」

ぽつりとテーブルにこぼしたまことは、もう一杯ビールを注文した。

ほろ酔いで店の外に出たもののまだ陽は高く、じりじりとした陽にめまいを起こしそうになる。四方から蟬《せみ》の翅音《はおと》が降り注いだ。

てっきり駅に戻るとばかり思っていたまことのつま先が、駅とは逆の方向へと向かっているので呼び止めた。

「まことさん、駅、こっちですよ」

「駅はそっちだけど、行き先はこっちなの」

行き先があるとは思わなかった。炎天下、首にタオルをさげて歩くまことについてゆく。歩道のない狭い道を、車が勢いよく通り過ぎてゆくが、吹く風もただ熱い。

エアコンとビールで冷やした体が再び熱を持つ頃、まことは長い石段の前で立ち止まった。太い門柱に「慈観寺《じかんじ》」とある。いっそう蟬が騒ぎ始めた。階段を上ろうとするまことに訊ねた。

「お寺ですか」

「ここに、川口美智子がいるはずなんだ」

思わぬところでその名が出た。なるほど、隣町の寺というのはここだったか。しかし、いきなり酔っ払って訪ねるのはあまりに乱暴に思えて、石段に腰を下ろした。

「なにやってんの、早くおいでよ」

「ちょっと休ませて」

まことが「はいはい」と言って、自身も同じ段に腰を下ろした。啓美は頭上はるか上にそびえる石段の終わりを見上げて、とても上る気になれないことを告げた。

「どうやら、ここにいることは確かなようなんだ。いきなり来て会えるわけもないし、会う理由もないんだけどさ。見ておきたいじゃない、人生の構築を間違えた女がどんな景色を見て暮らしているのかを」

「人生の構築」と繰り返す声に、はっきりと力がこもらないのがわかる。「光の心」が企てた世界の再構築は、馬鹿正直な貴島が実行した渋谷のみ。事件から六年が経ったいま、教義はゴミ同然だ。世の中が自分たちを忘れかけているように、自分たちの過去も薄まっている。たいがいの人間は自身の罪に向き合わずに生きている、と言ったのは現師だったのだが。

「やっぱり川口美智子に書かせたほうが早いんじゃないですか。貴島さんは意気地なしの腰抜けですよ」

ふふっとまことが笑った。

「それ、正しい意見だと思うわ。あたしも、どうしてあんなのに肩入れしちゃったのか、自分でもよくわからなくなってきた」

「告白本さえ書かせちゃえば、あとは用がないんですよね」

「そうだね」

「早く書かせてくださいよ」

「そんときはあんたもいっぺんお縄になるんだよ。他人事《ひとごと》みたいに言うけれど」

なるほど、と思ったところに、さらに蟬がはやし立てた。

「でも、貴島さんの告白本があれば、わたしがなにも知らなかったことがはっきりするわけですよ。この、よくわからない時間も終わり。違いますか」

うぅん、とまことの歯切れが悪い。

「出頭するって騒いでたのは、あれはどうなったんですか」

「いまは、少し落ち着いてるようだけど」

「じゃあ、ちゃんと書いてるんですね」

もう、まことは答えなかった。それがなにを意味するのかを深追いできないまま、結局ふたりで石段を上ることになった。

中段で二度休憩をして、ようやく上りきったところで後ろを見る。山々の裾野に広がる町は、中心部が灰色で、山に近づくほどに緑が増えている。

手入れの行き届いた寺の境内では、手を伸ばせば届きそうなところに五センチあるかないかの青い柿の実、そして若い柑橘が生《な》っていた。

建物の横を通り過ぎると、狭い場所にびっしりと墓石が並んでいた。

まことが煙を吐き出すような声でさらりと言った。

「あたしは、墓に手を合わせたことがないんだよ」

「亡くなったお母さんは、どこに？」

「梅乃さんが、どこかの寺に預けたって言ってたけど。お参りもしたことない」

遠からずその寺に梅乃も行くのではないのか。

「どこかの寺じゃなくて、どこの寺か、ちゃんと把握しておいたほうがいいんじゃないの」

啓美の言い方が悪かったのかどうか、まことはぷいっとそっぽを向いて「そのとおりですね」と嫌な言い方をした。

まことが暑さを振りはらうような仕種で言う。

「こんな暑い日に、外には出て来ないか」

木陰にいても蟬の翅音に刺されそうなくらいの暑さだった。飲んだビールがすべて蒸発しそうだ。

「梅乃さんが退院したら、来てくださいよ」

「あたしが行って、なにかいいことあるの？」

本物の孫じゃないかという言葉をのみ込んで「ありますよ」と答える。まことが墓石の立ち並ぶ敷地に続く三段ほどの石段に腰を下ろした。

「とうとう、ひとりになる。梅乃さんが死んだら晴れて天涯孤独だ。これって悪くないよね」

「天涯孤独って、自分で選べるんじゃないですか」

どういう意味かと問うので「いまのわたしがそうだから」と答えた。

「帰る家もないし、頼る血縁もないし、おまけに別人として暮らしてるし」

「別人だけど家があって、偽物だけど血縁がある、とは考えないんだ」

なるほどそんなふうにも考えられるか、と妙に納得する。

墓石と厳かな寺の佇まいを眺めていると、ここに川口美智子が身を寄せていることにもなにか意味があるように思えてくる。

「彼女とばったり会うなんていう展開は、ないか」

「会ってなにをするつもりなの」

「まず、信頼できる人間になるね。そのポジションを手に入れて、彼女の話を聞き出す」

貴島で失敗しているじゃないかと喉元まで出かかったが「なるほど」と頷いた。

付き合うほどに相容れないものが湧き出てくるまことと啓美の関係にも、湿った空気が流れ始めていた。

「帰る。途中でまたビールでも飲む？」

「ああ、それもいいね」

怠そうに、まことが立ち上がった。

退院した梅乃は「やっぱり家がいい」と言ってひと眠りしたあと、店の厨房でレバーペーストを作っていた啓美のところへやって来た。

「こっちは、涼しいね。どうだい、商売は」

「まあまあです。梅乃さんが戻って来たのがわかったら、また騒がしくなりますよ」

「あたしの入院は、そんなに響いたかね」

「ええ、マダムですしね」

梅乃が入院する前から、みな老いた梅乃を見るのが切ないのか足が遠のきがちだったのだ。そんなことに気づかぬ彼女でもないのに、と知りながら啓美も話を合わせる。

「あっちのまことは、どんな調子なんだろ。なにか連絡はあったかね」

「今日、来るはずです。退院のことは話しておきましたよ」

梅乃は「ああそうかい」と言って、手すりを頼りに二階へと戻ってゆく。ぎしぎしときしむ階段の音が、いかにも怠そうだ。音が階段の中ほどで止まった。手を止めて階段下までゆくと、梅乃が引き返してきた。

「今夜は、こっちで客を待とうかね。寝てばっかりいたもんだから、体がなまってしまったねえ」

「助かります」

ふたりきりの、静かな開店だ。

本物でも偽物でも、孫として暮らした日々にどれだけ救われてきたか。命を限られたいま、どう梅乃に伝えよう。礼を言えば終わりを意識して暮らしていると告げることになる。

「歌いますか、たまには。声を出すとすっきりするっていつも言ってたじゃないですか」

「ああ、声なんかまだ出るのかねえ」

「出ますよ。もともとが大声だから、もしかしたら普通になってるかもしれないけど」

梅乃が笑いながらつま先でサンダルを探している。啓美は決して手伝わない。彼女は必ず慣れた仕種でサンダルを探り当て、器用に足下のゴミ箱やら段ボール、酒のカートンを避けながら店のフロアに行けるのだ。

梅乃がカウンターの端にあるマイクを手に取った。啓美はジュリー・ロンドンの名前を出して「ラヴ・レターズ」を選曲する。バスのきいたイントロが流れ、田舎のスナックがブルーノートに変わる。

梅乃が嗄《しゃが》れた声で歌い出す。ただ、愛しい男からの手紙を読んでいる、いつも読み返すという曲だった。レバーペーストを冷蔵庫に入れて、啓美がフロアに出て踊る。気配だけで、梅乃にはわかるはずだ。

ジュリー・ロンドンの曲ならばそらで歌える梅乃のために、二曲目に「家へおいでよ」をかける。ステップを踏み、ときおり指を鳴らしながら回転すれば、梅乃も調子が出てくる。よく、三曲歌ったあたりで声が嗄れてからがいいんだよ、と笑っていたのを思い出す。

三曲目に「ベサメ・ムーチョ」をかけると「まだ歌わせるのかい、この死に損ないにさ」と言って、それでもしっかり歌いきった。

「真琴には、世話になったね」

「お伝えしておきますよ」

「お前さんだよ。本当にありがとう」

啓美はその日、梅乃がいつ歌う気分になってもいいように、彼女が好きなカラオケを流し続けた。

その日の客は梅乃の容態を訊ねにやって来た客がふたり。思わぬ本人の歓迎にあって、上機嫌で帰って行った。

——ママが元気になって良かったよ。

——あたしの留守に、余所《よそ》に行ったら承知しないよ。

——わかってるって。真琴ちゃんだってママがいないとさびしそうで見てらんないんだよ。とにかく無事で良かったよ。もう、血糖値上げちゃ駄目だよ。

——そのくらい、いい男に会っちゃったんだよ。

——なんだよ、見えてるのかよ。

しばらくはこんな会話が繰り返されるのだろう。入院前よりはるかに元気に振る舞う梅乃を見て、啓美は半年というのは単なる脅しではないかと思った。

表に下げた「OPEN」の札を裏返そうとドアを開けたとき、数メートル先にこちらに向かってくる人影を見つけた。まことだった。啓美はドアを開けたまま、まことを待った。

小刻みに首を振り、礼のつもりか左手を揺らし、まことが「梅乃」にやって来た。

「梅乃さん、どう?」

アポロキャップを外し、髪にくしゃくしゃと手を入れながらまことがカウンターの席に着いた。

「どうって、すごく元気がいい。ここ一年で、今日がいちばん元気が良かった気がする。歌ったし、よく喋ったし」

「お店に出てたの?」

「うん、ずっと歌ってた」

へえ、とまことが化粧っ気のない顔に、啓美が差し出した冷たいおしぼりを滑らせた。暑さのせいなのか、照明の加減か目の周りがくすんでいる。

「上に行ったら、まだ起きてるかもよ、梅乃さん」

「明日の朝でいいよ。お店に出て歌ったなら、かなり疲れてるでしょう」

啓美は薄く切ったフランスパンをさっと炙《あぶ》って、レバーペーストとピクルスを添えた。飲み物はビールがいいと言うので冷えた瓶を一本出してカウンターに置いた。

「上手いもんだねぇ。もう立派なスナックのママじゃない」

「六年もやらせてもらってるからね。梅乃さん仕込み」

大瓶一本をふたりで空けて、二本目を手に取った際、まことが改まった口調で言った。

「ここ、続けたらいいよ」

「どうしたの、急に」

「あなたがいなくなったら、梅乃さんがさびしがるから」

梅乃が戻らなくなってからのことを言っているのだった。

啓美は上手い言葉が浮かばず、コップにビールを注ぎ入れる。まこともそれ以上深追いはしない。

「明日から、体調をみながら部屋の片付けをするんですって。手伝わなくちゃ」

「梅乃さんは、あのとおり物を持たないひとだから。片付けなんてすぐ終わっちゃうと思うよ」

まことの視線が店のドアの横へと流れた。ドライフラワーに隠れた手配写真に気づいたようだ。

なにを言われても、と身構えたところへまことが声を上げて笑った。

「隠さなくても、誰も疑わないよ。誰か気づいた人でもいた？」

「似てるって言われたことがある。正直、焦った」

「そんなに濃い化粧して顔かたちなんてまったく変わっちゃっても？」

「うん、似てるらしいよ」

誰それ？　と訊ねられ素直に「技能実習生」と答えた。

「ああ、いい仲だっていう中国人か」

まことは「なるほどね」と言いながら、ドアのあたりと啓美の間で遠慮のない視線を往復させた。

「でも、誰かに言うとかそういう感じでもないわけでしょう」

「たぶん。はっきりとお前だろうって言われたわけじゃあないし。来年には、国に帰るだろうし」

ふふっ、と笑ったあと、まことが「みんないなくなっちゃうわけだ」とつぶやいた。

「で、上手くいってんの？　そのチャイニーズとは」

「そうしょっちゅう会ってるわけでもないから」

どのくらいの頻度で会うのか訊ねられ、月に一回か二回、と答えた。近所にいるわけでしょう？

とそこだけ妙にしつこく訊かれて「うん」と返す。

「愛人契約みたい。変な人たち」

なるほど、一度につき一万円というのは契約と言われればそうだ。

啓美が訪ねてゆくとき、ワンウェイは決して断らない。それは金を受け取る者のひとつの礼儀でもあるのだろう。

「たまには、新潟と連絡取ってる？」

「来月、東京国際ホールでコンクールがあるって」

「すごいじゃない」

すみれの踊る姿をひと目見てみたいが、どうなるか。日時はみどりから聞いた。会場に行けば、大阪からの参加者もいるだろう。母の教え子が指導者になっているかもしれない。

——もし、見てくださったら、あの子も喜ぶと思うんです。

——約束はできないけれど。

見たい気持ちの傍らには常に危険があることを、みどりだって知らないわけではないのだ。

——衣裳は、どうしているの？

——今回は、お教室のものを修繕して。

借り物の衣裳で出るコンクールなのだった。すすけたチュチュとくたびれたトウシューズで、どれだけ優雅なものを見せられるのか考えると気持ちが翳る。

コンクールのたびに新調しては結果を出せずに終わった。粗末な衣裳で気の毒がられるのも、母親に罵倒されるよりはいいのではないか。

自分よりよほど上手く、コマのように回っては跳ねて、きらきらと笑顔を決めて舞台の袖へと戻るライバルたちは、腹の底で啓美の衣裳を小馬鹿にしていただろう。

まことが灰皿を引き寄せ、煙草に火を点けた。

「見に行ったってそうそうバレないと思うけど、もしもってこともあるからねえ」

「行くつもりはないです」

実際、十数年前より一、二キロオーバーしたとはいえ濃い化粧の人間ばかりが集う場に立ち、見る人が見れば岡本啓美とわかるのではないか。回避してきた危険に、進んで飛び込む必要はないのだ。

それにしてもさ、とまことがしみじみとした口調で煙をひとつ吐き出した。

「あんたの父親の血が、義理の妹に作用しているのだとしたら、現実って残酷なもんだよね」

「どういう意味ですか」

「バレエを踊る女を好きになった過去のある男がさ、その環境に愛想を尽かして新しい女と一緒になって、その娘がまたバレエを始めてしまう。人間、些細《ささい》な糸口からほつれ始めることってあるんだなって。新潟の彼女たちを見ているとそう思うんだよ」

「父も、運のない人なんだと思います」

「運、ね」

それで片付けるのがいちばんなのだ。みどりと出会ったのも運、バレエに興味のある娘が生まれたのも運、その心が壊れたのも運が悪かった。だからこそ、父を踏み台にして、すみれにはとことん上り詰めてほしい。

みどりとすみれが自分たちの高みのために父を廃人にしても、それはそれで父の人生にも報われるものがあるのではないか。

「そのうちまた隣町に行ってみようと思うんだ」

「あのお寺にですか」

「一度、会ってみたいじゃない。ネタにするかどうかは別として、いつもなにかを信じていないと生きていられない人間って、いったいなにを疑ってるんだろうって思うんだ。宗教でも男でも、川口美智子の場合はそのどっちもだったろうけれど」

まことは数秒の間を置いて「滑稽だねえ」と、ため息に似た息づかいで放った。

信じるものがあるということは疑いが前提である、というのはまこと特有の考えなのかどうか。啓美はこの、好奇心に満ちた女の指先から、灰がひとかけ落ちるのを見た。

「みんなまことさんのようには生きられないんです」

「それ、厭味?」

「厭味なんて言わないですよ。面倒くさい」

更けてゆく夜をまこととふたりで過ごしている。この関係に名前をつけることの不毛や、もしかしたらの友情も、煙と一緒に漂っていた。

翌朝目覚めると、既に梅乃とまことが起きて茶の間でぽつぽつと話していた。

布団の上で関節をひとつひとつ動かし、不調がないかどうかを問うた。寝汗を少し。今日も暑そうだ。窓を開けて布団を畳む。啓美が起きたことは充分伝わっただろうところでふすまを開けた。

まことがテレビを指さし言った。

「ちょっと聞いて、熊谷《くまがや》は三十六度だって、今日の最高気温。こっちもかなりだけど」

「水分取らなくちゃいけませんね、おはようございます」

「おはよう」

窓は開いているが、風はない。扇風機が怠そうに首を振っていた。うがいをして歯を磨き、全身を上から吊るようにして立った。肺にめいっぱいの酸素を入れ、ゆっくりと吐く。ふたりがちゃぶ台を挟み、再び話し始めた。

「じゃあ、渡されている痛み止めが効かなくなったときが、入院の合図ってことなんだね」

「それがいいんじゃないかと思うよ。じゃないと、こっちの真琴が大変だからさ」

口を挟もうかどうしようか迷ったところで、梅乃が台所に顔を向けた。

「なにか、あっさりしたものとコーヒーをお願いできるかね。不思議と食欲はあるみたいだ。真琴のご飯が楽しみだった日が戻ってきたよ。ありがたいねえ」

あたしにも一杯、とまことが追いかける。祖母と姉——かつてない思いに包まれていることが可笑しくて「はあい」と返した。

滅多にない三人の朝食に、手早く卵を茹《ゆ》で、小松菜のソテーを添える。小さくカットした食パンを焼いて、昨夜作ったレバーペーストをのせた。淹れたてのコーヒーは、トラジャだ。

「やっぱり病院食とは違うねえ。真琴のコーヒーがいちばんだ」

まことにも感謝してるよ、と言うので三人同時にクスクスと笑い合う。秘密を共有する甘やかな幸福感と居心地の良さが残すところ半年と、誰もが知っているし、知らないふりをする。

「あたしが病院に世話になるまで、まことはもう一回くらいこっちに来るのかね」

「梅乃さんに呼ばれれば、いつでも来ますよ」

「じゃあ、次に来るときは『とらや』の羊羹《ようかん》と、『銀座ウエスト』のリーフパイを頼むかねえ」

「甘いものを食べることにしたの？　好きだったたっけ？」

「本当はね。またなにか思いついたら頼むとして、まずはそのふたつをよろしく」

「羊羹とリーフパイには、思い入れでもあるんですか」

まこととの質問は、死期を間近にした祖母に対してもまったく変わらない。

これが血縁なら、なんと軽やかで優しいものか。数えるほどしか会わずにいた祖母と孫のやりとりだった。梅乃が濁った目を少し大きく開いて言った。

「とらやの羊羹は、娘が好きだったの。リーフパイは、ふたりとも好きだったの。早めのセレモニーは、できるだけ長く続けるつもり。なんでも生きてるうちだから」

今日は、いかにも梅乃らしい弔いの始まりなのだった。


鬼神町から池袋。乗り継いで、目指すは有楽町だ。

久しぶりに電車の中から見た東京の空はちいさく、凝縮されたみたいな青さだ。啓美は汗で流れぬよう念入りに化粧をし、黄色いレンズのサングラスをかけた。電車の肌寒さから一気に外気に放られて、肌が戸惑っているのがわかる。久しく見てこなかった人混みは、道行く人がみな自分に向かって歩いて来るような気がして避けようがない。

会場までの道は、乗り換えを含めまことから聞いてある。丁寧とはいえない路線図だが、どこ行きに乗るのかまで書いてあるのはありがたかった。

黒のパンツに黒のTシャツ、その上に薄いピンクのリネンシャツを羽織った。コンクールの会場で浮かないためには、スタッフと間違えられるくらいがいい。今日は、会場整理かメイク班に駆り出された団員になりすますつもりで鬼神町を出て来た。

「ひと、いっぱい、すごいですね」

横で、ワンウェイがぼそりとつぶやいた。構わず啓美は会場に向かう地下鉄の標示を探す。

男との間についこの前、少しばかり心の距離ができた。訪ねた夜更け、青い家に先客がいたのだった。玄関先まで漏れるような声を上げる女の顔を、ひと目見てやりたいとも思ったが、ため息をひとつ落として引き返した。

懲りずに翌日再び訪ねる自分も自分なら、知らぬ顔でいつもどおり肌を重ねる男も男だった。言葉を交わさぬところで微妙に変化してゆく感情に、うまい名前は見つからない。

——ずいぶん、繁盛してるじゃない。

——はんじょう、なんですか?

——なんでもない。わたし次の日曜、東京に出るの。晴れたらいいなと思って。

——トーキョー、いいですね。わたしもいきます。

ワンウェイとふたりで人混みにいると、貴島のことを思い出した。まことのマンションから一歩も出ずに暮らしているという彼がいま太陽の下に出たら、たちまち溶けてしまうのではないか。ワンウェイに「東京になんの用事があるのか」と問うたら、ただ「いきたい」と返ってきた。ジーンズにTシャツ、髪だけ律儀に真っ黒だ。休日の似合わぬ男の足下は、くたびれたスニーカーだった。

地下鉄で有楽町まで出た。まこととの地図どおりに行くと、ホールの真ん前にいた。

「ワンウェイも、見る?」

「ここ、なにをしますか」

「バレエ。コンクールの舞台だけど」

「みます」

男が、バレエに興味を持つのは意外だった。受付で堂々と当日券を求めた。ワンウェイはすべてを啓美に任せ、なにを心得ているものか、人前では一切話さなかった。

受付で渡されたパンフレットを開いた。みどりが言っていたとおり、後半の部だ。午後一時から二時半までのあいだに、約二分から三分のバリエーションを披露する。「エスメラルダ」は、本人が希望するか、あるいはその妖艶さとかなしみを表現できると指導者が判断した場合に選ばれる演目だった。

小学生がやるとあざとくなってしまうジプシーの娘も、身長とコンパクトな顔立ちでカバーできる年齢になれば見応えがあるだろう。

腕の時計を見た。一時を少し過ぎている。思ったよりもぎりぎりだった。パンフレットを胸に抱え、会場となっているホールへと急いだ。

ああ、とそのむせかえるようなコンクールの空気に立ちくらみを起こしそうになる。

身内だったり指導者だったり、今日の客席には辛口の人間が座る。バレエの舞台を見に来ているわけではない。勝ち残る人間を確かめに来ているのだ。

啓美は左側通路を三分の二ほど前に進み、内側にワンウェイを座らせ自分は端の席に腰を下ろした。これなら、ワンウェイを壁にして、啓美の横顔が見えることも少ない。

舞台の袖で待機している子たちの、真っ青な顔が見えるようだ。化粧を取った頰は血の気などないだろう。みな、たった二分か三分で自分の一生が決まってしまうと思い込んでいる。

己の力量だけではカバーできないものを抱え、天性の欠落を見破られまいと必死で稽古してきた子たちの、痛々しく残酷な日。

体に音楽のある子ない子、好きと嫌いの狭間に立つ子、将来座る椅子はあるのに技術から見放された子、腕はあるのに金のない子、ひとつ舞台を経験するたびに彼女たちは自分の生まれと体を呪う。呪わずに済む子が、顔に微笑みをはりつけて残ってゆく。

金平糖の踊り、シルヴィア、スワニルダ第一幕、ジゼル。みな、その演目のここ一番を踊る。

——一四九番、エスメラルダのバリエーション。

感情のこもらぬアナウンスのあと、舞台に緑色の衣裳に赤い縁のタンバリンを持ったすみれが現れた。舞台中央まで進み、ポーズを決めたところで音楽が流れ出す。いつの間にか、パンフレットを抱いて祈っていた。

ずいぶん身長も伸びたようだ。改めて、その恵まれた手足の長さを見た。この日のための一着ではなく、すみれの体に合わせるために背中や脇、ストラップを調節した衣裳だ。きらきらと光るティアラをのせた頭。これは十頭身だ。

決めのポーズ、タンバリンを叩くつま先——あこがれだけでは演じられないほどの忍耐力と精神力をまとい、自身に投資してくれる「王様の席」を意識して踊る。

勢いをつけていると見えぬよう、内側のバネだけでコマのように回る姿を見て、上位入賞を確信した。ライバルはおそらく、シンプルな衣裳でタリスマンのバリエーションを踊った子だろう。勢いだけで踊る子には止められないポーズを、実によく押さえていた。

ここに啓美がいることを知らずに踊るすみれを見ながら、自身が同じ振り付けで舞台に立っていた頃のことを思い出していた。

短い手足、伸びなかった身長、どれもが普通の生活をするなら充分だったのに。バレエを踊るためにもう一センチ、もう五センチと、常に欲深く体に言い聞かせ続けていた。

舞台では自身の関節のひとつひとつに満足しながらすみれが踊っていた。持って生まれたものも大きい。けれどなにより、彼女と彼女の体が踊ることを選んだのだった。バレエの神様は、踊りたい者を選んでゆく。選ばれた者だけが、死ぬまで踊ることができる。

音楽とラストのポーズがぴたりと合って、すみれは堂々と舞台からはけた。

あのポワントで世界に出てゆく予感を得たことは、欲目だろうか。

啓美は席を立ち、ホールを後にした。真夏の太陽が嫌になるほど降り注いでくる。ワンウェイが、啓美の少し後ろをついてくる。

ひとつ、大きな危険を冒しただけの価値があった。

「わたしの用事はこれでお終い。ワンウェイはどこへ行きたい?」

「コンクール、もういいですか」

「結果は、なんとなくわかるから」

「エスメラルダ、でしたか」

「そう、よく知ってるね。エスメラルダ。あの子はわたしの妹なんだよ」

ワンウェイの頬が持ち上がった。

「ディズニーランド、いきますか」

不意の誘いに啓美が驚いていると、ワンウェイがどこから持って来たものか、中国語の路線図を広げて見せた。

「ユーラクチョー、シンキバ、マイハマ」

「やるね、ワンウェイ」

黄色いサングラスを掛けると、ほんの少し陽光が柔らかくなる。今夜も熱帯夜だろう。

ふたりでディズニーランドを目指して地下鉄とJRを乗り継ぐ。なぜなのか三十分で着くと書かれているところを一時間かけ、ようやくゲート前に着いた。ワンウェイは鬼神町にいるときとは別人のようにはしゃいでいる。

ふたりで一万円以上の入園料を払い、人混みに踏み出した。噂には聞いたが、アトラクションに到達するには六十分、九十分という待ち時間がある。木陰までたどり着くには少なくとも三十分はかかりそうだ。

「心斎橋の有名店だって、こんなには並ばないよ。ひどいな」

「マコトさん――ホーンテッドマンション」

名前を呼ばれたのは初めてだったことに気づいた。「へえ」と笑みが湧いてくる。地図を頼りに無邪気にアトラクションに向かって歩いてゆく男の、汗に濡れたTシャツを追いかけた。

この世にあってこの世ではないような楽しさだ。優雅で猥雑でとても安っぽい。大枚はたいて入場したが、結局アトラクションはふたつしか回れなかった。誰も自分たちを気にしないし、啓美もまた誰の目も気にしてはいなかった。

チュロスとコーラでエレクトリカルパレードを見たあと、浮き立つ気持ちを抱えたまま池袋まで戻った。ワンウェイの陽気さはまだ続いているようだ。

ゆらゆらと夜風を探して歩いているのは、今日の土産を買い忘れているせいだといいわけする。人の流れに逆らって歩いていると、きらびやかなネオンが立ち現れた。

「入っちゃおうか」

「いいですね」

「ドリーム・ドリーム」と二度も記すからには、夢のないホテルなんだろうと冗談を言ったものの、ワンウェイには通じない。

そこは、ドリームというには少し現実的な、ベッドばかりが大きな部屋だった。

「お腹すいた。なにか頼もう」

デリバリーメニューから、ビールとピザ、ポテトフライを注文する。

バスルームで、使い方がよくわからないままスイッチに触れる。七色の光が点滅したあと浴槽に湯が溜まり始めた。ディズニーより百倍面白いアトラクションだ。

ピザもポテトもすべて平らげて、腹が落ち着いたのか、ワンウェイが物珍しげに部屋を歩き始めた。風呂に湯が張られたのを見て、脱いだ服を放って自分だけさっさとバスルームへと消える。

啓美も一度汗で湿ったTシャツを脱ぎ、ジーンズを下ろした。アトラクションだ、とつぶやいてバスルームに入る。

楕円形の浴槽に全身を伸ばしている男の膝のあたりに、跨《また》がってみる。向かい合ったふたりを、七色に変化するライトが次々照らしていった。

ワンウェイが笑った。ああ、となぜか泣きそうになる。この男は、アトラクションの中ではこんなに無邪気に笑うのだ。


鬼神町に戻った日、真夜中に携帯電話が震えだした。みどりから、すみれが総合一位だった報告を受けた。

「東京のバレエ団の寮に入るように勧められました。集中してレッスンすれば、世界が見えるそうです。まだまだ伸びしろがあるという言葉はありがたいし、すみれも喜んでいます」

ぽつぽつと語るみどりの声が、後半になるとわずかに沈んだ。

「東京に、出すのでしょう?」

「それが――」

経済的なことを理由に、すみれ本人が諸手《もろて》を挙げて喜ぶことをしないという。新潟の教室で、先生の助手として子どもたちの教室を手伝うことで月謝が免除されていると聞けば切ない。

「新潟からだって世界に行けるからって」

できないわけではない。スカラシップを取ればみな平等にバレエ教育を受けることができるのだ。ただ、それにはもっと大きなコンクールで上位に入る必要がある。そのためには、審査員席に近い場所にいたほうがいい。

当面、みどりがすみれの活動を支えるために働くのだろう。それを思うと、啓美も単純に総合一位を喜べなくなっていた。


ひとつ目の秋風が吹いた日、梅乃が言った。

「そろそろあちらに行こうかと思うの」

部屋はもうおおかた片付いており、アルバムや着物といった、処分に困るようなものはすべて梅乃の指示で廃棄した。あとは、入院先で使うリネン類や下着、洗面道具だけで充分だという。

「見えるわけでもないのにアルバムがあるのもおかしなことだったわねえ」

「まことさんに、遺さなくてもいいんですか」

「重たいものは、誰にも遺さないの。金もないし、宝石もない。葬式もあげないし、弔いも要らない。あたしの場合はそれでいいの。余計なことは考えないでちょうだい」

見てもいいというので古いアルバムを一度だけ開いた。若い頃の梅乃は、どこがと言えるほどではないけれど、たしかにまことの面影があった。まことの母親はなるほど、可愛いというよりは艶のある面立ちをしている。少しばかり陰のある少女の笑顔に、明日の見えない男がほだされたとして疑うところはない。

梅乃が「そろそろ」と言うには理由がある。風呂に入るのが億劫になったと告げたことで、肚もすわったのではないか。啓美に介助を頼んだ三日前には覚悟を決めたのだろう。

隣町の総合病院に電話をして、病床が空いているかどうか確認する。一週間後ならばベッドが空くという返事が来た。

「あと一週間か、まだ面倒かけちゃうんだねえ。こんな老いぼれも、世の中の都合には合わせないといけないなんてねえ」

「いいじゃないですか、急ぐことはないってことですよ」

最近、梅乃は目を瞑ったまま話すようになった。光のあるところないところを探すのも億劫なくらい怠いのだ。どうしてあげることもできないまま、食も細くなっていた。

「痛みは、抑えられていますか」

「そうだねえ、毎度のことなんで、もうどこがどうなのか。まあ、仕方ないねえ」

その日から啓美は、梅乃には告げずに早めに「CLOSED」の札を下げるようにした。休めば梅乃が悲しむと思うから一応開けるのだが、常連が来ない日は早々に店じまいだ。

梅乃が着る簡単なかぶりワンピースは、柄にちいさな赤い実が散っている。いつか話していたカラスウリを思い出した。

「ねえ梅乃さん、カラスウリの花って、いつごろ咲くんでしたっけ」

「夏から秋にかけてだったかねえ。九月あたりまで見かけたはずだけども。カラスウリがどうかしたかい」

「ひと晩で咲いてしぼむんでしたよね」

「ああ、そうだよ。毎年、同じ場所で咲いて同じ場所で実をつける。赤くなって、誰にとられることもなく、冬を越すんだよ。面白いことに、雄株と雌株があってさ。夜の翅虫に花粉を運んでもらわないと実が生らない。あの実には大黒様って呼ばれる種が入っていて、昔の結び文みたいなかたちをしてるんだ。おみくじを結ぶときの、あのかたちだよ。ラブレターだ。なにもかもが道理に従っているなんてね」

聞こえるか聞こえないかの声でジュリー・ロンドンの曲を口ずさみ、梅乃が黙る。

その後つぶやいたひとことが、幾度も耳の奥で繰り返された。

――カラスウリの種を麻袋に入れて誰にも知られないように床下に隠しておくと、お金持ちになれるという言い伝えがあるんだよ。真琴、これはお前にはまだ言ってなかったねえ。

昼どき、啓美は記憶を頼りに、河川敷近くに実をつけたカラスウリを探しに出かけた。真夏の暑さを手放して、鬼神町もあと半月もすれば毎日秋の風が吹く。

九月も後半、もう花を咲かせそうな株を見つけるのも難しくなった。せめて縁起がいいという種を取り出して、少しでも梅乃が喜ぶようなことをしたい。

河川敷の土手に上がって少し歩くと、半分赤くなったカラスウリを見つけた。数メートル先にある実も、まだ熟してはいなかった。

梅乃を再入院させた日、とりわけ印象に残ったのは医師と看護師の物腰だった。梅乃から死に場所として選ばれたことを喜んでいるように、梅乃には見えぬ静かな笑顔を浮かべていた。啓美は鈴木真琴として、偽りの祖母を看取ってもらうため頭を下げる。別れの儀式の始まりだ。

「また明日来ます。身の回りのもので足りないものがあったら、なんでも言ってね」

「いまはラジオから聞こえる懐かしい歌と面白い話だけで充分。ありがとう」

シャトルバスで駅まで戻り、ふと思い立って、夏にまことと一緒に歩いた道をたどった。もう汗もかかないし、照りつける太陽も和らいだ。梅乃にとって暑い盛りの帰宅は果たして良かったのかどうか。訊ねる相手もいなかった。

長い石段を上り、再び墓の見えるところまで行くと、作務衣《さむえ》姿で竹箒を動かしている人影を見つけた。後ろ姿だが、肩の線で女だとわかる。墓のすぐ手前にある植え込みに、カラスウリが赤く色づいていた。真夏には気づかなかったカラスウリの前で中腰になると、人影がこちらを見た。

「こんにちは」

髪を短くしてはいるが、川口美智子に間違いなかった。

腰を立て、頭を下げた。墓参にやって来たのかと訊ねられ、咄嗟《とっさ》にカラスウリを見に来たのだと答える。

「ここのカラスウリ、もうそろそろ赤くなったかなと思って。夏に見つけたので、寄ってみました」

竹箒を手に、カラスウリのそばまで川口美智子がやって来る。

五階で現師に飼われていた頃の輪郭は感じられなかった。頭のかたちがわかるほど短くした髪の毛は、現世と違うところへ行けた証だろうか。

テロまで企てたカルト教団の、陰の教祖と謳《うた》われた女が、今度は仏門に入り竹箒を持って境内を掃き清めているのだった。

「カラスウリ、ここのものは他の場所より早くに色づきました。お彼岸の頃から赤みが増したと思います」

お好きなんですか、と問われ「祖母が」と答えた。

「カラスウリの好きな祖母が、入院していまして。赤いものを探していたんです。うちの近くのはまだ色づいていなかったもので」

川口美智子は「そうでしたか」と赤い実の前で一度しっかり手を合わせた。その姿はもう「光の心」にいた時とはまるで違う、敬虔《けいけん》な仏教徒にしか見えない。このお寺の尼僧様なのか、と訊ねてみた。

「いいえ、そんな尊い身ではございません。縁あってこちらで小間使いなどしております、修行の者です」

自分がどんな顔をしているのか確かめたい衝動にかられながら、女の柔らかな仕種を窺い続けた。

不意に竹箒を石段に置いて、彼女がカラスウリを蔓からもぎ取った。表面をつるりと撫でて、啓美に差し出す。

「お祖母さまに、どうぞ」

礼を言って受け取った実は、想像より重かった。

「違っていたらごめんなさい。もしかして川口さんではありませんか」

彼女は答えず、じっと啓美の顔を見つめてくる。怯《ひる》む気持ちも湧いてはこない。秋の風が、またひとつ、ふたりの間を通り過ぎて行った。どのくらいそうしていたのか、再び竹箒を手にした彼女が言った。

「結局、なにかを信じるということは、なにも信じられない自分との闘いでした。わたくしは弱い人間なので、こうして竹箒にでも寄りかかっていなければ、怖くて生きてはいられないのです」

啓美が「自分は」と言いかけたところを彼女が遮った。

「自身を信じられるひとは身軽です。自分以上の荷物がないのです。身軽ゆえに重いご自身と付き合ってゆけるだけの力があれば、神仏になど頼らずとも生きてゆけます。ただ、たいがいの人は自身の背にある荷物がなんなのかを知らないまま生きていると、わたくしは思うのですけれど」

川口美智子はそう言うと、現師を惑わせた頃の笑顔を浮かべた。

「知らぬ者が失礼を申しました。お祖母さまが一日も早く回復されるよう祈っております」

彼女には啓美の厚い化粧の下が見えるのだった。同時に、そんな人間がまだまだいるのではないかと怯えた。そうしながらも啓美は、自分が無意識に次の展開を望んでいるように思えて仕方なかった。

石段を下りる際、下から元気よく赤いランドセルが駆け上がってきた。近づくほどに、太い眉と目鼻立ちがはっきりとする。子どもたちの運動不足を解消するために、いつか施設で体操を教えていた幼児の面影と重なり合う。

Tシャツにジャージ姿の女の子が、啓美の手にあるカラスウリを見て足を止めた。

「それは、お墓の前に生っていたものですか」

子どもとは思えぬほどしっかりとした口調と滑舌だ。世の中を騒がせ、今も裁判のため勾留されている父親ゆずりのものに思えた。

「もう少し、赤くしてあげたらよかったのに」

少女は迷いのない瞳をカラスウリと啓美に向けてそう言うと、再び石段を駆け上がって行った。

啓美は手の中の赤い実を見た。

「もっと赤くなれたのか――」

蟬の翅音はもう、どこからも聞こえなかった。


それからは、毎日昼食の時間帯に病室を訪ねる生活になった。

八月に池袋のラブホテルに行って以来、ワンウェイに会っていない。あの日、ワンウェイは啓美から金を取らなかった。ホテル代を支払う際、彼も財布を取り出すのを見てから、体から熱が吸い取られてしまったような、おかしな感覚が続いている。朝、ぼんやりとした頭で男と別れたのが池袋駅だった。

ふたりで顔を揃えて同じ電車に乗るのも気がひける。土地勘もないのに「寄るところがある」という男に手を振って、鬼神町に戻って来たのだった。

梅乃の症状に、見て感じ取れる変化はなかった。毎日行くのも心に負担をかけるのではないか、と思いながら四人用の病室に入った。ベッドの上でラジオの周波数を合わせている梅乃の様子を、手前のベッド前で立ち止まって見ていた。探していた番組が見つかったのか、手のひらに収まりそうなラジオを枕元に置く。

「真琴、どうしたの」

目を瞑ったままの梅乃に呼ばれて、はっとする。

「どうしてわかるの」

「どうしてかねえ、そこで立ち止まったまま動かない人間の心当たりかねえ」

梅乃の言うとおりだった。この、すっかり見えないことに慣れた老婆にとって、見えないことは負担ではないのだ。ベッド用の移動式テーブルには、ご飯や味噌汁、野菜とツナの和え物、ほうれん草のおひたしが、運ばれてきたときのまま残っていた。

「ご飯は、入らないかな」

「入るような入らないような」

「とらやの羊羹、買って来ようか」

「そうだねえ、羊羹はあのときお腹いっぱい食べたし。食べたくなったら、お願いすることにしようかねえ」

食欲以外は無理に入院しなくてもよかったのではないかと思うくらい、普段どおりの梅乃である。

追熟中のカラスウリを梅乃の手に持たせてみた。

「なんだろう」

両手で包み込んで訊ねる彼女に「カラスウリだよ」と告げた。

「ああ、そろそろ赤くなる頃だねえ」

「河川敷のはまだ青かったから、近くのお寺の境内でたまたま早熟のがあって。もらってきたの」

「そうかい、ありがとう」

――甘い夢、みせて河原のカラスウリ
梅乃が即興で詠んだ俳句は、まあまあの出来だ。いつの間に俳句など、と問うと、にんまりと笑ってみせた。

「ラジオは一日中喋っているからねえ。あちこちで面白い番組をやっているのさ。夜中なんてずっと話しかけられて、仕事の癖が出てついつい相づち打っちゃうんだよ」

この調子で、最後まで医師や看護師を楽しませて逝くつもりらしい。

「真琴――」

手招きされて、梅乃の肩口まで顔を近づける。ああ、と頷いてしまうくらいにその体からは死に向かう人のにおいがしていた。梅乃が手のひらのカラスウリを啓美の手に戻した。

「いいかい、もう一度言うよ。あんたはちょいと鈍いから心配なんだ。このカラスウリの種を麻袋に入れて、誰にも知られないように床下に隠すんだ。これだけは、忘れるんじゃないよ」

その夜、啓美は久しぶりに青い家を訪ねてみた。また先客がいるのではないかという不快さに蓋をして「マカロニサラダが余った」というのを訪問の理由にする。

夜風はもう秋のものだ。

玄関に出てきたワンウェイの上着から、人混みのにおいがした。

「どこか、行っていたの?」

「トーキョー、きていました」

「来ていました、じゃなく、行ってました、だよ」

で上がり込んだ。

東京のどこかという問いには答えず、すっと部屋へと戻ってゆく。訪問の理由を訊ねられないの
「いってました」

「マカロニサラダ、食べる？」

「ありがとう、ございます」

ポケットにしのばせてきた一万円札を、どうしようか。仕事を終えてから一度東京まで出て、最終で帰って来たという彼の頬に、夜更けの疲れが滲んでいた。今日はこのまま帰ろうかと、表紙が漢字だらけの雑誌や灰皿代わりの空き缶の並ぶテーブルに、割り箸を乗せたポリ容器を置いた。

「じゃあ」とその場を去ろうとした啓美を、ワンウェイが呼び止めた。

「しますか、しませんか」

敷きっぱなしの布団を指さし訊ねてくる。正直、どちらでもよかった。

池袋で体を繋げてからは、どこの女がのたうち回ったかわからない布団で抱かれることに、気持ちがのらなくなっている。

「どうしようかな」とつぶやいたことで、気を持たせていると勘違いしたようだ。

「おかね、いりません」

いったいどこからそんな結論を引っ張り出してきたのかと、しばし男の顔を見る。啓美の内側に、ひどく嗜虐的な気持ちが芽生えた。

「本当に、サラダを届けに来ただけだから。そういうのは、いいの」

「なぜ、したくないですか」

「だから、そういうふうに訊かれてするのは、嫌なんよもう」

ワンウェイの腕が啓美の肩に伸びてくる。金が介在しないことに不安を覚えたのは初めてだった。

「どうしてもって言うなら、お金を――わたしに一万円をちょうだい」

ワンウェイは表情を変えずに細かく折りたたんだ一万円札を差し出した。

啓美はむしり取った札をポケットに入れて、ワンウェイのジーンズを下げた。

仁王立ちしたままの男の首に両手を掛けて体を繋げた。パドドゥだ。

両脚を男の腰で結んだ。より遠く、より深い場所から呼ばれている。

男の体が揺れると、啓美の奥から声が漏れた。ずり落ちそうになる体をしなやかな筋肉が抱え上げる。

なにかが終わり始まる予感のなか、身繕いをする背中に問うたときも、男の気配は淡々としていた。

「東京で、なにがあったの」

「マーマ、いました」

ワンウェイは八月のあの日から二か月近く、ひとり日本に戻った母親を捜していたのだった。

「会ったの?」

「とてもかわっていました。もうわたしのこと、わすれたです」

感傷的な気配に耐えきれず、きつい口調になる。

「良かったんや、それで。人間忘れるのがいちばん大変なんや。あんたのマーマはあんたを捨てて自分を手に入れたんや。ええ年してそんなこともわからんのか」

啓美が腹を立てていることだけは伝わったらしい。Tシャツを着て振り向いた男に、出会った頃に感じた鋭い気配はなくなっていた。

親に捨てられ国に捨てられた女が、自らの家族を捨ててやって来た祖国で、再び息子を捨てた。どんな理由があったとしても、それは彼女にとって捨てるに値するものなのだ。

男の目が悔しいほど潤んでいた。啓美の裡にふつふつとまた怒りが湧いてくる。

「二度とわたしの前でそんな顔せんといて」

青い家から外へ飛び出すと、秋の虫がこれでもかと夜を揺らしていた。男にとって、母親がいったいどんな存在なのかはわからない。啓美自身が捨ててきたものがなんなのかもわからなかった。

青い家を出てポケットに手を入れると、ワンウェイがよこした札と自分が用意した札が指に触れた。


梅乃もおらず、まことが訪ねてくることも稀《まれ》になった年末、その年最後の客を送り出した。梅乃に言われたとおり、病状を訊ねられたら必ず「いまのところ元気」と答えている。狭い町なので風の噂では「かなり悪いらしい」と囁かれている。当然ながら、月々の収入は赤字かぎりぎりの上がりしかない。それでも、梅乃が生きているうちはと思う。

例年どおりささやかな門松を店の前に置いて、「CLOSED」の札を下げる。冷え込んだ盆地は白い息で視界も曇る。初めての、ひとりきりの大晦日だった。

店の掃除を終えて、柱に画鋲で留めたきんちゃくを手に取る。中には乾いたカラスウリの種が入っている。

川口美智子からもらったカラスウリの種、河原の近くの熟れた実から取った種、カラスウリが熟したそばから持ち帰り、無心で種を取り出し、洗い、乾かし続けた。

啓美は客からのプレゼントが入っていたオーガンジーのきんちゃくをしばらく眺めた。いっぱい溜まった種を、手にのせる。ひとつひとつが結び文のようなかたちをしている種は、まとまると見た目より重みがある。梅乃の言ったとおりだった。

もう何度も聴いた「ラヴ・レターズ」を口ずさみながら、ビールの栓を抜く。コップに一杯飲み干し、冷蔵庫の前にあるむろの蓋を力いっぱい引き上げた。

冷えた空気が立ち上ってくる。梅乃が言ったとおりの場所に、床下の土があった。まさかこんなところにむろがあるとは知らなかった。

めいっぱいの明かりを点けてみるが、床下はどうやら土を均《なら》しただけのようだ。長く開けられていなかった蓋は重く、再び元どおりに閉まるかどうか不安になる。

床下に、懐中電灯の先を向けてみた。とにかくこの床下にカラスウリの種を隠さねばならないのだった。梅乃が「死ぬ前にやっとくれ」と言うので、そうすることに決めた。

もう、食べ物が入らなくなってから一か月経つ。

「人間の体というのは、しぶといものだねえ。あと一週間くらいかなあっていう気はするんだけれどね」

気丈に、すべての延命措置を断って「ただここで、脈が切れたのを見てくだされば」と言うのだ。その傍らで、カラスウリのことだけは守るようにと言い聞かせる。種が溜まったと言うと、ことのほか喜んだ。

「まるでチョコレート菓子みたいなかたちをしてるの」

「その種から、ウエディングドレスみたいな花が咲くまで、そう長くはかからないんだよ。あんたも、いいドレスを着てひと花咲かせなさい、若いんだから」

梅乃の目には、いったいなにが見えていたのか。

麻袋はなかったの、梅乃さんごめんね。

つぶやいて、床下にきんちゃくを落とそうとかがみ込んだところで、揺れた懐中電灯の丸い光の先に、なにかが光った。おや、とそちらに電灯の先を向けると、ブリキのバケツが置かれているのが見えた。あちこちに届く限り懐中電灯を向けるが、どうやらあるのはそのバケツひとつきりだ。床下工事の際に置き忘れたものだろうか。

築五十年以上と思われる建物の床下にあったブリキにしては、それほど古びてもいなかった。

啓美は階段下に積まれたビールのカートンや段ボール箱を除《よ》けて、バールを手に持った。過去、梅乃の護身用にと用意されたと聞いたが、使われたことはないと本人が笑っていたものだ。

八十センチあるかないかの鉄の棒だが、先が曲がっている長い棒にはこれしか心当たりがない。

片手に懐中電灯、片手にバール。もうこれ以上端を握ることはできないくらい伸ばすと、バールの先がバケツの取っ手に引っかかった。そろそろと引き寄せる。厨房の明かりが届くところまで引きずって来ると、バケツの中にグレーの箱が入っていた。

床まで引き上げてみた。『広辞苑』の外箱だ。

ずしりとした重みが手首にかかる。啓美は膝の上で箱を振った。クラフトの封筒を折りたたんだものが膝に落ちる。封筒を開けると、重みぶんの札束が入っていた。

にわかには信じがたい枚数だ。新しい札、古い札が重ねられ、アイロンがけをしたみたいにぴしりと束ねられていた。

——カラスウリの種を麻袋に入れて誰にも知られないように床下に隠しておくと、お金持ちになれるという言い伝えがあるんだよ。

啓美はカラスウリの種をきんちゃくから出して、床下の土に蒔《ま》いた。袋に入ったままではいつまで経っても芽を出せないだろう。梅乃のいいつけを、ひとつだけ守らずにいることで、この先なにか良くないことが起きたときは自分のせいにできる。

札束を『広辞苑』の外箱に戻して、ボストンバッグの底に詰めた。

年が明けて一月四日、啓美が渡したカラスウリの種をひとつ握りしめ、梅乃は息を引き取った。


葬儀を終えてから一週間のあいだ、カウンターに設《しつら》えた祭壇には代わる代わる常連客が訪れた。みな「こんなにちっちゃくなっちゃって」と涙をこぼし、そして去り際に必ず啓美の手を取り同じことを言った。

「梅乃さんもさ、真琴ちゃんのお陰で、ここ数年は本当に穏やかでいい年寄りになれたと思うんだよ。いろいろあったからさ。本当にありがとう。続けてくれよ、この店」

ひとりひとりに礼を言い、これからもよろしくねと返す。そんなやりとりをしていながらも、本当に自分は鬼神町に居続けられるのだろうかと思う。

カウンターの上の花や供物を下ろしながら、まことがひとつため息を吐いた。

「やっと終わった。梅乃さん、ここの権利をあたし名義に変えてた。いつ崩れるかわかんない荒《あば》ら家だけど、鈴木真琴として居続けられる唯一の場所だから、あなたはここにいなよ」

啓美の迷いを見透かすようなひとことに、枯れた花をより分ける手を止めた。修理を繰り返しながら使っているエアコンの、暖房時特有のカツカツという音がフロアに落ちてくる。ここに留まるのはどうなのか、音が答えを急かしてくる。

「この先もずっと鈴木真琴でいるのは、どうなんだろう」

「どうなんだろうって、いま岡本啓美に戻ってどうしたいの」

意外そうに、けれどどこか棘《とげ》のある言葉が返ってきた。

「戻るとか、そういう感覚もないんだけど。なんだか梅乃さんがいないと、鈴木真琴でいるのも難しいかなって、そんなこと考えたりしたもんだから」

まことが「馬鹿馬鹿しい」と一蹴した。

「いまここから出たって、また新しい人間にならなきゃいけないでしょうよ。いったい誰になろうっていうわけ。手配写真を隠して、自分のことすっかり忘れちゃったんじゃないの」

ふと、母が稽古中に言っていた言葉を思い出した。

――ええか、バレエの舞台は作品が進化することを求めてるんや。『エスメラルダ』のバリエーションな、あれはもともとの振り付けには入っとらんねん。ガラコンサート用にイメージで作ったもんや。それがいまじゃあ人気の振り付けで、誰もがいっぺんはやってみたがる演目になった。『白鳥の湖』かて、最初の振り付けに弟子が追加創作したもんや。なんでも上書きが続けばそれが主流になるんよ。バレエもダンサーも、残らないと証明されない芸術なんや。

なぜいまそんな言葉を頭に響かせているのか、啓美自身もわからなかった。

「わたしがここにいないと困るのはまことさんですか、それともわたしですか」

「どっちもだよ」

まことが吐き出すように言った。ああ、それならばと腑に落ちた。もともとの歴史には入っていなかったが、スナック「梅乃」をひきついだ孫娘の真琴は存在するのだ。

梅乃の遺骨を持って、まことが階段を上がってゆく。枯れた花をゴミ箱に放り、今日明日保ちそうな花の茎を斜めに切り落とした。

調理台の下から青い切子の花瓶を取り出す。冷たいガラスに触れてみる。花をプレゼントされるたびに出てくる切子細工の花瓶。おそらくまことにはなんの興味もないものだろう。

啓美はスナック「梅乃」のカウンターにあるばかりに、誰も本物だとは思わなかった切子の花瓶をひっくり返し、底にある刻印を見た。

――ねえ真琴、これを売ればまあまあな金になるはずだから、心持ち丁寧に扱ったらいいよ。

――梅乃さん、そんなに高価なもの、いったいどこで手に入れたんですか。

――だから、言ったろう。あたしは昔、ジュリー・ロンドンだったって。

場所さえ違えば、真贋《しんがん》など誰も興味がないのだ。本当と嘘を織り交ぜ語る梅乃の楽しそうな声ばかりが、耳の奥に繰り返し響いてくる。

――ねえ真琴、世の中、見なきゃいけないものなんてほとんどなかった気がするよ。人間、いくら見えていたって、気づかないんじゃどうしようもない。あんがい、あんたのいる世界のほうがいろんなものがはっきりと見えてるんじゃないかねえ。

――わたしのいる世界って、なんですか。

——この世の裏側さ。

二階に上がると、梅乃の遺骨をテーブルに置いてぼんやりしているまことがいた。こたつに足を入れて、冬はいつもそうであったように、綿入れの半纏《はんてん》を肩にかけている。梅乃が「これはまことの物だから」と捨てずにおいたものだった。

ゆるりと啓美を見上げたまことに、コーヒーでも淹れようかと声をかける。うん、という応えに、ドリップの用意を始める。

背中に、まことが問うた。

「ねえ、梅乃さんは最期に何か言ってた？　あたしのことはなにも言わなかったんでしょう。あたしの母親のことも」

「わたしが病院に着いたときにはもう、話せなくなってたから」

「話したいことも、なかったかな」

裏側から見る本物の鈴木真琴は、母親のしたことに負い目を感じ続けている不安定な心を持った娘だった。みな、表側では見せることのない貌がある。

梅乃は、残った者がいっとき心の安定を得るような、慰めも本音も、目に見えぬものはなにも残さなかった。

「結局、あたしの母親の骨がどこにあるのかも聞けなかった」

どうして訊ねておかなかったのかと問うと、息をひとつぶん置いてまことが言った。

「梅乃さんと、母親の話をしたことがないんだ。さすがに、もう死ぬんだから教えてくれとは言えなかったね」

「聞かなくて正解だったんじゃないですか」

マグカップを手にしたまことは、啓美が言ったひとことに珍しく喜んだ。そして祖母の死にひとつ落としどころを持ったせいか、少し柔らかな表情になった。

「さっきの話だけど、この店しばらく頼むよ」

「スナック『梅乃』の真琴を続けろってことですか」

「いまは、それがいちばんだと思うから。梅乃さんの客が来ているうちは、その環境が守ってくれるだろう。あたしはここでは、あんたの古い友人。裏側のことは誰も見えてなんかいないんだから」

裏側——自分たちは舞台裏で踊っているダンサーなのかもしれない。

「まことさん、訊いていいですか」

「どうぞ」

まことが訝《いぶか》しげな表情でこたつの天板にマグカップを置いた。

「わたしは、化粧を取ったら岡本啓美に見えますか」

「よく見ないとわからないと思う。でも、目を皿にしてあんたを捜している人間が見たら、どうだろう。ただ、鈴木真琴の戸籍を持って、鈴木真琴として生きているあんたに向かって、いきなり岡本啓美だろうって言い切れる人間は、少ないと思う」

「百パーセントじゃ、ないってことですよね」

「顔を変える手もあったろうけれど、新潟で外に出て来たあんたはもう別人になってた。ああこれなら、このまま埼玉に連れて行こう、誰もわからないって思った。父親の後妻に感謝しなくちゃ」

「鈴木真琴であることを証明できたら、怖《おそ》れることもないんでしょうか」

「岡本啓美がいそうな場所にさえ、行かなければね」

しん、とした部屋にまことの声が響いた。

問題は、この生活がまことの肚ひとつという事実だった。貴島が手記を書き上げて、用済みになれば事態は急展開する。啓美の脳裏を、いつでも出て行けるよう荷物を詰め込んだボストンバッグが過る。ああ、と気取られぬようひとつ息を吐いた。

自分は、まだ逃げ続けるつもりなのだ。

「岡本啓美が行きそうな場所は、避けますね。バレエの発表会とか」

まことの顎が上下に揺れる。

もう、梅乃はいない。啓美を守ってくれていたものは、なくなった。

翌朝、まことが東京に戻ったあと、啓美は梅乃の骨壺からひとかけらの骨を抜き取り、ジャム用に買っておいた瓶に入れた。そして、揺らせばカラカラと乾いた音を立てるその骨を、寝室の隅にあるボストンバッグの底に滑り込ませた。

第五章

悔恨の記

「光の心教団」が再びマスコミに取り上げられたのは、事件から九年半経った二〇〇四年の九月だった。

収監先から警察病院に移された現師が、未明に多臓器不全で息を引き取ったというニュースが一日中テレビやラジオ、紙面を賑わせた。

裁かれる者は裁かれ去りたい者は去り、時の流れに風化して渋谷の事件だけがぽっかりと宙に浮いたまま忘れ去られてゆくのだと思っていたところに、波風が立った。

幼い頃から死ぬまでの日々を、写真と注釈で追うテレビ画面に、ときどきコメンテーターが口を挟んだ。

「死者にむち打つつもりはないんですけれど、こうして見ると、信者がみんなそこまで心酔するほどの人間だったのかと思えてきますね」

渋谷駅毒ガス散布事件の被害者の顔写真、遺族の証言、未《い》だ《ま》逃走中の貴島紀夫と岡本啓美が画面いっぱいに映し出されても、もうそれが自分なのか別の人間なのか当の啓美にもよくわからない。

日が落ちる頃には、既に心に波も風も立たなくなっていた。

客を待つ時間に流れるラジオも、飽きずにひとりの男の死を伝え続ける。

その日一人目の客は、歯医者のタコちゃんだった。

「真琴ちゃん、今日は廃業祝いだからウイスキーのボトル一本入れてよ」

「廃業って、お祝いでいいの？」

「三代続いた歯科医院を閉めるのが僕で良かった。僕なら自分以外なんにもないしさ」

啓美は新しいウイスキーの瓶をカウンターに立てて、白のマーカーをタコちゃんに手渡す。タコちゃんが、すっかり毛のなくなった頭頂部を啓美に向けて、ボトルに「たこ」と書き込んだ。

「いつものソーダ割りでいい？」

「うん、そうして」

タコちゃんのために用意してある強めの炭酸を冷蔵庫から取り出す。今日のお通しは大根のきんぴらと厚揚げの含め煮だ。タコちゃんが厚揚げを口に入れ、啓美が作ったウイスキーのソーダ割りを水のように一気に喉へと流し込む。

「閉めたあと、タコちゃんどうするの」

タコちゃんがふっと不思議そうな顔で啓美を見た。

「いまの言いかた、梅乃さんそっくりだね」

「似てますか」

「うん、似てる」

梅乃が死んで二年半が過ぎた。客足も高齢を理由に半分になった。梅乃のいないスナックで歌うのは、自分が死んだあとの景色を見るようだと誰かが言っていた。それでも、買い物先で会ったときなどは立ち話のひとつもするので、関係は悪くない。

タコちゃんは、残っている客のひとりだった。なぜか、月命日には寺の坊主のごとくやって来る馴染みもいる。最近は、お会計を「お布施」にしようかという冗談も出るようになった。

二杯目のウイスキーを注ぎ、グラスの内側へ撫でるようにソーダを流した。梅乃に教わったことをひとつひとつ繰り返す毎日が、ただ過ぎてゆく。

ワンウェイが鬼神町を去ってから、二年が経とうとしている。最後にもう一度会っておこうと訪ねたときは、青い家は既にもぬけの殻だった。別れも告げずにいなくなったことについて、別に恨み言もないのだったが。

ただ、町にはその後おかしな噂が流れた。

──中国人技能実習生がひとりいなくなったみたいだ。責任問題があるんで、会社は隠してるらしいけど。

逃げた実習生がワンウェイだったかどうか、啓美には確かめる術がなかった。ただ、もしもワンウェイだったら、と思うときわずかに胸の奥が湿るのだ。

真琴ちゃん、と廃業を決めた歯科医師が新しいグラスを口に運びながら言った。

「真琴ちゃんは、ずっとここで『梅乃』のママをやっていくわけ？」

「いまのところ、なにも考えていないけど。どうして？」

「いや、客足もあれだし、まだ若いのにこんなところでスナックのママっていうのもなんだか冴えないなあって思って」

「冴えなくて悪かったわねえ。梅乃さんが残した店と思って大事にしてるだけなんだけど」

タコちゃんは納得したふうもなく「へえ」と頷き、お通しをもうひとつちょうだいと言った。保存容器から小鉢へ山盛りにきんぴらを移してカウンターに置く。

「この建物さ、僕が子どものときからずっとあったんだ。軽く半世紀以上経ってるよ。うちの医院より古いもの」

「さっきからなに言ってんだか。古いものは古いでいいじゃない。歌う？」

タコちゃんは首を横に振った。そしてグラスのおおかたを空けてからぼそりと言った。

「家も土地もぜんぶ売り払ってさ、一緒に東京行っちゃわない？」

「一緒って、誰と」

「僕と一緒に、東京でちっちゃなマンション買って、のんびり暮らさないかなって。そのくらいの蓄えはあるし、あっちに行けば夜間診療のバイトとかけっこうあって、免許さえあれば食うには困らないはずなんだよね」

彼は自分と一緒にプライドと町を捨てようと啓美を誘っているのだった。

「東京でちっちゃなマンションに住むのも、のんびり暮らすのも、タコちゃんと一緒ってのも、あんまり現実味がないな」

「ないから、現実にしませんかって言ってるんじゃない」

「タコちゃんは、自分が三代続いた医院を閉めるんで感傷的になってるだけだよ。東京でバイトには行くわけでしょう。飲み屋のママを囲って、バイトに薄暗い花を添えたところで、すぐに飽きちゃいますって」

啓美はタコちゃんの趣味について、暗にほのめかした。

「バイト以外の日は、家でサンルームの緑を眺めていたほうがいいんじゃないの」

店に流れているカーペンターズが「スーパースター」を歌い終えたところで、タコちゃんが頰をだらりと下げて言った。

「梅乃さんによく言われたよ、ほどほどにしときなさいよって。わかってるっていつも答えてた。

若いときからずっとだ」

休日の楽しみが日常の苦しみを紛らわす時間になって、両親もいなくなり町の代替わりが終わる頃、タコちゃんもひとりぼっちになった。タコちゃんのサンルームでは年がら年中元気のいい葉っぱが育つ。ひとり楽しむには充分な量だ。それでもタコちゃんのさびしさは紛れなくなった。

「もう、なにもかも捨てようかなって思ってたんだよ。温室も、家も。地上に戻れなくなるなんて考えてもいなかったからさ」

「戻れなくなるって、どういうことなの」

啓美の問いには答えずに、タコちゃんのぼやきは続く。

「止められてたけど、こっそり梅乃さんのお見舞いに行ったらさ、すぐにバレちゃった。あの人昔から、目が悪いぶんものすごく鼻がいいんだよね」

タコちゃんは、毎日が葉っぱにまみれていることを言い当てた梅乃に廃業をつよく勧められた。間違ったじゃあ済まない問題が残るんだよ、と口説かれればそのとおりなのだった。

「新しい技術も覚えないし、勉強に出かけることもしない。歯科衛生士も雇えないし、技工士も代替わりで僕なんか相手にしない。使えない歯を抜くことくらいはできるけどね」

最後のひとことを半ば投げ捨てるようにして言うと、少しすっきりした表情になった。

「自分で楽しんでるだけのつもりだったのさ」

類は友を呼び、いつの間にかタコちゃんの「製品」は上等品として流通するようになった。業界で「タコ坊」などとセンスの欠片もない名前で呼ばれるあたり、本当に人の好い歯科医師だったのだ。

「僕には、逃げる方法もよくわからなかった。ただ、友だちに喜んでもらえてときどきお金が入ってきてさ」

そして注文も入るようになった。しかし廃業すると決めたところで、仲間たちは驚くほど素早く去って行った。開業医という立場がなくなったら、ただの製造販売人となるタコちゃんは、脇の甘い危険な取引先になる。

「失礼だよね、使えない歯医者に対して、歯医者じゃないと使えないなんてさ」

思わず噴き出しそうな台詞を残して、タコちゃんは「梅乃」を出て行った。一緒に東京に出ようという誘いは、上手いこと冗談で終わった。

その二日後、タコちゃんに逮捕状が出た。町はいっとき、代々続いた歯科医院最後の院長の大麻取締法違反、営利目的の栽培現場を映し出すテレビ画面にざわついた。

啓美は、冗談でもタコちゃんの誘いに「いいね」と言わなかった自分にほっとした。こんなことでもなければ、手配写真のことも頭からすっきりと抜け落ちるところだった。

世の中が、光の心教団現師死亡のことも田湖歯科医院大麻事件のことも忘れ始めた頃、珍しくまことから電話がかかってきた。

タコちゃんの話題でしんみり長居をしていた常連をふたり見送り、掃除は明日にしようと決めて二階に上がった夜中のことだった。契約者が梅乃から真琴に変わった携帯電話は、二つ折りの新型だ。鳴るたびにコンパクトケースのように開くのが面倒だったが、いつまで経っても慣れないのは、頻繁に鳴らないせいだろう。

「どうなの、調子は」

「変わらないけど、そっちは？」

まことは少しばかり言いよどんだあと、現師が死んで風向きが変わったとつぶやいた。

「前々から、体が悪いらしいという噂はあったんだけどね。施設で生活していた元信者が毒にも薬にもならない告白本を出したんだ。自分たちはなにも知らなかった、のオンパレードでさ。その本の巻末対談の相手、誰だと思う？」

「わかりません、対談って言ったって、なにを話しているのかもさっぱり」

「小山絵美だよ」

それはいったい誰だろう。しばし黙り込んだ啓美の耳に入ってきたのは「渋谷」の地名だった。

「あの日、最後にあんたの姿を見た唯一の証言者。渋谷の事件が貴島と岡本のふたりの犯行だという情報を持って、いち早く警察に出頭した女」

ああ、と声に出た。信者から寄進された目黒の戸建てで、啓美が目覚めたときにはいなくなっていた女。そして、教団施設で共に体操部を任されていた、あの女だ。

ガス作りをしていた幹部数人はふたりが自死で、別の容疑で捕まった者には実刑判決が出て、渋谷の毒ガス事件に関わっている者については未だ拘留が続いている。あとは貴島と岡本が逮捕され、事件の全容が明らかになったのち、現師の罪も確定するという流れになるはずだったのだ。

「少なくともわたしよりずっと内部の事情を知っていたようでしたけど」

「今度はその小山絵美が表に出てしゃべり出すそうだ。現師がそう長くないっていう話を聞きつけた誰かが上手いことコンタクト取って、引っ張り出してきた。金に困ってでもいたんだろう」

まことの不機嫌はよくわかる。さっぱり進まない貴島の告白本は、もう誰が望んでいるのかも不明だった。未だ自分の住まう部屋で潜伏を続ける、世捨て人か仙人になってしまった男。貴島との暮らしはもう、まことにとっては負担でしかないのだろう。

「告白本さえ出せば、わたしの無実もはっきりするし。いっそすっきりするんじゃないですか」

「どうしてそう思うわけ」

「まことさん、ずっとそう言ってたでしょう」

片手でライターを擦る音がした。煙草を吸う気配のあと、まことが言った。

「原稿は書き上がってる」

それがいいことなのかそうではないのか、まことの口ぶりからはわからなかった。もうひとつ煙を吐き出す間を置いて、今度はさらに沈んだ声で「でも」と続いた。

「貴島が、死んでる」

死んだ、ではなく、死んでる。

「死んでるって、どういうことですか」

「だから、貴島がここで死んでるんだってば」

声を荒らげるふうでもない。じっと、まことの言葉を待った。待つあいだ、無意識に次の展開を想像している。

貴島が死んだ。

理由はどうでも、その現実をどうにかしなくてはいけないのだった。

警察に、と言いかけたがそれは果たして正しいのかどうか。さっぱり現実感がない。

「貴島さんは、そこにいるってことなんですね」

「死んでるけどね」

「間違いでは、ないんですよね」

「ドアノブに下げたヒモに首を通してた。信じらんないよまったく」

まことが吐き捨てた。啓美は、貴島が死んだあとの展開がまだ整理できない。ただ、耳にあてた携帯電話がどんどん重たく感じられてゆく。

貴島が死んだ。

貴島が死んでいる。

結果は同じだけれど、状況が違う。

「この男、自分で死のうとしていながら、死ぬ間際に暴れたんだよ」

だからさ、とまことが続ける。

「ちょっと、これを、どうにかするの、手伝ってよ」

ぷつぷつと切りながらの言葉を、啓美は耳の奥で二度繰り返した。

ちょっと、これを、どうにかするのを、手伝う。

まことの言葉は、不思議な呪文になる。すぐにでも、どうにかしなくてはいけないと思ったあと、はっとする。「これ」はもう、自力で動くことはできないのだ。

「なにを、手伝えばいいの」

「いつまでもここに置いておけない。どこかに運ばなくちゃ」

「運ぶっていったって、重いでしょう」

「推定五十キロ」

心臓が波打ちもしない不思議な会話のあと、「わかりました」と頷いた。

「明日でもいいですか。もう電車ないですし」

「うん、タクシー飛ばして来てもらうような事案でもないんだろうね」

まことの口調は電話がかかってきたときから少しも変わらなかった。信濃川の辺《ほとり》で出会ってから、ただの一度もまことの部屋に行ったことがない。住所も知らない。

「言ってなかったっけ」

「ええ、必要もなかったでしょう」

メモをするようにという指示に、ペンを持った。視界にある紙は、ティッシュの箱くらいだ。引き寄せて、まことの言う住所を書き込む。

「池袋に着いたら、タクシーを使って。細かく指示するの面倒だから」

「わかりました」

通話ボタンを切ったあとの部屋に、夜を斬ってゆく鳥の羽音が聞こえる。夜目がきく鳥なんていたろうかと窓を見るが、梟《ふくろう》くらいしか思いつかない。秋が深まってゆく気配のなか、なぜかワンウェイの肌を思い出した。


電車で池袋まで出て、言われたとおりタクシーを使ってメモの住所に着いた。

狭い道の両脇に建ち並んでいる鉄筋の建物、コンビニ、喫茶店。

太陽はもう高いところにあり、抜けてゆく空の青さを切り取った建物には体温がない。表通りから少し離れた、道行くひともまばらな通りだった。

生活感の少ない街の一角で、何年ものあいだ男を匿いながら暮らしていたまことが、疲れた足取りでこの道を帰ってくる姿を想像してみる。見上げれば窓ばかりの街だ。うずたかく積まれた生活のひとつひとつが、大きな秘密や謎の膜に包まれている。

メゾン・ド・ポエム。

建物の前で電話をかけた。入口で部屋の番号を打ち込んで呼び出してくれたら、エントランスのドアを開けるから、と言う。言われたとおり公衆電話に似たパネルの部屋番号を押すと、スピーカーからまことの声が聞こえた。

「早く来て」

四階でエレベーターから降りるとすぐ目の前にまことの部屋番号があった。インターフォンを押そうと思う間もなく、内側から扉が開いた。

エアコンに冷やされた部屋の中は、燻《いぶ》したかと思うくらい煙草臭い。咳き込んだ啓美を見て、まことが言った。

「悪い、昨日からずっと吸いっぱなしだった」

「静かでいいところですね」

「近所のイタリアンがけっこういけるんだよね」

「なんだか東京っぽい感じ」

「駅まで歩いて十分だし、交通の便がいいんだ」

リビングともうひと部屋、台所の背中側に風呂場に続く脱衣室がある。住もうと思えばふたり暮らしも充分できそうな広さがあった。

「風呂場に運んである。どうにかしなくちゃいけない」

「どうにか、って言っても」

「運びやすいようにする。もう、用意は始めてるから」

咳を堪えていると、まことが隣の部屋とリビングの窓を薄く開けた。煙が緩く攪拌《かくはん》されながら窓の外へ出てゆき視界が良くなった頃、「さて」と彼女が壁から背を離した。サンマが一匹まるごとのりそうな皿には几帳面に向きを揃えた吸い殻が並んでいる。まことが皿の端で、指に挟んだ煙草の先をつぶした。

「風呂場のドアノブだったから、そんなに移動には手間はかからなかったんだけどさ。馬鹿だよね、首吊りを選んでおいて最後は暴れるなんてさ」

「本当に死んでるの」

「生きてたら、そのほうが不気味」

さらりと返され、納得する。煙草の煙が去った部屋に、今度は下水が逆流してきたような、腐敗した汚物のにおいが漂ってきた。思わず鼻と口を押さえた。

「人間の皮膚ってさ、薄いくせにこのにおいを閉じ込めておける機能があったんだ」

それでこの煙草の数かと納得した。啓美はほんの少し迷い、けれどそのまま外に漏れるよりはと窓を閉めた。

寝室はセミダブルのベッドのほかには細い通路のみ。観音開きのクローゼットがひとつ。リビングには脚のないソファーとテレビ、テーブルがひとつ。テーブルの上にはノートパソコンがのっている。その横に束ねた紙が四隅を整えてあった。なにもかもが煙草臭そうだ。

「まあ、ちょっと形が変わってるけど、驚かないで」

見ると、バスルームのドアノブはひしゃげ、ドア自体が歪んで完全には閉まらなくなっている。二畳ほどのスペースで、給湯システムの横に置かれた洗濯機の前面が大きく割れてへこんでいた。いったいどんな衝撃を加えたらこんなことになるのか。

まことが嫌な音のするドアを開けた。一歩踏み出し、中を見る。久しぶりに会う貴島紀夫は、まことが言うとおりもう貴島の形をしていなかった。

腕と胴体、脚が切り分けられ、湯のないバスタブに生け花のように立てかけられている。まことがバスタブに向かって冷水のシャワーを向けた。水が立ち上ろうとするにおいを排水口へと運んでゆく。

バスルームの床を見ると、作業に使った道具が一枚板の上に並べられていた。貴島だったものに水をかけながら、まことが言った。

「いつかこういう展開の小説を書いた作家に、インタビューしたことがある。女たちが結束して、死体を処分するの。弁当工場ってのは、捨て場所としてベストだったろうなって、いまならわかる」

「弁当工場？」

「生ゴミが大量に出るところじゃない。腕の一本や二本棄《す》てたって、わかりゃしない」

そこまで言って、一度シャワーを止めて「においは想定外だったけど」と言った。断面はお世辞にもすっきりしているとは言えず、骨が飛び出たり肉がちぎれたりしている。現実感がないほど、バスタブの光景は鮮やかだ。

「よくひとりで、ここまでできたね。すごいよ」

「自分でも、よくやったなって」

道具は、変わり果てた男を見つけた昨日の昼に、商店街の金物店で買ったという。

「クローゼットに棚を付けたいって言ったら、親切に教えてくれた。板が一緒なら、道具を買っても不思議じゃないし」

そのとおりだった。梅乃の孫として名前と居場所を与えられた啓美も、怪しまれずに暮らせている。棚板があれば、ノコギリを買う女も怪しまれない。誰も、脱衣室に転がっている男を風呂場で刻むための刃物とまな板だとは思わないのだ。

「ここから先のことは、考えてなかったの？」

「弁当工場に知り合いでもいればよかったんだけどね」

まことが、思い出したように振り向いた。

「中国人実習生の、あの男とはどうなってるの」

「もう町にはいない。噂じゃあ中国に戻らず逃げたって話だけど、本当かどうかわからない」

まことが大きく頷いた。

「ああ、研修生を手引きしている組織があるのは知ってる。そっちを追いかけてるヤツから聞いた。鬼神町からも脱走者が出たのか。そのうち国内にいる実習生が大量に姿を消す時代が来るよ。労働環境、ひどいからね」

消えた実習生がワンウェイだったという確証はないけれど、もしもそうなら、と思う。二年も経てば、男との間にあった悔しさや情けなさも半分甘みのある記憶に変化している。金のやりとりなしで抱き合ったディズニーランドの一日が、ふたりで描いた物語のピークだった。

「生ゴミには出せないし、川に流せばどこかで浮かんでくるし、山は動物に掘り返されるし。どうすればいいだろう」

「ここまでしちゃった以上、警察に言うのは無理だよね」

「馬鹿言わないでよ、それができたらとっくにやってるって」

貴島が警察に出頭して、告白本が出版されればこその計画だったのだ。そのときは、啓美も多少の罪には問われるだろうが、知らずについてきてしまったことも貴島が証言してくれる。時間ばかりかけた告白本は、たしかに一冊分仕上がっているが、それもまことや啓美の手で改ざんしていないと、どうして言えるだろう。

「あんたのことも、巻き込んで申し訳なかったって。だけど、それを貴島が書いたっていう証拠がないんだよ。あたしのパソコンに入ってたものだから」

事件はもう、遠い出来事になっている。世の中はめまぐるしく新しい話題を消費して肥え太った。渋谷駅毒ガス散布事件も現師の病死で再びクローズアップされたが、すぐに色褪せるだろう。

すべてを告白した貴島が、フリー記者鈴木まことの部屋で過ごした九年間のほうがずっとセンセーショナルになってしまった。

「馬鹿な男。勉強はできたのに、頭は悪いんだよ」

肩を落としたまことが「だけどさ」と、ふてた口調で言った。

「もうぜんぶ、なかったことにしたい。自分が追われるのは、嫌だ」

追われるのは、嫌だ。

啓美の内側で埃を被っていたスイッチがカチリと鳴った。

「わかった。わたしにできることは、するから」

罪に問われることから逃れるために、まことは漂流を決め、貴島を刻んだ。もう、走り出してしまったのだ。たったひとつの救いはまことが泣いたり悔いたりしないことだった。時間の無駄は避けたい。

啓美も九年間、まことに自分の運をあずけていたのだ。まことはいま、啓美にこの先をあずけている。

「とにかくこれをどこかに運ばないと。次のことを考えないと。川は駄目、山も駄目って言ってるだけじゃ、なんにも前に進まない」

「どこか、いいところないかな」

黙り込んでいても始まらないのだ。啓美は、バスタブの大きな肉塊を外に運び出す方法を懸命に考える。シャワーを止めたまことは一度リビングに戻り、また煙草に火を点けた。

啓美の脳裏に、さっと流れた景色がある。色鮮やかななにかが、目の奥と脳裏をかすめていった。見下ろすバスタブには、立てかけられた手足、その向こう側には風呂の壁で頭を支える男の背中がある。

「まこと――」

気づかぬうちに、呼び捨てにしていた。洗濯機のそばまでやって来たまことがぼそりと言う。

「頼むから採用可能な案にして」

「冗談言ってる暇があったら、これを外に持ち出せるものを持って来てよ」

「マンションの地下にある共同の納戸に、大きいトランクがある」

ろう。


「入りそう？」

　バスタブを指さし訊ねた。まことが首を傾げる。

「早く持って来て」

「わかった」

　煙草をもみ消し、まことが鍵を持って部屋を出て行った。

　啓美はリビングに戻り、ぐるりと部屋を見渡した。さっき脳裏を通り過ぎた鮮やかな色はなんだろう。

　テーブルの上にある紙の束に触れた。

「悔恨の記」と記された一枚目をめくると、びっしりと文字が並んだ横書きのレポートが現れた。

　――自分など、生まれなければ良かったのだ。

　自己愛しか感じ取れない一行目で読むのを止めた。

　啓美はこの部屋で貴島がいったいなにを思っていたのかを考える。仕事を終えて帰宅する疲れきった女と体を重ね、逃げることもせず、日々を悔恨に使い、生まれ落ちたことから悔やまねばならなかった九年間だ。

　知らず、太い息が漏れた。吸っても吐いても、煙草臭い部屋だ。ここから持ち出したものはすべて同じにおいがするのだろう。自分たちも含めて。

　ふと、同じにおいがする「梅乃」の店内を思い出す。ああ、と膝を打ちたくなったところで背骨が鳴った。さっき通り過ぎたのは、鮮やかなカラスウリの色だった。

　啓美の手の中でどんどん体温を失ってゆく梅乃の手の感触を思い出した。ちりちりと啓美の脳裏に見え隠れしていたものの正体は、梅乃が店の床下に生ることを想ったカラスウリだった。

狭い玄関の戸口にぶつかり、壁にぶつかりしながら、まことが真っ赤なスーツケースを運んできた。ずいぶん埃を被っているが、まことの腰ほどもある大型だ。

「しばらく出してなかったんで、こんなんなっちゃってるけど、まだ使えそうだ」

いちばん大きいものさえ入れば、あとはどうにかなると思うんだけど」

いちばん大きいのは、貴島の胴体だ。胴体さえなんとかすれば。ほとんど根拠のない思いつきに背を押された。

肩で息をしているまことを、さらに根拠なく励ます。

「よくひとりであそこまでやったよ。まこと、すごいよ。あとはふたりでやろう。だいじょうぶ」

急に言葉数が少なくなったまことを、窺い見る。どんな思いに突き動かされながらの作業だったのか。それはあとでゆっくり聞いてあげるから、と半ば祈るような気持ちで棒立ちの彼女を口説く。

「一回で全部入れるのは無理。でも何回かに分ければ、だいじょうぶだよ。ほんと、よくやったよ」

「だいじょうぶ」と「どうにかなる」ばかり口にしていた。言葉にしてさえいれば、本当にだいじょうぶのような気がしてくる。

まことが大きく息を吸って吐いた。

「男の死体を刻んで、弁当工場のディスポーザーに入れた話。あれを書いた作家が言ってた。とりわけ男性からひどい中傷を受けたけど、こんな現実がいつあるともわからない世の中で、男だけがその現実に気づかないふりをしているって。女がまだお情けで参政権をもらってると思っている男にとって、自分の死体が女の手によって切り刻まれている図は、信じたくもないことなんだって」

小説と現実の境目がなくなったまことは、貴島を刻む作業を男女の意識の違いにすり替えて逃げている。そんな会話で乗りきれるのなら安いものだと思いながら、「うん」と応えた。

啓美はバスルームの前までスーツケースを運び、濡れて重たいスエットの上下や下着、バスマットを丸めて台所の床へと放った。

スーツケースの金具を外して、広げた。曲げた男の脚くらい軽く入りそうな大きさがある。これならば、と少し気持ちが軽くなった。

「まこと、手伝ってよ」

煙草のパッケージを置いて、まことがバスルームにやってきた。大きいものから手を付けるか、どうするかを訊いてみる。

「いっぺんに、っていうわけにもいかないよね」

「同じくらいのキャリーがあれば、なんとかなるかも」

「それなら、いま買ってくるよ」

啓美は改めてバスタブの貴島を見た。九年ぶりの彼は、心なしか少し痩せて見えた。しかし、啓美より上背のある男をひとり、外に運び出すとなると厄介なことばかりが頭を過る。

自分がそうであったように、この貴島にも「そこにあって不思議ではないもの」でいてもらわねばならない。下手に隠せば、人の好奇心を誘ってしまうのだ。

「近所に、売ってるところがあるの？」

「池袋まで出れば、選べるだろうと思う。買って戻るまでに二時間はかからない」

「じゃあ、まことは池袋でスーツケースを買ってきて。わたしは近所のスーパーかどこかで大きめのビニール袋を探してくる」

「どうして？」

使い途を訊かれるとは思わなかった。

「このまま詰めたら臭いし、液漏れするよ」

まことは「ああ」と頷いた。そんなことにも気づかないのが不思議で首を傾げてしまう。啓美の仕種になにを思ったのか、まことが「そんな顔をしないで」と言った。

「疲れてんだよ、あたしだって。うまく頭も働かない」

「あとでゆっくり休ませてあげるから、今日はこれをなんとかしようよ」

「わかった」

合鍵を受け取り、外に出た。四辻で右に曲がり三百メートルほど行けばスーパーがあるという。まことが戻るまでおおよそ二時間。啓美は腹ごしらえをしてから部屋に戻ることを告げた。最初は意外そうな顔を見せたまことだったが、四辻を左右に別れる頃には自分もなにか腹に入れてから戻ると言った。

「あんた、思ったよりもずっとタフだね。あたしなんかより、ずっと落ち着いてる」

「今やらなきゃいけないことを考えてるだけなんだけど」

「なにが普通かわかんないけど、普通がなんであるかは、あとで考えることにするよ」

「それがいいよ。まずは、目の前のことを片付けよう」

貴島の死体を切り刻んだあと、どんな選択が許されるのか。啓美はスーパーでいちばん大きなビニール袋の束を買い求めたあとも、考え続けた。この九年がすべて無駄になるのか、それともなにか得たものがあったのか。選択をひとつでも間違えば簡単に坂を転げ落ちて行きそうだ。ひとまず運ぶ先は鬼神町だろう。

啓美はカラスウリの色に導かれているのを感じながら、ふと足を止めた。

こんなとき、ワンウェイがいてくれたら。

あの男なら、顔色も変えずに手伝ってくれたのではないか。

啓美はいつかまた会える日を思い、帰国しないまま失踪した中国人技能実習生がワンウェイであることを祈った。

まだアスファルトが夏の熱を惜しんでいた。少し歩くと、Tシャツの背中に汗が滲む。涼しい場所に腰を落ち着けたくて、長い日よけの張り出したイタリアンの店に入る。店員が席を示す際、「当店は禁煙でございます」と言った。鼻が麻痺しているのか迂闊《うかつ》なことだった。相当臭うに違いない。漂わせているのが死体のにおいではないことにほっとする。

ここからは少し体が動くものをと思い、チーズリゾットを頼んだ。サラダとドリンクがついたランチタイムだという。まだそんな時間帯だったかと腕の時計を確かめた。

何気なく気合のひとつでもと注文したドリンクがコーラだった。ひとくち飲むまで、事件の日に貴島から手渡された味だったことを忘れていた。

現師の死を受けての自殺だったなら、貴島は最初から罪を償う気持ちも教団から離れる気もなかったということではないか。

あの日より薄く感じるコーラを喉に流し込む。熊に組み伏せられた日も遠い。肉体と心の痛みに勝る快楽も識《し》った。

啓美はつくづく、自身の鈍さに感謝する。鈍くなければ耐えられないことが、この世には多すぎる。いちいち既成の感情に付き合っていたら、においと同様でいつか麻痺してしまう。

コーラは甘かった。甘いものを摂ると、何か得体の知れないものに背中を押されているような気になる。洒落《しゃれ》た店の入口からレジのあたりまで、視線の届く限り指名手配写真を探すが、どこにもなかった。

会計を済ませ外に出て、再び熱いアスファルトの上に立つ。四辻から折れて、まことのマンションへ。合鍵をかざすとエントランスのドアが開く。この鍵を使ってまことのいない夜中、無防備に散歩をしていたかもしれない貴島の姿を想像した。

想像のなかの貴島には、いっときでも光があった。女の体を識り、その人生で思ってもみなかった妊娠と堕胎。喪失も罪悪感も貴島の裡にあったものではなく、どこかで読んだ既成の感情だったと思えば、啓美の心と体は少しも痛まなかった。

まことの部屋のドアを開けるともう、玄関先まで臭い。煙草ではごまかしきれない、立派な異臭だ。急がねばならない。45Lと書かれたビニール袋を取り出した。バスルームとキッチンの換気扇を回す。

死んだ者が二度と動かないのは、梅乃の死で知った。冷えきった後、骨になるまで焼いて、そして肉体が失せる。貴島は骨にしてもらうためのプロセスを怠った。この先もただの逃亡者だ。

ビニール袋の口を開けて、半分裏返した。生ゴミを捨てるときの要領だ。直接触れることを、無意識に厭《いと》うている。

片腕の肘のあたりを摑んだ。持ち上げようとするが、滑る。血の気は失せているのだが、皮脂はまだ残っていた。それにしても、人間の腕がこんなに重たいとは思わなかった。男の腕は予想よりずっと長く、スーパーにあった最も大きな袋だというのに、ぎりぎりだ。

床に下ろしたビニール袋をぐるりと巻き込む。知らず、「ああ」と声に出た。

ガムテープを買ってくればよかった。空気を抜いて、密閉しないことには。布団圧縮袋を思い浮かべ、首を横に振った。

はたと思い至り、まことに電話をかけた。

「いま、どこ?」

「これから戻るところ。大型スーツケースって、思ったよりも数がなくて」

「ガムテープを買い忘れたの」

「これを転がしながらどこかに寄るのは無理。タクシーでまっすぐ帰るから、悪いけどもう一度出て買ってきてくれないかな」

啓美は再度マンションを出て、通りにあるコンビニの棚にあったガムテープを二本とも買った。買い物かごに、消臭スプレーも入れる。レジにいるのは肌の乾いた中年女だった。夏のあいだずっとこんな寒い所で働いていたら肌もおかしくなるだろう。無表情が余計に彼女から生気を奪っている。

啓美が部屋に戻ってすぐ、まことが戻ってきた。

「百四十リットルだって。これだけあれば入るんじゃないかと思って。とにかく、これがいちばん大きかったんだよ」

「やってみようか」

ビニール袋に入れた片腕を見て、まことが「やるね」と言った。

「あんたを呼んで正解だった。とにかく気が滅入って仕方なかったから」

「いきなり巻き込まれて、冷静でいるのがやっとだよ」

嘘ではないが、本当でもなかった。非現実が目の前に現れたら、人は驚くより先に一歩踏み出してしまうのではないか。実感がないというのは、たいがい現実だ。

「鼻にティッシュ詰めておきたいくらい」

スプレー缶の押しボタンに力を入れると、勢いよく霧が出てくる。放射状の霧が部屋に散った。複雑な臭気に鼻が疲弊している。

ビニールは二重にしようと言い出したのはまことだった。

「どこで穴が開くかわかんないから。これだけ血抜きをしたってまだ水分残ってるし」

中の空気を抜いて、ガムテープで密閉したあとさらにもう一枚ビニールを重ねた。二重になって、中身がわからないのはありがたかった。ビニールの角に人間の指先らしきものが見える程度まで包み込む。

「じゃあ、次」

まことも似たような気持ちらしい。啓美は一本目同様、裏返したビニールでもう一本を摑み取った。包んだ腕を、古いほうのスーツケースに入れる。

ケースの角から手の先が飛び出た。まことが関節にあたりをつけて、ぐいと力を入れた。元に戻ろうとする腕を底に沈める。二本目も同じ向きに入れようとするまことを止めた。

「待って、それだと腕しか入らないんじゃないかな」

「本当だ。わたし物理の成績は悪くなかったんだけどな」

「バレエの衣裳や道具を詰め込んできた経験だよ」

両腕をフレームにすると、ケースの中央がぽっかりと空いた。啓美は、ここに入れるものを想像して、みぞおちのあたりがきりりと痛んだ。

「ねえ、まこと。さっき買ってきたスーツケースにはいちばん大きな、あれが入るんだよね」

「そのつもりで買ってきたけど」

「まるごと、入るかな」

「百四十リットルだよ。これなら二週間ぶんの旅行荷物が入るって聞いたけど」

不安を説明するより、やってみたほうが早い。両腕の要領で、脚にもビニールをかける。つま先側からと、ギザギザにちぎられたような太ももの断面側から交互に包み三枚ずつ計六枚。

脚はさすがに、まことひとりでは曲げられなかった。啓美がケースの中で太もものあたりを押さえ、まことが膝関節の裏側に自分の足を置き曲げる。ビニールを突き破りそうな嫌な音がしたあと、満足に運動を課してこなかった脚が九十度に曲がった。

できるだけ真ん中のスペースが空くように、両腕両脚でスーツケースの内側にフレームを作る。これでまことにもわかったようだ。胴体を入れるには、もうひとつ大きな作業が必要だった。

「仕方ない、やるか」

バスルームに入る前、まことは脱衣室でTシャツとジーンズを脱いだ。啓美もそれに倣う。ブラジャーとショーツ姿の女がふたり、バスタブの前で知恵を絞る。

あちこちが変色している背中の、どこに手をかけていいのか分からず戸惑っていると、まことが脱衣室からタオルを一本持ってきた。

「これを首に引っかけて、こっち向きにしよう」

「オッケー」

バスタブの縁に足を掛け、ふたりでタオルの両端を持ち上げると、再び貴島は首を括《くく》られた。細い首にがっちりと食い込んだ紐痕が黒く残っている。啓美もまことも、その顔を見ることを避けた。

左右に滑りぐらつく上体を、バスタブの側面に立てかけた。頭のついた、色の悪いトルソーだ。洗い場でまこととふたり、バスタブで浅いお辞儀をしている貴島を見下ろした。濡れているせいもあるのだろうが、髪の毛がすっかり薄くなっている。

啓美は貴島の頭にタオルをかけた。まことが道具のなかから包丁を取り上げ、「どいて」と言った。啓美が身を退《ひ》くと、ためらいのない仕種でうなじのあたりに刃を入れる。前後に力を入れるたびに、ブツブツと筋の切れる音がした。

「こうしておくと、早いんだよ」

時間をかけてぐるり包丁を入れ終えると道具を替えた。

洗い場に太く赤い筋が走り、ぶらりと頭が垂れ下がった。

「ちょっと流すね」

啓美はシャワーを持って、まことの膝から下、そして貴島の首の切れ目を洗った。排水口に吸い込まれてゆく血が、複雑な色素を持った絵の具に見える。黒いかと思えば赤くなり、赤いかと思えば朱になり、水に誘われ次々と色を変える。啓美は自分がこの絵の具で描く絵を想像した。

「じゃあ、やるよ」

のこぎりが水分を含んだ骨を往復する音は、驚くほど響いた。近所に聞こえはしまいかと部屋を振り返る。床では折れ曲がった四肢がケースに収まっている。

バキッというひときわ大きな音のあと、どすんと首が落ちた。

床に落ちた貴島の頭部は、額をしたたか打ったあとタオルを振り払い、ごろりと回転して啓美の足下へやってきた。半開きの目、驚くほど長い舌。貴島だったことを教えるのは美しい鼻筋だけだ。

それまで黙々と作業をしていたまことが、ひとつ大きく息を吐く。啓美はねぎらうつもりで「おつかれ」と声をかけた。

転がる頭にタオルをかけると、まことがバスタオルで包んでくれという。

「洗濯機の上の棚にあるから」

バスタオルで包んだ頭部を、二重にしたビニール袋に入れる。人の体というのはパーツになっても想像以上に重たい。腕一本が腕とは思えない重さ、頭はそれ以上だ。

命が絶えたあとの身体を軽くするには、やはり刻むしかないのだろう。

バスルームでは、まことが再度シャワーでトルソーを洗っている。啓美は腕を詰めたスーツケースの中央に、バスタオルの縞模様が透けたビニールの包みを収めた。

すべてをスーツケースに収めたあと、放心した様子のまことをバスルームにつれて行き、髪の毛から体までしっかり洗った。泡立てたボディソープの香りに慰められながら、「だいじょうぶ」を繰り返す。啓美は自分の体を洗いながら、目についた壁の血を流し、バスタブに残る髪の毛や細かな肉片を排水口へと見送った。貴島はもういない。

日が暮れると、メゾン・ド・ポエムの前も人通りが多くなった。レストランの明かりが灯り、見知らぬ国旗が揺れる。啓美は赤、まことが黒いスーツケースを転がした。段差を避けつつできるだけ涼しい表情を心がけながら地下鉄へと乗り込む。

学生服やくたびれたスーツ、酸っぱい体臭が車両に充満している。みっちりと人の詰まった車両がいま運んでいるもののことを思うと、不思議な気分だ。まことに借りたシャツもパンツもみな煙草臭いが、夕どきの車両内で振り向かれるほどではないだろう。

スーツケースの横に立ち、ドア近くのバーを握る。啓美は自分の爪に赤いシミがあるのを見た。親指の爪の間に血が挟まっている。自分の血でないことを知っているのは、啓美自身だけだ。

まことが顔を寄せ、耳元で「次、降りるよ」と言った。

和光市駅で乗り換え、鬼神町に向かう。見知らぬ土地に棄てれば、その土地を知っている者にすぐ見つかってしまう。山に埋めれば、その場所を住処にする動物が掘り返す。

あとはここから運び出すだけ、となったとき「棄てる場所なんて、そうそうあるもんじゃないよ」と啓美が言うと、まことが「じゃあどこに」と問うので「床下」と答えた。

――お店の冷蔵庫の前の床下に、むろがあるの。

緩衝材としてありったけのリネン類を詰めたスーツケースを立てて、まことが言った。

――梅乃さんが遺してくれた、わたしの家だ。

啓美は肩の荷が少し軽くなったのを感じながら、まことに向かってつよく頷いた。

――あそこなら、まことが建て替えない限り、見つからない。

運良く空いた席に並んで座ると、まことの首が前後にぐらつき始めた。寝ないで作業をしたのだ、仕方ない。朦朧《もうろう》となりながら、しかし手はしっかりとスーツケースの持ち手を握っていた。

川越を過ぎ、坂戸《さかど》を後にしたあたりの景色から、明かりが失われていった。人もまばらとなった車窓に、啓美とまことが並んでいる。背格好は同じくらい。とりわけ目の周りの化粧が濃い啓美と、化粧っ気のないまことは、性格が反対の姉妹か幼なじみに見えるのではないか。

身内でもなく、友でもなく、鈴木真琴が興味を覚えなければ決して出会うことのなかったふたりだった。まことのお陰で、梅乃に出会えた。そして、ワンウェイにも。

まことの頭が啓美の左肩にもたれてきた。ああ、とその髪のにおいを嗅ぐ。鬼神町に着いたら、まずはまことをゆっくり寝かせてあげよう。疲れた身体を休ませて、面倒な作業は明日にしよう。

すべてが梅乃の計らいに思えてくる。死んでなお孫たちを守ろうとしている。

まもなく鬼神町、鬼神町――

まことを起こし、重たいスーツケースを引きずりながらホームに出た。盆地の夜は、冷え始めている。ほんの少しの段差も難儀しながら「梅乃」の前まで来たところで、ふたり大きく息を吐いた。

「さあ、とりあえず休もう。今日はここまで」

もう、声も出ないふうのまことを二階に追いやり、スーツケースを店の端に寄せた。啓美が冷蔵庫の中のものを見繕って二階に上がると、まことはもう座布団を二枚繫げて寝転がっていた。

まことに毛布を掛け、啓美はひとり遅めの夕食を摂る。作り置きのこんにゃくの煮付け、大根と油揚げの煮浸し、小鉢にほんの少しのマカロニサラダ。カロリーも低く、腹持ちもそこそこ。夜はこのくらいがいい。

明かりを消して、自室のふすまを閉める。布団の上に座り、ボストンバッグに手を置いた。梅乃が遺してくれた金と骨が入っている。

そろそろ、次のことを考えなければいけない時期にきているのを感じ、持ち手をぎゅっと摑んだ。布団の上で、ひとつひとつの関節を伸ばしてゆく。毎日の習慣だ。静かにゆっくり、訊ねるように関節を開く。ふと、貴島が持っていた金のことを思い出した。啓美に渡してもまだ紙袋にひとつ、おそらく一千万は下らない枚数の札があったはずだ。

ふすまの向こうに問うてみたい気持ちを抑えた。

貴島の金が残っているのなら安心だ。しばらく食べていけるとすれば、まことだって危ないことはしないだろう。なにより、落ち着いて気持ちを休めることができる。啓美がそうであったように。

全身が緩み、温まったところで布団に入った。不思議なことに、思い出すのは先ほどまでの現実よりも、ワンウェイと過ごした日々だった。渓谷で、青い家で、ディズニーで、カウンターで見せた横顔が、泡に似た速度で啓美の胸奥から立ち上ってくる。

ワンウェイの記憶が途切れたところで、みどりとすみれの笑顔が通り過ぎる。

すみれは、その背中に生えた羽を存分に伸ばしつつあった。恵まれた体には音楽が詰まっており、指先から頭の先、つま先、どこからでも奏でることができる。

入退院を繰り返している父が、病み始めた理由も明らかになった。バブルがはじけた頃には既に発症していたものらしい。些細なことが引き金となり、裡に溜めたものが噴出した。矛先が妻と娘であったのも、彼の弱さだった。

離婚調停中であると聞いたのはこの春のこと。職を失った父は、すみれの居ない家で妻の肋骨が二本折れるまで体を蹴り続けた。すべて写真に収めて書類に付けたと聞いた。なぜそんな面倒なことをするのか問うと、みどりが平坦な声で答えた。

「この家に起こったことを、誰か他人の目に晒《さら》すことで、彼も諦めがつくと思ったんです。そうしないと、すみれの将来に関わります。離婚の理由を覚えていてくれる人がいれば、すみれがいつかプリマになったとき美しい話にできるので」

聡明なみどりが父のようなつまらない男に引っかかったことが、いまとなっては謎だった。

朝目覚めてふすまを開けたところで、茶の間にまことが寝転がっているのを見て一瞬息が止まった。なぜ彼女がここにいるのか、すっかり忘れていた。ああ、と昨日のことと階下にあるものを思い浮かべた。

すべてが夢で、スーツケースもないことを期待して階下に下りてみたが、店の壁に並んだ赤と黒のそれを見て、啓美はぐるりと首を回した。膝と腰、背中の骨が立て続けに鳴った。

作り置きの惣菜を皿に並べて、二階に上がった。湯を沸かし、コーヒーを淹れる。まことが起き上がり、両腕を伸ばした。啓美よりはるかに朗らかな音で関節が鳴っている。

「おはよう、調子はどう？」

「まあまあ。お腹すいた」

「昨夜、食べてないからね。下からあるものを持ってきたから、どうぞ」

まことは、コーヒーを流し込んでは「目が覚める」、惣菜を口に入れては「生き返る」と口にする。言葉を発していないと不安なのだと気づいたのは、彼女が箸を置いたときだった。

「ねえ、わたし、馬鹿だったかな」

吐息に似た声をこぼして、まことが啓美の目を見た。

「あのまま、手記なんか書かせないでいれば、」

最後まで聞かず「なにも変わらなかったよ」と返した。

「まことがやらせなくても誰かが声をかけた」

「なんでわかるの、そんなこと」

「運命だから」

言ってしまってから、ああそうかと納得した。こんな簡単なことに、どうしていままで気づかなかったのか。

「必ず誰かが同じことをする。まことじゃなくても、わたしじゃなくても。誰かがやるんだよ」

そして、貴島もだ。

まことに匿われなくても、あの男は誰かの擁護のもとでぬくぬくと自分の不幸ばかりを考えて暮らし続けたろう。

まことがコーヒーのおかわりをくれと言う。啓美がマグカップをふたつ手にして立ち上がると、しみじみとした口調で言った。

「この先どんなことがあっても、あんたと出会ったことだけは、後悔しない気がする」

「どうしたの、いきなり」

「梅乃さんと最期まで一緒にいてくれたこと、本当にありがたかったんだ」

「今ここで礼を言い合っても可笑しいだけだよ。コーヒー飲んだらやることやっちゃおう」

階下には早急に始末しなくてはいけないものがある。この家がまことの名義である限り、発見されることはまずない。

しかし、床下の土を掘るにも道具が必要だった。

「十時になったらホームセンターが開くから、シャベルを買いに行ってくる。二人同時に作業できる広さはないから、交代でがんばろうか」

「わかった」

出かける前、念入りな化粧をする啓美を、まことが煙草を吸い続けながら眺めていた。「可笑しいか」と問うと「詐欺」と返してくる。まことが、やっと声を立てて笑った。

街道沿いのホームセンターに来るのは、カウンタースツールの補修テープを買いに来て以来だ。朝から煌々《こうこう》と照明をつけて、めまいがするほど多くの商品が並んでいる。女がひとり、シャベルを買う理由をあれこれ考えながら、工具類のコーナーを見つけた。

ありがたいことに、商品紹介の価格表示には用途も書かれてあった。土砂、掘削、の文字に「うん」と頷き、手に取る。右手に、ずっしりとした鉄の重みがかかった。

啓美は先の尖ったシャベルを元の場所に戻した。こんなに重くては、穴を掘る前に腕が動かなくなってしまう。持ち帰るのもひと仕事ありそうな鉄のシャベルに頼るのはやめた。

工具売り場を一周したが、土を掘れるような道具はそれひとつだった。さてどうするか、と思っていたところへ、エプロン姿の店員が通りかかる。呼び止めて訊ねた。

「すみません、植え込みの木を移したいんですが、ここにあるシャベルが重たくて」

木を植え替えられるくらいの大きさならどうにかなるだろうと思っての、咄嗟の嘘だった。「そうした用途でしたら、こちらです」と連れて行かれたのは、ガーデニングのコーナーだった。

啓美はコーナーで最も大きな樹脂製のシャベルをひとつ買い求めた。

カウンター内の床にあるむろの蓋を開けた。梅乃が死ぬ前、床下の秘密を打ち明けてくれたのも秋だった。

まことのものである以上、出て行けと言われたら素直に出て行こうと決めているが、どうやらこの調子ではそうはならないようだ。

「よくこんなとこ知ってたね」

「梅乃さんが、冬場に根菜を買い置きしておくときはここがいいよって。使ってないけど」

薄く、透けるほど薄く、自分さえ騙せそうな嘘を重ねてゆく。不思議なほど心は痛まない。

「床下に下りたことはないんだけどね」

土の上に蒔いたカラスウリの種は、発芽していないようだ。

光のない場所には花もなし――そう言った現師も死んだ。

光なんて、と啓美は声に出さず胸の中でつぶやく。そんなもの、最初からなかった。現師の死を受けての決断だとすれば、貴島はとうとう自身の弱さと向き合えなかったのだ。修行など、ただのお題目に過ぎなかった。現師も貴島も、自身のパートを踊り終えて舞台の袖に消えた。

「懐中電灯とか明かりはある？　さすがに厨房の蛍光灯だけじゃ、中までは無理みたい」

啓美は二階の寝室から古い電気スタンドを持ってきた。コンセントに繋ぎ、スイッチを入れる。蛍光灯の白茶けた明かりがあたりを照らした。

スタンドを床に倒し、長い首を床下へと向けた。建物を支えているのは、コンクリートの土台に打ち付けられた等間隔の柱だ。土の上に蒔いたカラスウリの種は見えない。

床下に下りたまことに、シャベルを渡した。まことは「下水管を傷つけないようにしなくちゃ」と言って剣先を土に入れる。

まことがいいと言わない限り、誰も掘り返したりはしない場所だった。どこへ棄てるより安全な場所だ。梅乃が生きていても、きっとここがいちばんだと言っただろう。

まことは三十分で音を上げた。ちょっと休むというので、啓美が代わる。

土には砂利も混じっていて、ときどき肘に響いた。交代で、三時間も掘り進めると棺桶ひとつくらい入りそうな穴ができた。お互いの律儀さなのか、角までついた立派な穴だ。

「そろそろ、どうかな。力仕事なんてしたことないから、腕が震えちゃって」

まことの顔が、床すれすれの場所から啓美を見上げた。

「そうだね、これだけ掘ったら充分じゃないかな」

まことがほっとした顔で、右手を上げた。啓美に引き上げられたまことは、土で真っ黒になったスニーカーを梅乃のサンダルに履き替えた。

「あのまま埋められるかな」

シンクで手を洗いながら訊ねてくる。啓美は首を横に振った。

「ふたつ並べて入れられるほどの穴じゃないよね」

「だよね」

スーツケースから出すのにも難儀しながら、ありったけのガムテープを使い、ビニールの上からぐるぐると巻いた。作業中、まことがぽつりと言った。

「生の状態にしたほうが、早く土に返るんだろうけどね」

確かにそのほうが、土中のバクテリアや生きものに助けられて白骨化が早いだろう。

「いつか、骨格標本の取材をしたんだけどさ。標本作るときって一度庭に埋めるんだって。半年も置いたら、見事に骨だけになるらしいんだ」

そう言ったあと「でも、もう見たくない」ということになった。

両手に充分な力がこもらぬ状態で、貴島のパーツをひとつずつ互い違いにして穴に並べた。穴の周りに積み上がった土は、啓美が熱を持った腕をなだめながらシャベルで下ろした。掘るときはずいぶんかかったが、戻すときは早いものだった。

床下にこんもりと、ひょろ長い土の盛り上がりができた。シャベルを床に置いてカウンターに戻る際、つま先が床下を照らしていたスタンドにぶつかった。作業中ずっと助けてくれていた明かりも、力尽きた。

むろの蓋を閉めた。土を掃き集め、店の外にある植え込みに捨てた。開店前の掃除に紛れ、すべての作業が終わった。まことは空になったスーツケースを梅乃の部屋へと移した。

秋の夕暮れ、湯船の中で啓美は目を閉じた。瞼の裏側に、一面のカラスウリ畑が広がった。突けばすぐに落下しそうな重たく赤い実だ。

風呂から上がったら化粧を直し、作り置きの惣菜にもう一品簡単なものを作る。冷蔵庫にある食材を思い浮かべたところで、腹が減っていることに気づいた。

茶の間ではまことが煙草を吸っていた。テーブルの上に、厚い紙の束がある。上から覗いてみた。貴島の手記だ。湯上がりの乾ききらない髪に指を入れ、まことが言った。

「後悔ってさ、文章にするとただのいいわけと自慢話なんだねえ」

「本人はそう思っていなかったろうけれどね」

二枚、三枚、あるいはそれ以上の枚数を一度にめくりながら、まことの煙草も同じように本数が増える。灰皿はすぐに山になった。また、律儀に同じ向きで積み上げている。

「その手記、どうするの」

「捨てる。焼いたほうがいいかもしれない。あいつがいない以上、誰が書いたか証明するほうが大変だもの」

まことは数秒黙り、「それに」と続けた。

「本当に知りたかったことがわかったからいいんだ、もう」

「どういうこと」

「法廷に立ったときに、あいつの口から言わせなきゃいけないことがあったんだ。どうしても、言わせたかった」

入信したふりをして教団施設に潜り込んだ週刊誌記者は、当時まことが最も頼りにしていたフリー記者だった。いずれは一緒になるのだろうという空気のなか、ふたりは安定を振り切るような危険な取材へと足を向ける。

「研究中だった毒を盛って、死ぬまでの時間を計ったのが貴島だったよ。施設の近くの山林に埋めたって書いてある」

「その男が、床下に埋められたわけだ」

「なんの因果かねえ」

まるで世間話の延長のように、まこととの会話は穏やかだった。

「教団内部の写真と、信者の顔を撮ったデータは、食料品や日用品を注文していた出入りの業者を通じて外部に持ち出してた。でも、バレた」

定期連絡が途絶えたところで、次の潜入準備に入っていたのが「鈴木真琴」だった。啓美は施設一階の、生活感のないフロアと大きな窓を思い出す。

「いざ、と思ったときに、渋谷の事件があったんだ」

書き上げた手記をまことに渡した翌日、現師死亡の報道があった。結局、教団が手に掛けた男よりも貴島との暮らしが長くなってしまったことについて、まことは何も言わない。

ねえ、とまことが啓美の顔を覗き込むようにして見上げた。

「わたし一昨日から、さっぱり現実感がないんだ。自分がしたことはぜんぶ覚えてる。だけど、そこに伴う自分がいないんだよ」

「わたしも、現実感はないな」

慰めになったかどうか。まことが長い煙を吐き出した。太陽が山の端に隠れる時間帯、また今年も、七分袖を着る前に長袖のTシャツの出番らしい。風呂上がりの体が、思ったよりも早く冷えてゆくのを感じながら、啓美は人生で初めてできた「友人」を見つめた。

「さあ、お店を開けなくちゃ」

いつもどおり太いアイラインを入れる。スナック「梅乃」の真琴になった。

その年の十月、新潟を直下型地震が襲った。テレビには、脱線して傾いた新幹線の映像が繰り返し流れ、倒壊した家々が飽きることなく晒され続けた。電話をかけようか、かけまいか。みどりの安否は気になる。東京に出ているすみれとは、連絡が取れているのかどうか。

二度鳴らした電話は、いずれも繋がらなかった。それだけに月が変わろうという頃、電話の向こうからみどりの声が聞こえたときは全身から力が抜けた。

「ご心配をおかけしていると思いまして。幸い新潟市はそれほど大きな被害はなかったんです」

「すみれちゃんとは、連絡取れてるの？」

「さっき、ようやく。東京から来ることもこちらから行くこともできないので、不便ではあるんですけど」

それより、と彼女が切り出した。

「実は報告もあったんです。無事、離婚が成立しました」

病院を出たり入ったりしながら、いまはアルバイトで暮らす夫のことを、みどりは敢えて「捨てる」と表現する。少しも心は痛まなかった。

「周りは、ひどい女房と言うでしょうけれど、いいんです」

「周りと神経が連動しているわけでもないし。好きに言わせておけばいい」

「好きに言ってもらうついでといってはなんですけれど、新潟を出ることにしました」

「驚きはしないけど」

「実は今回の地震で、見附の実家が倒壊したんです。父の後妻が仮設住宅に住むのは嫌だと言い出して。娘だった記憶もないんですけれど、義務だからと言ってきかないわけです」

「義務って」

「父からの生前贈与で買ったんだから、自分たちも住む権利があると言い出したんです」

「都合のいい話だねえ。みどりさんが新潟を出るなら、いっそ売ればいいんじゃないの」

しかし金の話になると途端に「親子」を主張するという。

「離婚の際に、土地と家の権利はもらったんですけど。まさかここで、そっくりそのまま実家に乗っ取られるとは思いませんでした」

土地と家を売って、すみれのために使おうと思っていた矢先の災難だ。

「いっそ、すみれちゃんと暮らしたらいいじゃない」

「その基盤を作るためにも、東京で仕事を探そうと思って」

「それがいいよ。荷物は軽いほうがいい」

なにかがすっきりと抜け落ちている会話だ。新潟にひとり取り残される父については、誰も心を動かさない。渓谷の川を渡る飛び石のひとつとなって、女たちの背景に変わった。みどりなら、どうにかするのだろう。流されているように見せかけてはいても、この女は流れを作る側にいるのだ。

その年の暮れにまことも要町《かなめちょう》の別のマンションへと引っ越した。女たちは気ぜわしさを楽しんでいるように、荷造りをする。

結果的には、みどりが最低限の荷物を持って新潟を出ることになった。決定打は新潟の話を聞いたまことが打った。

――鬼神町《こっち》に来ればいいじゃない。

遠慮するみどりに、「今度はわたしが恩返しをする番」と言って説き伏せた。

新潟から鬼神町へ。旧知の「鈴木真琴」を頼ってやってきたのは、旧姓に戻った「南部《なんぶ》みどり」だ。

梅乃の部屋に運び込んだみどりの荷物は、段ボール三箱。新潟から持って来たものは着替えと身の回りの物のみ。箱のひとつは、アロマテラピーの道具だという。送り状にある受け取り人は、みどり本人だ。

継母とその息子は、出てゆくみどりを笑顔で送り出したという。

みどりは、こたつに足を入れ向かい合って座る啓美を見て、少し眩しそうな目をした。ひっつめた髪の、生え際には白髪が目立っている。

冬の午後の薄くて長い陽が窓から入ってくる。みどりの白い後れ毛が光っていた。

「啓美さん、ありがとうございます」

「そういうのは、なし。面倒くさい。もう、頭下げるとか上げるとか、なし。せっかく新しい場所に来たんだから、楽しいことを考えてよ」

まずは髪を染めるなり切るなりしてはどうか、美容室へ行くよう勧めてみる。お互いに、九年は決して短くはなかったのだ。

「それから、わたしのことは真琴でお願いします。細かい理由は、そのうち」

「わかりました、真琴さん」

啓美はただ、ここにみどりがいることが嬉しかった。夢見の悪い毎日が、少しでも変わる予感だ。

「すみれちゃんは、今回のこと、なんて？」

「離婚は喜んでいましたけど、新潟を離れることについては、驚いていました」

「でも、ちょっと面白がっていなかった？」

みどりが、それまで伏せがちだった目をパチリと音がしそうなくらい勢いよく開いた。やはり、と笑えばみどりも笑う。

「そうなんですよね、あの子はわたしよりずっとタフなところがあるから」

「タフじゃないと、舞台の真ん中で踊るなんて無理」

ひとしきり笑い合ったあと、みどりが居住まいを正して頭を下げた。

「面白い人生だけれど、ご覧のとおりの文無しです、よかったら働かせてください。飲食店は初めてですが、料理なら寝ないでも作りますから」

「料理はほんと、頼りにしてる」

九年前、啓美の体を食事と家の中の運動だけで元に戻してくれたのを思い出す。さて、と改めてみどりの顔、髪、服装を眺めた。涼しげな目元に、素顔が想像できぬほどの化粧をするのもしつこい。みどりは顔を隠す必要がないのだ。

ねえ、と切り出してみた。

「髪型さえ変えたら、そんなに化粧しなくてもいい気がする。わたしはこんなふうだから、素顔の女が隣にいるのも新鮮」

接客は、と言いかけたみどりが言葉をのむ。

「やります、なんでも」

みどりは翌日の朝から出かけ、夕時に戻った。開店間近の店内にドアベルが鳴って、「いらっしゃいませ」とドアを見た啓美に、みどりが軽く頭を振りながら言った。

「いかがですか」

明るめのブラウンに染め、肩先で切り揃えた毛先が揺れる。眉毛を整え、唇には薄いグロスだ。

「いいよ、すごくいい」

「そう言っていただけると、嬉しいです」

美容院で髪を整え、ドラッグストアでメイク道具を揃えたついでに、眉を整えてもらったという。

「久しぶりに啓美――真琴さんに会えて、ちょっとはしゃいでるのかもしれません」

啓美に合わせ黒いジーンズに木綿のシャツを着てエプロン姿になったみどりが、厨房のほうは任せてくれという。

「まあ、しばらく楽しんでやってみてよ」

梅乃の喜ぶ顔が見えるようだ。そんな想像が頭を過ったとき、啓美の内側にすっと冷たい風が吹いた。

みどりが楽しそうに立ち働くスナック「梅乃」を想像すると、そこに自分はいない気がするのだった。

啓美は、二重にしたポリ袋に大根なますを詰めたあと、みどりに大根の皮を使ってきんぴらを作ってくれるよう頼んだ。早速仕事を与えられ、嬉しそうに大根の皮を集めている。

「根菜の買い置きをするようでしたら、量にあわせて計画を立てましょうか」

「みどりさん、そういうの得意だったよね」

「計画を立てて、そのとおりになるのがけっこう好きなんです」

啓美は思わず声を上げて笑った。何気なく放たれたみどりのひとことに、さまざまな意味を読み取った。

いったいどこからがみどりの計画だったのか。大根の皮を細く切り揃えている彼女に訊ねてみた。

「パパと知り合ったとき、どこが良かったわけ」

包丁の手を休めずに「優しい方だったんです」と返ってきた。

「あんなふうになることは、予測できなかったわけか」

それについては「まあ、そうですね、ただ」のあとのひと言を待つあいだに、切った大根の皮をざるに入れた。

「人あたりの良さって、気の弱さもあるんだろうなとは思っていました」

「気は弱いと思う。大阪の家ではなんの問題も起こせない人だったし。わたしにも、母にも手を上げたことはなかったの」

なぜみどりとすみれには執拗《しつよう》な暴言を吐き、体を痛めつけることができたのだろう。

「正直、相手が変わると人間も変わっちゃうんだなって思ったの。あのパパがあんなふうになっちゃうんだから」

みどりが横顔でふっと笑った。

「まさか、あんなふうになるのも計画どおりだったとか?」

「気が弱いってことは、本当のことを知るのも怖いってことなんですよ」

台所仕事をしているとき、みどりの手は休むことがない。フライパンにごま油を垂らし、熱したところに大根の皮を放った。

「お腹の子のこと、真っ先に信じてくれたのが風間さんだったんです。いい人だなって、あのとき思いました」

おや、と思った。信じてくれた、というのはどういう意味だろう。真っ先に？　いい音をさせながら大根の皮を炒めるみどりの口元は愉快そうに持ち上がっている。

「たいがいの人は、嘘だろうっていう顔をしたんですけど、風間さんだけは」

考えもしなかった現実と真実が、語られようとしている。啓美は大きく息を吸い込んだ。

「すみれちゃんの父親って」

「わからないんです」

みどりが立てた計画の、父もちいさな歯車だった。不憫《ふびん》に思うほどの感情も残っておらず、啓美はまずそのことに安堵した。

そしてまたひとつ、疑念が湧いたのだった。

「そのこと、みどりさんしか知らないんだよね」

みどりは味付けを終えたきんぴらを一本口に入れ、「うん」と頷き火を止めた。

「風間さんは、気づいちゃったんじゃないかな。だからあんなふうに」

涼しげな視線が器を探すのを見て、棚から中鉢を取り、渡した。美しく円錐《えんすい》に盛り付けられた大根のきんぴらに、いりごまをひとふりする指先が美しい。

啓美は、何もかもが彼女の計算であるよう祈った。もしもそうなら、少なくともみどりとすみれは幸福に違いないのだ。

みどりが鬼神町に来て半月ほど経った頃だった。クリスマスツリーを飾り、その枝にアロマオイルを染み込ませたポプリをぶら下げたのは彼女の案だったが、それをお土産にと渡したのがきっかけで、ひとりふたりと女性客が来るようになった。

気づけばアロマテラピーの説明をするみどりが楽しそうにしている。女の客が増えたことで、店内には会話が増えた。

クリスマスの客は男女が半々。男女の二人連れでやってくる店になるとは思っていなかったので、みどりの存在は大きい。いつもと変わらぬ予算で、お通しとは思えぬプレートを出すと、みなが驚いた顔をする。ノンアルコールの種類を増やすと、利ざやも大きかった。

図らずも、みどりの持つ計画性と商売っ気が、スナック「梅乃」の新しいかたちとなっていった。


クリスマスの飾りを取り払い、あとは門松を飾るだけになった日の午後、まことがやって来た。二階の茶の間で深々と頭を下げるみどりを見て、笑いながら「やめてよ」と手を振っている。啓美は三人分のコーヒーをドリップしながら、ふたりの様子を横目で見た。

「新潟で会ったときとは、ちょっと雰囲気違うね。いいんじゃないの、そういうのも」

「おふたりのお陰です。新潟から出て来て、よかったです」

「ふたり居ればいろいろと楽でしょう。表向きはあたしと一緒に居ることになってるんだけどね」

ここに居るのは、鈴木真琴と南部みどりのふたり。岡本啓美は存在しない。

まことが、コーヒーを飲みながら煙草に火を点ける。啓美が専用の灰皿を出すと、短く「うん」と言ったあと、顔を上げた。

「あの中国人の男、なんていう名前だったたっけ」

「ワンウェイ」

「そうだ、それ。帰国してないことだけはわかったよ。実習先の工場に入り込んだ仲間から聞いた」

「じゃあ、いまも日本にいるんだ」

ほんの少し動悸が速くなる。へえ、と返したが、まことはまだなにか言いたげだ。

「まだ、気になる？」

迷いながら「少し」と答えた。まことが満足そうに煙を吐いた。

「会いたいなら、居所の当たりはついているから教える。あたしがあんたにしてあげられることなんて、この程度だからさ」

「今日は、ずいぶん優しいんだね」

「あの部屋からも引っ越したし、気分的にもちょっと落ち着いたんでしょう」

まことがリュックから手帳を取り出した。メモの一枚を切り離して啓美に差し出す。眩しげな目元が受け取れと言っている。

癖のある文字で、都内の住所が書かれてあった。

「物騒なところだよ。技能実習生を手引きしてる組織があるんだ。潜入してるヤツも、やっとそこまでたどり着いたみたい。『死ぬなよ』って言ってあるけど、どうなったかな」

「そんなに、物騒なところなの」

「あたしたちが行くところで、物騒じゃないところなんてない。この国には日本人も簡単には入って行けない戦場が数えきれないくらいあるんだ」

「ここに、ワンウェイがいるの」

「姿を消したのなら、その可能性が高いと思う。どんな理由があったか知らないが、国に帰る気が

ながら、このやりとりを見ている。

「ここで何をしてるんだろう」

少し間を置いて、まことが「ろくなことじゃないよ」とつぶやいた。みどりはマグカップを傾けながら、このやりとりを見ている。

その夜、まことはこたつの横に敷いた布団に横になった。遠慮したみどりが梅乃の部屋で寝てくれと言ったが「面倒」と一蹴したのだった。

目を瞑れば瞼裏《まなうら》に、一面のカラスウリ畑が広がってゆく。だだっ広い草原に白いレースを広げ、カラスウリの花が溢れかえっている。貴島の体を養分にして狂い咲く白い花は一夜でしぼみ、やがてそれぞれが信じた色の実をつける。

ワンウェイ――

狂い咲いたレースを身にまとい、啓美は声に出さず男の名を呼んだ。

第六章

産声

乾いた風がアスファルトから体へと這い上がってくる。松の内もそろそろ明ける。啓美は、久しぶりに池袋駅に降り立った。

正月にやってきたすみれと再会を果たした啓美は時の流れを受け容れ、いよいよ鬼神町から心が離れつつある。

鬼神町のスナック「梅乃」が新たな実家となったすみれは今年二十歳、どこにも贅肉のない素晴らしいダンサーの体を手に入れていた。「梅乃」のフロアで啓美と向き合って、ひとつぶ涙をこぼしてみせたのは彼女なりの礼だろう。

「つまんないことで、泣いちゃだめ」と啓美が言えば「それもそうだね」と返ってきた。父親を社会の片隅に追いやってまで手に入れた、踊れる環境なのだった。

すみれと会えば、つくづくダンサーに必要なのは孤独に耐える精神力だと確信する。それは十年前に図らずも啓美が投げ込まれた世界だったが、いざ孤独になってみればいつも周りに人がいた。

家を売る予定が崩れたのは、みどりにとっても痛手だったが、なによりすみれの将来が狂った。バレエ団に所属してはいても、それだけでは食べていけない。バレエ団で、すみれが得たポジションは、群舞の中堅といったところだ。生活費をアルバイトで稼ぐバレリーナに、この先主役というポジションはない。

そこはすみれの持って生まれた性分なのか、状況をあっさりと受け容れ、さばさばしているように見えたのだったが。

結局、なにが「孤」でなにが「独」なのかわからないまま、みな再び歩き出している。

啓美は池袋駅の北口を出た。手にはまことからもらったメモがある。会いたいなら訪ねてみるといい、とまことが言った。

――あんたあの頃、楽しそうにしてたからさ。

――いまもじゅうぶん、楽しいけど。

――まあ、どっちでもいいよ、好きにしなよ。

すみれも東京に戻り、「梅乃」も新年の営業を始めた。みどりのヘルシー料理は評判が良く、あっという間に「梅乃」は、夫や子どもを送り出したあとの主婦がランチタイムに息抜きをする店に変わった。

池袋で息を吸い込むと、うっすらと香ばしいにおいがした。あとはインド料理に使われそうなスパイス。空気の入れ換えをしている窓からは、煙草やアルコール。

駅から出て、四辻の番地表示を見つけるたびにメモと照らし合わせた。

いくつ目かの四辻に出たところで、ふと右側の通りを見た。ビル向こうの空に高く白い塔があった。周囲にそう背の高いビルはない。細く長く空にそびえる塔が、街の細部まで見下ろしている。

メモの住所まで、近づいていた。マフラーの緩みを直す。

雑然とした昼間の歓楽街に、猫が一匹躍り出てくる。慌ててとび退けば、敷き詰めた歩道タイルの段差にはまり足首がぐらついた。

番地の末尾の数字にぴったりと合致するのは、五階建ての細長い雑居ビルだ。一階は中華料理店の看板が掛けられていた。

――湖南楼《こなんろう》。

啓美はほっとした。確かめに来たのは、ワンウェイの居場所ではなく、自身の心の在処だった。

思い切って、引き戸を開けた。

イントネーションがずれた「いらっしゃい」に、目を伏せながら席を探した。

四人掛けの席が八つある。離れたテーブルで客がふたり、こちらに背を向けて新聞を開いていた。

火の気配と鍋がぶつかる音がするだけで、厨房は見えない。

やる気がないのか、それがこの店の通常なのか、六十を超えていそうなエプロン姿の女が前の客に定食を届け、ついでのように注文を取りに来た。

慌てて油でぬめるメニューを開いた。

「日替わり定食を、お願いします」

女は仏頂面でメモを取ると、「みず、むこう」と言って厨房近くの棚を指さした。

コップに水を入れて席に戻る際、先客のふたりをそれとなく見れば常連の気配だ。見かけだけでは日本人なのか中国人なのかわからない。

確かめもせず頼んだ日替わり定食は、麻婆豆腐と中華粥《がゆ》とザーサイ、シュウマイふたつ。女が無言で啓美の前にそれらの皿を置いてゆく。みどりが見たら顔をしかめそうな量だ。

先客のひとりが金を払う際に女を呼んだ。

メイアン――

ふたりのやりとりは中国語だった。お互いの顔に言葉をぶつけるような会話だ。世間話なのか喧《けん》嘩《か》なのか、その気配だけではわからない。

女の名前がメイアンなのか、支払いに使われる言葉なのか。どうやら出口に向かうもうひとりの男も日本人ではないらしい。テーブルにぶつかるすれすれのところを通り過ぎる際男は、ひとり異国に迷い込んだような顔で麻婆豆腐を口に運ぶ啓美を見下ろした。

一重まぶたの酷薄な印象に、ワンウェイを思った。

ひりひりと辛いのに、妙に香りのいい麻婆豆腐のせいで喉から食道、胃までが熱くなってきた。時間をかけて定食を腹におさめたところで、ひとつ息を吐いた。吐ききって、吸い込むのと同時に視線を上げる。女がこちらを見ていた。

軽く会釈をしてみた。愛想のひとつも返ってこなかった。

前ふたりの男たちがしたように、立ち上がり会計の旨を伝える。厨房近くのレジ前に行くと、細くちいさい女は表情を変えずぶっきらぼうに「せんえん」と言った。

レジ近くまで来ても、厨房の中は見えなかった。啓美は意を決して、千円札を渡しながら訊ねた。

「ここにワンウェイという人は、いませんか」

女は受け取った千円札をレジに入れる。最初は、そのことに集中して聞こえなかったのかと思った。しかし啓美がもう一度訊ねたところで、女と目が合った。

「なんの用だ」

用というわけではないが、といいわけする。同時に、ここにいるのだという感触に喉や胃ばかりではなく皮膚までひりひりしてきた。

「なんの用だ」

女の眼光が鋭くなる。

――ああ、ここにいる。ワンウェイが、いる。

下から睨みつけるような女の瞳も、ワンウェイに近づいているという確信の前ではどうでもいいことに思えた。啓美は彼女の威嚇にひとつ頭を下げる。

「ワンウェイという人を、捜しています」

厨房のほうへ視線を送るが、油と埃で曇るベニヤ壁の向こうは窺い知れない。女は「ふん」と鼻を鳴らした。

「ワンウェイ、ここいっぱいいる。どのワンウェイか」

言葉の意味がわからず、挑むような瞳に問うた。

「ここ、みんなワンウェイ。切る、煮る、焼く、炒める、ぜんぶワンウェイ」

厨房の中で仕事をしている人間が全員ワンウェイという意味だろうか。

「どの、ワンウェイだ」

女の目は皿を運んできたときとは違う光り方をしていた。目を逸らしたら最後、そのまま外に放り出されそうだ。

「彼に、伝えてください。わたしも鬼神町から出ていくつもりだって」

「キジンマチ?」

「ここで彼を見たという噂を聞いてやってきたんです」

気が遠くなりそうな沈黙を破ったのは、がらりと引き戸を開けた次の客だった。

やけに体格のいい男がふたり入ってきて、ものも言わず角の席に向かい合って座る。

仕方ない、ともう一度女に視線を戻す。帰る意思を目を伏せて伝えた。女が注文を書き込むメモ紙の一枚を啓美に握らせ、戸口に視線をやり「はやく行け」という合図を寄こした。

啓美は「ごちそうさまでした」と頭を下げ、湖南楼から出た。

外の空気を吸い込むと、心臓の鼓動が背骨を伝って頭に響く。急に血が巡り始めたときの頭痛もついてくる。

小走りでひとつ離れた四辻まで行くと、見上げた空の片隅に、再び高い塔が現れた。いったいあれは何だろう。

あたりを見渡せば、通りの左右にラブホテルがある。太陽に照らされたラブホテルの入口はどこか滑稽だ。

ワンウェイと過ごした一夜が蘇った。長い関わりなど望んでもいなかったのに、時間を経て消えた男を捜すのは、昼間のラブホテルから出てくる男女より、ずっと滑稽だった。

電柱のそばで、手のなかの紙切れを広げた。

――2・9　#3

ボールペンのかすれを紙のへこみで補い判読するが、横書きに一列のみの数字と記号が何を示すのか、すぐにはわからなかった。

啓美は不確かながらも手応えを抱え、みどりへの土産にとデパ地下の肉や豆腐、厚揚げを見繕って鬼神町に戻る電車に乗った。

一時間と少し、レールに揺られながら手の中のメモを見続けた。

――2・9　#3

子どもの悪戯書きと言われたら信じてしまいそうな拙さだ。

帰宅すると、厨房でみどりが洗い物をしていた。買ってきたものを渡すと、ひとつひとつを見ては喜んでいる。

「いいお肉ですねえ。これだけいいものが揃うのも、東京の良さですよね」

つと視線を合わせ、みどりが言った。

「で、どうでした？　住所のところに、行ってみたんでしょう」

「中華料理のお店だった」

「どんなものを出してました？」

「日替わり定食で、麻婆豆腐」

みどりは「ふぅん」と頷き、厚揚げを片手にさらりと「いらしたんですか、彼は」と歌うように軽やかに訊ねてくる。

「配膳のおばさんに名前を出して訊ねたら、嫌な空気になった」

「嫌な空気って？」

「全員がワンウェイだって」

そうだ、と啓美はジーンズのポケットから女に渡されたメモを取り出した。

「これをくれた」

みどりはポケットに差し込んだタオルで濡れた手を拭って、皺だらけの紙を受け取った。

彼女の眉が寄って、視線が冷蔵庫に貼ってあるカレンダーに移動した。

「2・9、って春節ですよね。これ今年の、中国のお正月じゃないかしらね」

「日付なの、これ」

「いま、中華料理のお店って聞いていたから、そこからの連想なんですけれど、日付だとすれば、旧暦のお正月を指してるんだと思います」

本国では一月下旬から二月が正月だと、いつかワンウェイから聞いたことがあった。

「2・9」が日付とすれば、あとは「#3」の正体だが、みどりとほぼ同時に「三階」とつぶやいた。

「春節、三階に彼が来るってことじゃないですか」

一階の中華料理屋に出入りしている男たちの気配をみれば、あの建物自体にも健全な印象は持てなかった。それでも、と啓美の気持ちが動いた。

もはや自分が誰でなにをした人間なのか忘れるほど時間が経ち、今度は逃げなくてはいけなくなった男を追いかけているのだった。

「行ってみようかな」

「それが、いいと思う。わたしは、啓美――真琴さんがそんなふうに活き活きしている姿がとても好き。初めて会ったときから、不思議な生命力を感じてた」

「生命力、って。それを言うなら、すみれちゃんだと思うな」

みどりが「ふふっ」と笑いながら目を伏せた。後にも先にも、すみれほど自力で生きる場所を切り開いている人間はいないような気がするのだ。

「すみれは、わたしが産んだ子だけれど、ときどきあの子のほうがわたしを選んで生まれてきたんじゃないかって思うことがあるんです」

「生命力、だね」

「あちらのまことさんが、すみれを見て仰いました。あの子には、ここにいる女たちそれぞれの『もうひとり』を感じるって」

「どういう、意味？」

「ひたすら能動的に、自分を摑みとる貪欲さを感じるそうです。輪郭がはっきりしすぎていて、群舞のままではいつか限界が来るだろうって。改めて言われてみると、そうかもしれないなって思いました。あの子のつよい部分が、弱みになる日が来るなんて考えてもみなかったことでしたけど」

トップに立つか、それが叶わぬときはトップに立てる場所へ移るか。国内タイトルをいくつか取ったところで、海外の留学経験なしに最前列に躍り出られるダンサーはごく少数だ。

「行ってみる」

「はい、それがいいと思います」

季節の風には、さらりと乗ってみるのがいいのだろう。


見上げれば灰一色の空の下、池袋駅の北口には前回やってきた際には感じなかった華やぎがあった。街角の温度計を見れば、十度に届いている。

天気も手伝ってなのか、昼時の駅前広場には人がたむろしていた。立ち止まったり、段差に腰を掛けたり、別段なにを待つふうでもない老若男女が日向ぼっこをしている様子は、駅の東側とはまた違う国にいるようだった。

啓美は湖南楼を目指して歩いた。前回とは違って賑やかだ。四辻で立ち止まり、右側の空を見上げた。白い塔が灰色の空を突き刺し、街を見下ろしている。

街が浮き足立っている気配は、それだけ中華系の店と人間が多いということだ。気をつけて見れば、そこかしこに赤と金色の貼り紙がある。ここでは今日が新年なのだった。

湖南楼の入っているビルの前に立った。もとは白かったと思われる外壁も、ずいぶんすけている。建物はひどく古いし、どこに階段があるのかもわからない。ぼんやりとビルを見上げていると、大きなバッグを抱えた女が啓美の背にぶつかって、謝りもせず去って行った。

湖南楼の戸口を囲むようにして赤と金に縁取られたポスターが貼られている。今日は休みのようだ。さて、どこが三階への入口だろう。啓美はまた、ぐるりとビルのある一角を歩きながら入口を探した。

店の前に戻り途方に暮れていると、耳には破裂音の多い会話ばかりが入ってくる。小型のオートバイがときおり人を縫うように通り過ぎてゆく。

喉が渇いた。自販機を探しながら来た道をわずかに戻ったとき、隣のビルとの間に狭いくぼみを見つけた。

半畳ぶんの、一見すると建物にあるくぼみだったが、よく見ると横に壁と同色のドアがあった。

啓美はビルの壁を見上げた。もしかすると、とノブに手をかけ回してみる。ドアが手前側へと開いた。

内側に、細い階段があった。

——2・9　#3
階段を上ってみる。料理油、ニンニク、ありとあらゆる食材のにおいが、コンクリートの壁にまで染み込んでいた。踊り場にある手のひら大の明かり取りから、すすけた陽光が差し込んでくる。

二階に上がりきったところにのっぺりとした鉄製の扉があった。メモが指定しているのは、＃3。

三階の扉の前で、啓美は二度深呼吸をした。

軽くノックをした。中からはなんの反応もない。もう一度、今度は少しだけ力を込めてみる。三度目をどうしようかと思ったところで内側からドアが開いた。中から温かな空気が流れ出てくる。

ワンウェイが、いた。

名を呼ぶと、男は切れ長の目を一瞬瞑り、浅く頷いた。

「湖南楼のおばさんに、ここのメモをもらって——会えて、良かった。元気でいるなら安心した」

どうして何も言わずに姿を消したのか。不思議と恨み言は出てこない。

ワンウェイは戸口でドアノブを握ったまま、啓美を見下ろしている。ただ見つめあうばかりで、何を伝えるでもない。中から女の声がした。

中国語だ。ワンウェイが、顎で「入れ」という合図をした。

十人は楽に席を取れそうな楕円形のテーブルの上には大きな皿が並び、そのひとつに、豚の頭を縦に割ったものがのっていた。

縦に割るには、大きな鉈《なた》が必要かもしれない——ひりひりとした記憶が通り過ぎる。時折現実感が失われるのは、貴島を刻んでからだ。

「もう少しで、みんな来る。待ってなさい」

感情のこもらぬ平坦な日本語でそう言ったのは、湖南楼の配膳をしていた女だった。今日はエプロンもせず、白い三角巾もない。紫にゴールドの小花刺繍が入ったチャイナドレスを着ていた。

体にぴったりと張りついたドレスは見事な脚線美を描き、化粧をしているせいか年齢がかすむ。先日はずいぶん年が上と思ったが、今日は別人だ。

「名前は」と聞かれて、「真琴」と答えた。女はひとつ頷いたあと、隣に立ったワンウェイを指さし、静かに言った。

「ワンウェイ、これか」

どんな感情もこぼれ落ちてこない女の瞳が、ほんの少しやわらかくなった。

「だれに、ここ聞いたか」

「鬼神町の、お客さん。わたしはちいさなお店をやってるので」

「その客、だれ」

「たまたま来た、工場関係のひと。名前は知らないです」

すらすらと嘘が出てくる。女はそれ以上訊ねなかった。

啓美がやって来てから三十分ほどで、老齢の男女が二組、ちいさな子どものいる若い夫婦が現れた。みな中国人だ。その三組が揃ったところで、春節の宴が始まった。啓美は末席のワンウェイの隣。この会の主催者は湖南楼の女で、彼女の名が「美安《メイアン》」だった。

ワンウェイが皿に料理をのせて啓美の前に置いた。礼の言葉も聞こえぬほど、室内には中国語が飛び交っている。

メイアンは、代わる代わるやって来る来客の挨拶を受けている。

ワンウェイは自分の皿と啓美の皿に次々に食べ物をのせては黙々と口に運んでいる。不思議だったのは、メイアンに挨拶に来る客がなぜかワンウェイには会釈のひとつもしないことだった。なので、啓美を気にかける客もいない。美味しいはずの料理も味を感じられなかった。もしかすると自分たちはその場にはいないのかもしれないと思うほどだ。

皿に細かくちぎった豚足の皮がのっていた。ワンウェイが食べやすくしてくれたので、ひとつでも食べようと、見よう見まねで橙色《だいだい》のソースをつけて口に入れた。

「おいしい」

思わず声に出た。一瞬、室内の喧噪《けんそう》が止んだ気がしたがすぐにまた元に戻る。ワンウェイは豚の皮をちぎり、啓美の皿に足した。料理に味がするようになり、勧められるままに食べ続けた。

調度品もない部屋の奥には、料理を運ぶエレベーターがあり、音がするたびにメイアンが立ち上がり、皿を取り替えた。

いったいいつまでこの宴が続くのか、啓美はそっと腕の時計を見た。みな、もう三時間も料理を食べ、話に興じている。叩きつけるような言葉は、聞いているうちに喜怒哀楽くらいは理解できるようになってきた。

ひとことも話さないワンウェイは、黙って紹興酒を飲み続け、ときどき啓美の器にも注いだ。

ワンウェイ――啓美が男の耳に口を近づけ、手洗いの場所を訊ねた。彼は腕に着けた大きなダイバーズウォッチに視線を落としたあと、メイアンに短く耳打ちをした。メイアンが浅く頷き、顎をドアに振った。

結局、その場にいる誰にも挨拶をしないままワンウェイと啓美は建物を出た。彼が案内したのは通りに面した湖南楼の手洗いだった。

急いで用を足し店の外に出る。早くしないとワンウェイがまた姿を消すのではないかと案じながら外に出たが、男は池袋の繁華街に馴染みながら煙草を吸っていた。

今日のワンウェイは工場の作業着でもスエット姿でもない。黒いパンツにチャコールグレーのセーターとブルゾン。長身が映えて、啓美の欲目も手伝って絵になる姿だった。

啓美は男が煙草を吸い終わるまで、横に立っていた。目の前を何人もの酔客が通り過ぎる。

ワンウェイがビル壁で煙草の火を消して歩き出した。啓美が小走りでついてゆくと、男の歩幅が少し狭くなった。

人の流れに反するように歩いてゆくと、ネオンの色が変わる。ホテル街だった。みな入るホテルを物色し、女が指さす建物へと入ってゆく。

最初は会えただけでも幸福だったはずが、おかしな欲が満ちてくる。隣を歩く男の体温が、厚めの上着を通して啓美の肌を刺激する。

ワンウェイを抱くにはどうしたらいいのかに思いが引っ張られてゆく。この男の肌を再び手に入れるにはどうしたらいい。啓美の体に充満する欲望は切実で、悔しいほど澄んでいる。

「ワンウェイ、そこに入ろう」

あたりでいちばん派手な光を放っているホテルを指さした。男の袖を摑んでみる。ワンウェイの腕が、啓美の腰にまわった。

上着の上からでも、ワンウェイの手の温かさがわかる。

ワンウェイがホテルの前を素通りする。そして「どこへ」と問うた啓美に、立ち止まり静かに唇を重ねてきた。

たどり着いたのは、ラブホテル街を抜けた小路に建つマンションの半地下だった。建物の、どの窓にも明かりがない。春節で街に繰り出しているからなのか、もともと住人がいないのか。手を洗うのが精いっぱいのシンクの横には簡易コンロ。通りに面した半地下の窓から見えるのは、人の足とはす向かいにあるホテルの入口だ。

ワンウェイは明かりを点ける前にカーテンを閉めた。鬼神町の青い家よりずっと狭い。トイレと洗面台と、寝台列車にあるような狭いベッドと、衣類でも入っているのか段ボール箱がふたつ積まれている。天井近くの四隅を見ても、エアコンがなく、外と同じ気温だ。

生活からは遠いところにありそうな部屋をぐるり眺めていると、ワンウェイが短く「すわって」と言った。そのひとことだけで、彼の日本語がずいぶんと上達したのがわかる。破裂音が使いこなせている印象だ。啓美はベッドの足下、煙草臭いカーテンのそばに腰掛けて男を見上げた。

「鬼神町から出て、ずっとここにいたの？」

「ここにはきたばかり」

「あの女の人に、助けてもらってるんだね。メイアンさんって、言ったかな」

「そうです」

少し間をあけワンウェイが「彼女は、マーマ」と言った。

まことの話によれば、湖南楼は技能実習生を逃がすルートのひとつだった。記者が内偵していると言っていなかったか。

「ディズニーランドに行った頃、このあたりを捜していたんだね」

ワンウェイが上着のポケットから煙草を取り出し、一本口にくわえた。

煙草に火を点け消すまでの動きひとつひとつが、舞踏の間を思わせる。男はカーテンのそばまで来ると、上着を脱いで段ボールの上に放った。

啓美は立ち上がり、男の胸につよく頰を押しつけた。

つよく頭を抱かれて、このまま呼吸が止まってもいいような――男の手に力がこもり、その手が首に回ってもいいような気がしてくる。

頰へ、鼻へ、男の唇が降ってくる。苦しい呼吸の向こうから、煙草のにおいが滑り込み、啓美の体へと流れ込んできた。

言葉にならない幸福感のなか、ワンウェイが慎ましく果てた。

「マーマと暮らさないの？」

男は答えない。啓美はひとり、胸に溜まった思いを口にする。

「こっちに残るのなら、ひとこと言ってくれたって」

啓美はワンウェイの腕の中でようやく、自分がなにをしたのかを理解した。追われる身となったことが悔しかった。

「ワンウェイ、いつかお店の指名手配の写真見て似てるって言ってたよね」

「そんなこと、ありましたか」

「覚えてないかもしれないけど。男と女が並んでた、渋谷の毒ガス事件の指名手配犯。誰も気づかなかったのに、ワンウェイだけは気づいたの」

怖かった、と口に出した。

「自分は悪くないと、ずっと思ってた。男に連れられて歩いているあいだに、人がばたばた倒れたんだって。当日のうちに、五人死んだって。ガスを吸ったことが原因で、いまも眠ったままの人がいるって。ずっと、別人になりすまして生きてきたけど」

啓美の脳裏に浮かんだのは、貴島の泣いている姿だった。

つかれちゃったな――

暖房も生活感もない部屋で寝起きをしている男は、なにを考えているのだろう。

マーマが――ワンウェイの言葉がそこで途切れた。気が遠くなるくらいの間をあけ、続ける。

「マーマが、あなたを気に入っている」

「どういう、意味かな」

「おおもりのごはん、ぜんぶ食べた。さいごはつらそうだったがとにかく食べた。日本人だ、えらかったといっていた」

メイアンが啓美を気に入った理由が、盛りのいい定食を食べきったことだったとは。

「よく食べたと、ほめていた」

本当にそんなことくらいでワンウェイの母親が啓美を気に入るだろうか。腑に落ちないながら、嫌な気持ちにはならなかった。

「今日、あの部屋に集まっていた人たちは、ワンウェイの親戚?」

「しらない」

「ワンウェイは、あの中華料理屋さんで働いているの?」

「あそこには、いかない」

「あなたが、なにをして暮らしているのか不思議なの」

「しごとを、している。もう、ワンウェイじゃない」

姿をくらました理由より、彼が何者なのかを知りたかった。

「じゃあ、誰なの」

「やまぐちはじめ」

「ああ、日本人になったんだ」

珍しく男が笑った。笑ったことを指摘すれば、またむっつりと口を閉ざす。啓美がその唇をつまむと、面倒くさそうに指先を噛んでみせた。

寒さに少し震えて、啓美は服を着る。そうしながらも、帰ると思わせたくはないので、答えを期待しない質問を浴びせ、話し続けた。

「やまぐちはじめ、ってどんな字を書くの」

ワンウェイが上着のポケットから薄い冊子を取り出し見せた。パスポートだった。

四十歳になる山口一の本籍は東京。

「簡単な名前。縦と横しか線がない。でもこんなもの、どこで手に入れるわけ。怪しいスパイ映画みたい」

「マーマが、くれた」

「山口一の、仕事は？」

ワンウェイは少し考える素振りを見せ、首を傾げながら「ひと、だすけ」と言った。

「人助け？　困ってる人を助けるってことなの」

「そう。ひとだすけ」

ワンウェイのイントネーションは空き缶みたいだった。言った本人がその意味を理解していない。

「どんな人を助けてるの」

「この国にきてこまってる中国人たくさんいる。やくそくしたほどお金、はいらないから。国にかえってもお金ない。だからマーマはこまってる人を日本人にする」

「そうかあ、マーマは困ってる人の味方かあ」

戸籍の売買——本当にそんな世界があったのか。ワンウェイも寒くなったらしく服を着て上着を羽織り、啓美の隣に腰掛けた。ベッドの縁にふたりで腰掛けていると、寒く薄暗い小部屋にいるというのに池袋のホテルの幸福感が蘇ってくる。

ワンウェイが、煙草に火を点けながら母親が日本にやって来たときの話をした。

「ほんとうは、パーパもおじいさんおばあさんも、日本にくるはずでした」

幼かったメイアン、日本名小野《おの》タミ。彼女を中国人の老夫婦に預けた親は、引き揚げたあとタミの弟を三人産んで育て、亡くなった。日本で生まれたきょうだいは、自分たちに姉がいることも知らず育った。厚生省からの確認に最も驚いたのは彼らだった。

「かんていした。姉だとわかったあとは、ひとりだけならうけいれる。マーマはじかんをおいてパーパとわたしをよぶやくそくで、日本にきた」

しかし、現実は簡単ではなかった。姉は日本語を話せない。その存在すら知らなかった女を、いきなりきょうだいとして認めることも簡単ではなかった。

三人の弟は、誰がタミを引き取るかで揉める。手を挙げたのは、末の弟の妻だった。親切を装いタミを家に住まわせた女は、二か月ほど同居したのちタミを売った。

中国に置き去りにされ、ようやく日本に帰れたと安堵したのもつかの間、次は地下室での労働が待っていたのだった。

「わたしはマーマをさがしにきた。弟たちみんな、しらない。だれも、しってる人いなかった。日本政府も、記録がのこってるだけで、そのあとのことしらない。日本人は――せいじつではない」

タミは自分が日本のどこにいるのかさえもわからなかった。出会った華僑の老人がタミの境遇を知り、ようやく魔窟のような場所から逃げることができたときは五十を過ぎていた。

家族を持たない華僑の老人は、タミに自分の裏の仕事を手伝わせるようになった。そして数年前、自分のビルと裏の仕事のすべてをタミに任せたのち、亡くなった。

「ひとだすけ、たいせつです。マーマは、ボスとしりあっていなかったら、いまごろ死んでいたといいました」

表と裏の顔を持つ女は、湖南楼の配膳をしながら客の動きを眺め、ワンウェイや古くからの部下たちを使い、生き迷う日本人から戸籍を買っては、この国でさまよう中国人に与えているのだった。

「戸籍を売ってしまったら、そのあとどうするの」

訊ねてしまってから、はっとする。戸籍を売ったところで、別にどうにもならないのだ。指名手配でもされていない限り、その戸籍は死ぬまで有効に使うことができる。

鈴木真琴を名乗る自分と、山口一を名乗るワンウェイが同じ場所にいることの不思議に、愉快な気持ちになってきた。

「わたしたち、もともとの自分じゃないんだ」

生きるためにそんな方法があることも、逃げ隠れに必要なノウハウも、啓美は実践で学んできた。

「いいコンビかもね」

ワンウェイの唇が再び啓美の顔に近づいてくる。くったりと力を失った体を男の腕に支えられながら、長い口づけをした。

これが本来のワンウェイなのか、それとも啓美と会わぬ時間で培ったテクニックなのか。体にほんの少し隙間を空けて男が言った。

「旅をします。いっしょにいきます」

啓美は耳を疑った。男の言葉の意味がすぐにはのみ込めない。かろうじて「旅?」と、その顔を見上げる。

「わたしのこと、すきですか、きらいですか」

そう聞かれれば「好き」と答えるしかないのだが、それと旅に出ることは関連していない。

「どこへ行くの。旅って何日くらい?」

少し気持ちが落ち着いてきて、みどりがいればそれも可能かもしれないと思い始めた。

「なんにち——かですね」

「だから、どのくらい?」

「わからない。いきさきは、まだいえない」

ミステリーツアーか。

行先も期間も知らされない旅だ。できるだろうかと思う傍らに、ついて行きたい思いもある。

「楽しい旅、かな」

「たぶん、おもしろい」

「面白い、か。ワンウェイは、わたしに一緒に来てほしいの」

「もちろんです」

口づけひとつにほだされた。誰かに求められる自分でいることが嬉しくなってくる。

「行きたいな」

言葉に出せば、生きたいな、とも聞こえた。どちらでも、同じ意味だった。

だから、捨てられる、ぜんぶ。

また、新しくなる。

「行きたいよ、ワンウェイ」

「ワンウェイじゃない」

「ハジメなんて、似合わない」

啓美が真琴であるように、だ。似合っても似合わなくても、呼び名は必要だった。

もう、自分が誰でもいいと思えた。言葉でのやりとりが上手くいかなくても、ワンウェイと自分にはこの体がある。名前がその時々でいくら変わっても、体だけはひとつずつしか持っていない。

啓美は刻々と暗さを増してゆく部屋でワンウェイの肩にもたれかかった。

ワンウェイ――

ワンウェイ――

もう、人前ではそう呼べない男の名前を、胸の中で何度も繰り返す。

ワンウェイ――

そして、口にしてもいい言葉だけを声にした。

「好きだよ」

三日後、啓美は始発の電車で池袋に向かった。古いボストンバッグと、リュックひとつ。一泊で戻れるものなのか、一週間か、それとも半年か。

二度と戻れなかったときのために、現金はすべてバッグの底に敷いた。置き手紙をしようにもどう書けばいいのかわからないので、テーブルに携帯電話を置いてきた。

出がけに、壁に貼ってある指名手配のポスターを時間をかけてじっくりと見た。貴島は床下に眠り、自分はこれからまた別人になる。

池袋の北口のアスファルトに、酔っ払いがひとり転がっていた。この寒さでは、もしかしたら死んでいるかもしれない。彼を起こさずに通り過ぎる人間は、みな人殺しになる。

勝手に、死ね。

声にせず吐き捨て、ワンウェイの部屋へと急いだ。湖南楼を過ぎラブホテル街を抜ける。

高い場所からつぶさに街を見ているのは、あの塔だった。

春節の日、駅まで送ってくれたワンウェイに訊ねて、やっと塔の正体がわかった。

「ゴミを焼く、えんとつです」

「あんなに高い煙突が必要なの」

「ひくいと街がくさいです」

煙突とわかっても、塔にしか見えなかった。あのくらい高い場所からならば、下界で起こるなにもかもが見えているに違いない。四辻に来るたび見上げてしまう。誰かがあの塔の上から啓美を見張っている気がする。

ラブホテルの隙間に広がる朝焼けが美しかった。啓美はワンウェイの部屋の前で呼吸を整え、呼び鈴を押した。

二度押しても、ワンウェイは出てこない。仕方ないので、ドアノブに手をかけた。ドアはあっさりと開き、中では男が煙草をくわえていた。

「いるなら、言って。帰ろうかと思ったんだから」

「かえってない」

居留守を確かめるみたいに、ドアを開けたのだ。端から男を信じていない。

「約束どおり、来たよ。ミステリーツアーの始まり」

遅ればせながら、旅の目的を聞いていないことに気づいた。ミステリーツアーならば当然か。ここから先は、楽しい話しかしたくない。旅にどんな理由があっても、なくてもいい。ないほうがいい。

啓美は祈るような思いでワンウェイの腕に滑り込んだ。ディズニーランドへ行った日の幸福感にしがみついている自分を、「岡本啓美」が無言で見つめていた。

旅先が北であると知ったのは、新幹線に乗り込む直前だった。渡された切符には「八戸《はちのへ》」の文字。啓美は思わぬ行先に何度もその地名を確かめた。

ホームで駅弁を買った。幕の内がふたつとお茶。ふたりで弁当を食べながら北を目指す時間は、あっという間にゴールに着いてしまうディズニーの乗り物よりもはるかにスリリングだ。

車両の窓側に啓美を座らせたあと、隣のワンウェイは腕を組み目を閉じた。乗客がトイレに立つたび、啓美は目を閉じて眠っているふりをする。

耳の下まで伸びた髪を、もっと切ってくればよかった。いや、耳を出すとその形から足がつく可能性がある。アイラインは細すぎないだろうか。

暖かな車内で、隣の体温を感じながら啓美は短い夢を見た。

エスメラルダの衣裳を身につけ、その日のために調整し続けたトウシューズを履いているのに、まったく音楽が流れてこない。このままではぐらついてしまう、誰か早く曲を。ホールから溢れそうな客も苛つき、ざわめき始めた。

タンバリンが、ちりちりと音を立てる。体が震えている。最初のポーズを取ってから、いったい何分経っただろう。左足の紐が足首に食い込んでくる。伸ばした右足の紐が緩み始めた。

舞台に立っているのは、いまの啓美だ。日々の稽古でつけてきたはずの筋肉が、まったく役に立たなくなっていた。筋を伸ばし関節をいくら柔らかくしても、レッスンなしでは筋力を維持できない。

誰か、助けて――

絶望的な思いで、視線を向けた客席の最前列に、母がいた。

ひぃと涸《か》れた喉を鳴らし、そこで目覚めた。

両腋や背中にいやな汗をかいていた。浮いた啓美の体を、ワンウェイが優しく座席に戻した。

荒い呼吸を整え、自分の両脚を見る。太股、膝、ふくらはぎ、足首。コンクールの舞台を離れてから、しっかりと結んだはずの紐が緩む夢を見たのは初めてだった。

ワンウェイに、弁当を渡した。

きっちりと動かぬように詰められた幕の内弁当を見ると、体重を百グラムも増やすことが許されなかった日々を思い出した。減量しなければ舞台に立てない体質と気づいたからこその厳しい指導だったのだ。

客席の最前列で啓美を睨んでいる母の顔が忘れられない。あの目はまだ、娘を責めている。責めても責めても収まりきらぬ思いは、憎しみだろう。

「そろそろ、おります」

もう少しで八戸に着くという。ワンウェイはジーンズにセーター、厚手の上着にリュックがひとつ。啓美もいつもの黒ジーンズにキルティングのジャケットとウールのマフラーだ。

ワンウェイの荷物を見る限り、それほど長い旅ではなさそうだ。

促されるまま、ホームに降りる。

日の暮れかかった北の街には、東京とはまったく違う風が吹いていた。

アスファルトの両脇に、埃を被った雪があった。鬼神町よりずいぶんと大きな街だ。空が大きな土地でおかしな解放感に浸っていると、ワンウェイがタクシー乗り場へ向かって歩き出す。慌てて後を追った。

交わす言葉も少ない旅だった。ワンウェイが隣にいることと、だまって鬼神町を出た後ろめたさで、バランスを取っている。

ワンウェイが運転手に向かって、短く「八戸港」と告げた。短い言葉なら、朴訥な日本人とそう違わないイントネーションに聞こえる。

旅の知識のない啓美には、予測のつかないことばかりが起こる。港へ行って、そこから先はいったいどこへ。ふたりきりの空間がないぶん、質問が許されない気配は続きそうだ。

乗船受付窓口が開いたところで、ワンウェイが啓美に手のひら大のメモを渡した。

「このなまえで、おねがいします」

山口一、山口りり、と書いてある。住所は千葉県浦安市、電話番号も記されていた。窓口で「乗船申込書」を書くよう指示された際に啓美は、この旅で自分が担う役割を理解した。ワンウェイの誘いには、しっかりとした目的がある。

「船室は、どうするの」

「ふたり」、可愛げのないVサインに浅く頷き、一等洋室の空きを確かめ記入する。

啓美はできるだけ、メモを写していると思われぬよう、人がいるほうに背を向けた。航路は八戸から苫小牧《とまこまい》まで。九時半までに乗船を済ませ、明日の朝六時半には北海道苫小牧港に着くという。渡された金で支払いをした。男の眉が寄ったり上下したり。役に立ったという喜びで、啓美も知らず笑顔になった。

二段ベッドの一等洋室に、足下からエンジンの振動が響いてくる。明日の朝は北海道にいることがわかって、啓美も少しはしゃいでいる。写真やテレビでしか見たことのない、初めての土地だ。

どさりと下段のベッドに横になったワンウェイに、北海道は初めてかと訊ねてみた。目を瞑ったままワンウェイが答える。

「いいえ」

そのときは誰が乗船手続きをしたのか、訊けなかった。

「それじゃあ、安心。楽しみだな。わたしは行ったことないから」

「ひろい、ところです。海がきれいです」

ワンウェイの顔が、室内灯の加減なのか少し疲れて見える。薄い唇がほんの少し開いていた。気を許してくれているのかどうか。ふと、初めて肌を重ねた日のことを思い出した。金を要求されたことで軽くなった心持ちも、覚えのなかった屈辱も、ひどく遠いところにある。少なくとも、いまの自分は啓美でも、真琴でもない。この先誰になるのだとしても、そのとき与えられた名前を生きればいい。

船内の案内図を眺めていると、展望大浴場があるという。山口りり、になった啓美はその名前を忘れぬよう用心しつつも、心が浮き立つ。

「展望大浴場があるって。行ってみようかな」

軽い寝息を了解と受け取って、鍵とタオルを持って大浴場のある階へと下りた。乗船してくる客とすれ違いながら、赤い暖簾を見つけてくぐる。ふたり、裸の女が浴室に入ってゆくところだった。鏡を見れば、目尻のラインがよれて、ファンデーションは剝げかけていた。ここで落とそうかどうしようか迷ったものの、それは船室に戻ってからがいいだろうと判断する。

船内浴場は、想像していたよりずっと広かった。広い窓に沿った湯船には、なみなみと湯が張ってある。体を流してすぐに、飛び込むような勢いで湯船に入った。人目を避けることが習い性になってしまった十年を振り返ると、体の奥底から深く息が出てゆく。あまりにも吐き続けていると、体がしぼんでしまいそうだ。

窓の外には深い闇があった。ひと眠りしたら、夜明けにはもう見知らぬ土地にいる。

啓美は闇を張った窓に映る体を見た。胸、腰、尻へと流れるラインは、女の体としてはまずまずだが、踊れるものではもうない。

男に抱かれる体が手に入ったのだから、もういいではないかと言い聞かせた。

風呂から上がり再びセーターとジーンズを身につけた。船内はどこも外の寒さなど想像もできないような暖かさだ。脱衣場を出る際、掲示板が目に入った。古い手配写真がいくつか並んでいた。右端に、岡本啓美がいた。

貴島がいなくなり、たったひとりの〝実行犯〟になってしまった。

思えばまことのもくろみは見事にはずれた。一方でいまは被害者が一冊二冊と本を出している。そして未だ姿を見せない実行犯に「罪は償うべきだ」と呼びかける。啓美は、その罪の名を知りたい。

船室に戻ると、ワンウェイが窓辺の椅子に腰掛けていた。

足下がぶるんと大きく震動した。

大阪の港から出てゆく船を見たことはあったが、乗ったことはない。港を離れてゆく側にいることが新鮮で、できるなら街の明かりを見てみたかった。

上着を着てワンウェイを誘った。

「船が動き出した。港の景色が見たいの。つきあって」

相変わらず感情の読めない目を一度瞑り、返事代わりに男が立ち上がった。

船室の並ぶ狭い廊下の突き当たりに、船尾の甲板があった。

想像よりもずっと早く、岸壁が遠ざかってゆく。八戸の街明かりがどんどん離れていった。寒さに耐えていると、ワンウェイが自分の上着へ啓美を入れた。この優しさがただのまやかしで、乗船名簿に始まり日本語の難関を切り抜ける手助けへの褒美でも構わなかった。

「あったかい。ありがとう」

船室に戻ると、冬場の潮風にあたった皮膚が痒くなった。慌てて顔を洗い保湿クリームを塗り込んだ。

啓美は二段ベッドの上段に横たわり、窓辺の椅子に戻って書類を広げるワンウェイを眺めながら波の上下に身を任せた。大きなうねりを背中に感じていると、ワンウェイに抱かれているようだ。

寝入りばな、展望浴場の壁にあった手配写真が瞼の裏側を過った。

違う、違う――

わたしは、あの女じゃない――

もう、あの女じゃない――幸福が、波に持ち上げられては沈んだ。

浅い眠りが続くなか、ひとつふたつ夢を見た。車の運転などできもしないのに、飲酒運転で捕まる夢は笑えないほどリアルだった。自分であることが知れては、と雨上がりの泥水を飲んで飲酒をごまかそうとする姿は思い出しても滑稽だ。

もうひとつはリアルとはほど遠く、ワンウェイとふたりで婚姻届を出している夢だった。目の焦点がなかなか合わず、それぞれの欄に書いた姓名がぼやけて見えない。自分たちがいま誰なのか確かめようとするのだが、このままでは名前を呼ばれても返事ができないと焦る夢だった。

何度目かの目覚めで、腕の時計を見ると午前五時だった。あと一時間半で船が港に入る。啓美はそっと上段から下りた。

バッグの中から化粧ポーチを取り出し、窓辺に座る。そっとカーテンをめくってみたが、外はまだ夜が続いていた。夜明け前の海を、船は独特の周期で上下しながら港を目指している。ありがたいことに、船酔いはしなかった。

コットンに染み込ませた化粧水で顔の皮脂を拭き取る。そこへ保湿クリームを塗り、薄くクリームファンデーションを重ねた。ここから先は顔がキャンバスだ。眉間から二センチを残して抜き取った眉毛に、元の位置を無視したきつめのラインを描く。

ウォータープルーフのアイライナーで目の周りを囲む。色はそのあと、極限まで広げた上瞼全体から目尻に向かって濃くしてゆく。

陰影のある目元が出来上がり、唇は艶を出すだけのリップグロスを塗る。

港内に入り、船の揺れがなくなった。船内アナウンスが流れる窓に、夜明けの空が近づいてくる。

ワンウェイが下段のベッドから立ち上がり、腕時計を見る。

下船する際の寒さは啓美の予想をはるかに超えていて、まるで冷凍庫に放り込まれたようだった。ワンウェイは寒い素振りも見せず、先を歩いてゆく。

ターミナルからバスに乗り、苫小牧駅に着いてやっと温かい飲み物にありついた。

始発の列車を待つ際、待合スペースの長椅子に座るワンウェイに温かい缶コーヒーを差し出した。あたりには同じように始発を待つ客が数人いるのだが、みなストーブのそばで暖を取っている。ワンウェイと啓美はストーブに背を炙られながら、並んで座った。

改札が始まり、渡された乗車券の行先は「南千歳《みなみちとせ》」「釧路《くしろ》」と二枚あった。終着駅の釧路は、全国の天気図で見たことがある地名で、かろうじて読める程度の知識しかない。

ずいぶんと面倒な交通手段を使って移動する理由が、啓美には理解できた。いたる所に防犯カメラのある空港で、岡本啓美だった女を連れ歩くのはあまりに危険だ。なによりワンウェイを知った顔があるのも、空港だろう。のんびり過ぎる旅には、それなりの理由がある。

南千歳で乗り継いだあとは、自由席の最前列、トイレから遠い席に並んで座った。朝の列車は、七割ほど座席が埋まっている。その半分が色とりどりのスキーウェアだ。

終わりのある旅ということは、はっきりしているのだ。いつ終わるかがわからないのが唯一の救いだろう。啓美は車窓に広がる雪景色から目を離すこともできず、カタンカタンという線路のつなぎ目に揺られた。

車両は暖房が利いている。上着を着たままでは汗ばむほどだった。

雪は山間《やまあい》に入るといよいよ深くなった。裸の木が雪に挿したオブジェのように見える。まるで北欧の絵本のようだ。こんな場所に人が住めるものだろうかと思い始める頃、駅が近づき街が現れるのだった。体がまだ船の揺れを覚えていた。

行けども行けども白いばかりの車窓だった。重たい雲がいまにも雪を落としそうにしているかと思えば、ぱっと青空が開けたりもする。駅舎の向こうにスキー場が見えた。背後の席が騒がしくなり、駅に着けば、色とりどりのウェアが車両から出てゆく。

横を見ると、ワンウェイの寝顔があった。思いのほか睫毛が長い。いったいどんな道を通ってここまで来たものか。一万円札を挟んだ関係からずいぶん遠いところにいるのに、ワンウェイの寝息はとても近いところにある。

車窓がまた別の景色を流し始める。スキー場の街から、今度は少し山を下ってゆくようだ。乗客の少なくなった車両に、レールの音が響いている。そっと男の耳元で、音になるかならぬかの声で囁いてみた。

ワンウェイ――

三時間も経つと、ほとんど雪のない景色になった。北海道ならどこまで行っても雪の中という予想が見事に外れてゆく。先の見えない景色が面白くて、車窓から目が離せなかった。

車両の右側に海がひらけた。真冬の太平洋だ。閑散とした車両の窓に、黒々とした海が荒い波を寄せる。

オルゴールが終着「釧路」への到着を告げた。


不思議な街だった。午後四時にはもう日が隠れている。どんどん色味を増してゆく街明かりを、橋を渡ってすぐの場所にあるホテルの窓から眺めた。

啓美は河口に近いツインの部屋にひとり残された。

「すぐ、もどる。もどったら、ごはん」

人を信じるというのは、難儀なことだった。信じなくては心の置き場所がないのだ。

「光の心教団」は、貴島にも自分にも、川口美智子にも、あらゆる信者にとって「心の置き場所」だった。

それほどに人の心とは、ひとりで持つには重たいものなのかとため息が出た。

ひとり取り残された部屋の壁寄りのベッドには、ワンウェイのリュックが放られていた。財布だけ持って出かけたのかとベッドの縁に立つと、リュックの下に角封筒が見えた。

八戸から乗ったフェリーの船室で広げていた書類だろうか。啓美はそっと封筒を手に取った。薄いし軽い。悪いと思いながら中を覗いた。

覗いてしまったあとは戻れなくなった。折りたたまれた書類をつまんで引き出す。出てきたのは、戸籍謄本と細かな文字がびっしり詰まった便せんだった。

大塚実《おおつかみのる》、一九六三年生まれ。

本籍地は大阪の寝屋川《ねやがわ》だ。

なぜこんなものを、と不思議に思いながら、便せんに目を落とした。ひどく癖のある文字だった。

十五歳のときに家を出た。それきり帰っていない――

戸籍にある大塚実の身上らしい。母親がアル中で夜の勤めをし、父親は土木作業で怪我をしたきり働かず。きょうだいは、姉と弟がいる。姉は高校進学はせず、おそらく弟もそうだろう。誰とも連絡は取り合っていない。誰がどこにいるかも、不明。

大塚実は、東京に出て歌舞伎町で働いたあと、銀座に店を持つ太いパトロンを得た。銀座の黒服として育てられ数年は順風満帆。しかし、バブルが崩壊してパトロンが店と資産を失い、大塚も路頭に迷う。しばらくは日雇いをして過ごしたが、体を壊してそれも難しくなった。

そして、池袋の路地に流れ着いて数年。

逮捕歴なし、という一行がほんの少し浮いて見えた。啓美は急いでそれを封筒に戻し、リュックの下に滑り込ませた。

窓側のベッドに体を横たえ目を瞑る。啓美の想像どおりだとすれば、この戸籍は大塚実からまったくの別人に渡る。本物はいくらかの金を受け取り、しばらくは生きながらえるだろう。そして、いずれ路地裏で凍えて死ぬのだ。死んだとき、男に戸籍はない。

行旅死亡人――

啓美は鬼神町に置いてきたもののことを考えた。連絡手段、信頼、恩、時間、居場所、期待――思いつく限り並べてみるが、形があるのは携帯電話だけだ。

メイアンは、透明人間になった息子に仕事をさせる。都合の悪い場面を切り抜けるために、都合のいい女をあてがう。

東京に戻ったら、もう一度行ってみようか。メイアンに、この汚れ仕事からワンウェイを解放してほしいと頼むのはどうだろう。大事な息子だろう、と訴える自分を想像して啓美はぞっとする。そんな訴えが現実に実を結ぶような場面に、自分はいたことがないのだった。

ため息がひとつ漏れたところへ、ワンウェイが戻って来た。

「ごはんいきます」

「歩いて行くの?」

そうだと言うので、この上着だけだととても寒いのだと訴えた。

「外を歩けるような暖かいものを一枚買いたいの。ここは関東の百倍くらい寒い。あなたは、そうじゃあないの」

ワンウェイは啓美の問いに小刻みに頷いたあと、軽く唇を重ねてきた。

「では、あたたかいもの、買いに」

ロビーでタクシーを呼び、上着を買えるようなところまで連れて行ってくれと言うと、運転手が抑揚のある話し方で「旅行かい。寒いべねえ、その格好じゃあ」と気の毒がった。

少し内陸側に大型のテナントモールがあり、冬物のセール会場でそれぞれロングのダウンコートを買い込んだ。最終セールの赤札を見ると二着で一万円だった。

明るい店内にいることが気詰まりで、すぐに繁華街まで戻った。

氷点下の街は、大きく息を吸うとそのまま内臓が凍ってしまいそうだ。タクシーの運転手が勧める炉端焼きの店で魚と汁物、雑炊を食べると体が温まった。温かくなれば現金なもので、ふたりで見知らぬ街を歩きたくなっている。

美しくライトアップされた橋のたもとで、この世の底を思わせる川面を眺めた。北海道に雪のない土地があることが不思議だった。

人通りのない目抜き通りはオレンジ色の街灯に照らされ、川面にはガス灯を模した明かりが長く映り込んでいた。

どこを見ても、人がいなかった。いったい誰がこの明かりを欲しているのかもわからない。橋の上を通り過ぎる車の音が、真冬の夜に反響する。

「暖かいね、このコート。広げたらそのまま掛け布団になりそう」

「かけぶとん?」

「かけぶとん。寝るときに掛ける——ダウンの、ブランケット」

耳が冷えて感覚がなくなり始めた。フードを被ると、外界から遮断されたような気持ちになる。安物のダウンコートでも充分に暖かいことが、さらに啓美の心を強くした。

「ねえ、部屋にあった封筒に戸籍謄本が入ってたの見た。ごめん。今回の旅は仕事だったんだね」

「戸籍、たかい。あした、おきゃくさんに会う」

「お客さんは中国人なの」

「アバシリにいる。あした、東京につれていく」

北海道のちいさな街で、中国人の男性ふたりではおかしな目立ち方をするに違いない。啓美は彼らができるだけ目立たず東京の雑踏に馴染むまでの隠れみのだった。

ダウンコートの背中から、男の体をきつく抱きしめる。振り向いた両腕が啓美に応えた。なぜこの腕なしで、いままで生きてこられたのかがわからなかった。

ホテルに戻り、熱い湯を満たしたバスタブで体を温めたあと、啓美は遠慮をせずワンウェイの体に沈み込んだ。旅の目的と期間が読めたあとは、一分でもふたりきりの時間が惜しい。

金のやりとりをしなくなった交わりは、いつも心許《こころもと》なくうっすらとした不安がつきまとった。買ったり買われたりならば、まっとうする責任があった。そんなまやかしめいた関係に安心していたころには、なかった感情だった。

寝そべった男に自分の体を繋げる。

「ワンウェイ、ひとつ教えて」

男が腰で応えた。

突き上げてくるたびに、啓美の内側に在ったものが外へと飛び出してゆく。体を満たせば、心が痛かった。痛む心は、快楽に逃げた。

果てた男に、なにを問いたかったのかと訊かれた。

「忘れた。どうでもいいことだったみたい」

ワンウェイがバスルームへとゆく際、その整った背中や尻、美しい筋肉のついた脚にみとれた。体の内側がまだ痺れている。痺れは名残を惜しみながら、繋ぎ合った場所から流れ出た。

翌日ふたりは網走《あばしり》行きの始発列車に乗り込んだ。釧路に来るまでのあいだにゼロになった積雪が、北上するごとに深まった。

三時間、各駅停車のレールに揺られた。ワンウェイはほとんど話さず、啓美が駅で買い求めたおにぎりをひとつふたつと口にする以外、席から立ち上がることもなくただ目を瞑っていた。

啓美はまた、車窓の景色に自分の気持ちを映してはのみ込むことを繰り返した。旅は折り返し地点に近づいている。昨夜が、ふたりきりの最後の夜だったのだ。トンネルに入るたび、黒い車窓に見知らぬ女が現れ消えた。

網走駅に降り立った啓美とワンウェイを出迎えたのは、厚い防寒着に身を包んだ、啓美とそう年の違わない女だった。

「お久しぶりです」。頭を下げる姿を見れば、日本人だ。嫌でも最果てを感じさせる寒さは、昨夜の比ではない。長い髪を後頭部で一本に結わえ、耳には動物の毛を丸めた防寒具を着けている。

「遠いところ、お疲れさま」

ほとんど化粧っ気のない女は、言葉の抑揚から考えるに、地元の人間だろう。素朴で友好的ゆえに気を許してはいけないい気がした。啓美はワンウェイと女のやりとりを黙って見ている。刺さる寒さのなか、その場に吐き出される息が白い。

シルバーのハイエースに案内され後部座席に乗り込むと、最後列に男がいた。これが、今日から大塚実となる男に違いない。彼は啓美と合った視線をさっと逸らした。啓美のあとに乗り込んだワンウェイは、男のほうを見ようともしなかった。

轍《わだち》の深い雪道を、女の運転する車がときどき横滑りしながら進んでゆく。背の高い建物は見えなかった。いつ雪が落ちてきても不思議ではない曇天のなか、車が右折する。ワンウェイの肩ごしに、雪原が現れた。女が朗らかな声で言った。

「今日は冷えたからねえ、道路の左側ぜんぶ氷なんだわ。この下ぜんぶ海。氷が来ると、気温が十度は下がるね。寒い寒い」

雪原の下が海とは、にわかには信じがたい。女の軽口を乗せて車は走る。女のハンドルときどきラジオが途切れた。雪なのか氷なのかわからぬ白い道は、速度も落ちた。女のハンドルに緊張が走るときは、車内がぴりりと張り詰める。

途中一度だけコンビニで休憩を入れたが、トイレを使うのは女だけで、男ふたりは車通りのない場所で済ませた。最後部座席の客人を防犯カメラに収めてはいけない。

結局、朝出た街に戻った。遅い昼飯は女が用意し、港の岸壁に停めた車中で食べることになった。コンビニの助六と幕の内、のり弁にサンドイッチ。どれも複数ある。四人で食べきれるのかと思うような量だったが、これから大塚実になる男があっさりと三人前を平らげて納得する。女がつけた地元のFMラジオが、知らない曲を流していた。

「すみません、ちょっと外で体を伸ばしてもいいですか。ずっと座りっぱなしだったから」

どうぞ、と女が言った。啓美が真冬の海風に頬を凍らせながら筋を伸ばしていると、女も運転席を降りてきた。そして煙草をくわえ背を丸めながら火を点けた。

「山口とは、どういう関係――って、訊くのも野暮《やぼ》か。ちょっといけてるよね、あの男」

「何度も会ってるんですか」

女は啓美のほうを見ないで、まあねと答えた。

「そのうち、ああいう人間が国に溢れるときがくるって聞いている。あの男のやってることは、いいことじゃないが悪いことでもないらしいよ」

「らしいって、どういう意味？」

「あたしはピンチヒッターだから、父親の。冬場の運転に自信がないそうだ。船なら出せるなんて言うから、海は凍ってるよって。そういうこと」

表には決して出てこない仕事がある。そんなことはまことを見ていてもよくわかる。裏側で生きている人間を救うのは、やはり裏側を歩く人間ということか。

「あんたも、中国人なの？　それにしては日本語うまいね」

「わたしは違う。ただのお手伝い」

「なんだ、日本人か」

一服が終わる頃、黒いワゴン車がゆっくりとこちらに近づいてきて停まった。女が急いで運転席に戻る。啓美も車中に戻った。

ワンウェイが運転席の女に封筒をひとつ渡した。金だろう。そこそこの厚みがある。

ワンウェイは「大塚実」を連れて車を降り、十メートルほど先に停まっていた黒いワゴン車に乗り込んだ。啓美が弁当の殻を集めていると、女が「早く行って」と半ば叱責に似た口調で言った。

「ありがとう、さようなら」

啓美の言葉に、女が不思議なものを見るような目を向けた。

あんたさ――少し躊躇《ちゅうちょ》するように瞳を左右に揺らし、やや早口になる。

「今回のやつ、ちょっとやばい。山口に、そう伝えて」

早く行けと目で合図され、ひとつ頷きすぐにドアを閉めた。

黒いワゴン車の運転手は男だった。丸坊主の男は薄いサングラスをかけ、驚くほどの無口を貫き、釧路から苫小牧港までのあいだひと言も喋らなかった。

啓美は女が伝えてくれと言った「今回のやつ、ちょっとやばい」を口にするチャンスを窺うが、港に着くまでおかしな緊張が続くばかりで口を開くことも叶わなかった。

復路のフェリーは茨城の大洗《おおあらい》行きだった。往路とは違う会社で、真夜中の出港だという。今朝までのふくよかな旅は終わり、脱走した中国人技能実習生の手引きという任務の真っただ中にいる。

乗船手続きは啓美の役目で、今夜はベッドが四つのカジュアルルームだ。狭い船室の窓辺にはテーブルと椅子が二脚、鎖に繋がれている。

日付も変わった。船室に入った途端、「大塚実」となった男が大きな舌打ちをした。上背も横幅もワンウェイよりひとまわり大きい男が悪態をつくと、それだけで啓美の内側がしくしくと縮んでゆく。黒いセーターと作業ズボンに、紺色の作業ジャンパーを羽織っているのも、忘れかけていた恐怖を連れてくる。

「大塚」が明らかに文句とわかる表情と口調で訴えている。ワンウェイは頷きながらそれを聞き、ひと区切りついたところで自分は椅子に腰掛け、「まあ座れ」とばかりに「大塚」に内側のベッドを指し示した。

男たちの会話の内容はさっぱりわからない。けれど、「大塚」の気を損ねるようなことがあったのは想像できた。啓美の脳裏では「今回のやつ、ちょっとやばい」が繰り返されている。

「大塚」の言い分をしばらく聞いたあとで、ワンウェイがぴしりと短い言葉で彼を黙らせた。事情ののみ込めない啓美はただふたりのまとう空気に直接触れぬよう気をつけるだけだった。

話がついたのかそうではないのか。ワンウェイが初めて、啓美を呼んでリュックを手繰り寄せた。入口に近いベッドに荷物を置いて一歩前に出る。

リュックから取り出した封筒に見覚えがある。便せんだけを抜き出し、啓美に差し出した。

「ゆっくり、よんで」

啓美は便せんを開き、向かい側の椅子に腰掛けた。ボールペンと紙を前にした男に、覚えのある大塚実の経歴を一文ずつ語り聞かせる。通じない単語は、受験勉強や授業で覚え知った英語を交えて説明した。学校で習ったことが役に立ったのが新鮮で、懸命にワンウェイへ言葉を送る。

一文ごと、横書きの漢字が連なっていった。足下に大きな震動が起こる。船が大きく震えている。そろそろ港を出るようだ。手書きの文字が、少し曲がった。

「大塚」がふたりのやりとりを二メートル離れた場所から見ている。苦い視線を感じながら、啓美は乾燥で嗄れてゆく喉をなだめた。そして、ごうごうと回転するエンジンのうなりに背を押され、気づいたのだった。

「大塚」はわたしの言葉を理解していない。ワンウェイに伝えるのは、今しかない。

ワンウェイが上目遣いで次の文を催促した。啓美は目玉だけを「大塚」のほうへ動かして戻す。ペンを構えたままこちらを見ているワンウェイの目に向かって、便せんを読んでいるふりで言った。

「最初の運転手が言った」

ペンが紙を擦らず、動くふりをする。啓美は続ける。

「こいつは、危険――やばいと伝えて」

「大塚」には悟られず、ワンウェイにだけ伝わりますように。啓美の腋に汗が滲む。

どうか悟られませんように。

ワンウェイがペンを持つ手の親指を立てた。ひとまず逃げおおせたのを感じ、ほっとする。つまらなくなったか、「大塚」がどさりとベッドに横になった。

どこで野垂れ死ぬかわからぬ大塚実の人生を、ひととおり翻訳した。啓美は自分にこんな使い途があったことを知ったあとは、気が楽になった。「大塚」がどのくらい危険な人間なのかは知らない。けれども、ワンウェイのそばにいれば、と思うのだ。

山口一と山口りり。この先は本当にその名前で生きてもいいような気持ちになる。

ええやんか、それでも――

ええやん、なんもかも捨てて――

そうやって生きていくんや、みんな――

啓美は目を伏せて椅子から腰を上げた。

「お風呂に、いってきます」

エントランスでトラック運転手が立ち話をしていた。年配の男が若いドライバーに、この先は揺れるから今のうちに腹に入れておけとアドバイスしている。夜食の自販機があると小耳にはさみ、帰りに寄ってみることにした。

真夜中の女風呂には誰もいなかった。アイメイクだけを残し、ファンデーションを落とした。いくら保湿をしても、すぐに皮膚がこわばってくる。

体を浸した湯船が波立っていた。沖に出たらしい。明日の夜までふたりきりになれないとわかって、余計に男の体が恋しかった。

身繕いをして、自販機コーナーを覗く。売り切れの表示がいくつかあるが、冷凍焼きそばとホットドッグは残っていた。

男の食欲を思い出し、焼きそばを三人前とホットドッグを二本買い、コーナーの隅にある電子レンジで解凍する。飲み物も水とお茶を取り混ぜて五本。備え付けのポリ袋に入れて船室に戻った。人がひとり通れるくらいの通路を隔て、ワンウェイが向かい側のベッドに腰掛けていた。読み取れない表情にも、疲れが滲んでいるのがわかる。

テーブルに買ってきたものを広げると、それまで鼾《いびき》をかいていた「大塚」が起き上がった。

「夜食です、どうぞ」

男が立ち上がると、それだけで船室が狭くなる。

ホットドッグ二本と焼きそばが一気に「大塚」の腹に消えた。

ベッドに戻ろうとした男に、ワンウェイが胸ポケットから出した紙を差し出す。さっき訳した大塚実の身上書だ。男が横柄な態度でそれを受け取った。

「オーツカ、ミノル。オーサカ、ネヤガワ」

イントネーションがまったくなっておらず、日本語に聞こえるまでには長くかかりそうだ。

翌日の夜に大洗港に着くまで、「大塚」は食べ続け、ワンウェイは黙り続け、啓美はどう危ないのかわからぬ男に怯え続けた。

池袋に戻り、啓美の欲望がワンウェイを燃やし自身をも燃やし尽くした。相変わらず幸せのかたちはわからなかったが満たされていた。

男がどう「やばい」のかわかったのは、彼を池袋の路地裏にある寝床一枚の宿泊施設に送り届けて、一夜明けてからのことだった。

メイアンに首尾を報告しに行ったワンウェイが、部屋に戻って来たところで、啓美もベッドから這い出た。

怠く、いまにも床に吸い込まれそうだ。自分の皮膚が一枚薄くなっているような気がするのは、体の隅々が敏感になっているせいだろう。皮膚を剝いで名前を脱いで、生まれ直しという言葉を啓美は疼く腹の底に納めた。

部屋に入るなり煙草を一本吸って、ワンウェイが言った。

「強盗犯、だった」

「ゴートーハン？」と、今度は啓美のイントネーションがぐらついた。

「あばしりで、工場長のいえ、ぬすみにはいった。みつかって刺した」

「死んだの？」

「じゅうたい――ナイフから、指紋でた」

いつだって冷静だったワンウェイの頬に、動揺が見え隠れする。啓美は頭を振りしぼって考えた。

「大塚実」が強盗犯という事実。ということは、自分たちは追われる人間を助けたことになる。

「マーマが、怒ってる」

「どうして。ワンウェイは彼女の仕事を手伝っただけじゃない。あの状況であいつがどんな人間かなんてわかるわけない」

「怒ってる」

ワンウェイは新しい煙草に火を点けた。誰に責任があろうと、結果は変わらない。メイアンの怒りはワンウェイに向けられたものではないのだろう。

けれど、と啓美は痺れる頭で懸命に考える。男のくゆらす煙を吸い込んでいると、痺れがはっきりとしてくる。


――わたしたちは、犯罪者を逃がして、匿ってる。

どうするのと問いかけてやめ、代わりに大きく息を吸い込んだ。

――いつまで経っても、わたしは同じことを繰り返す。

――なにひとつ、自分では選べない。

――なにひとつ、自分では選んでいない。

「どうすれば、いい?」

「どうにも、できない」と男が答えた。

「どうにか、しないと。わたしにできることは、ある?」

「なにも、ない」

「わたし、メイアンさんに会ってくるよ」

立ち上がった啓美の体を、ワンウェイが胸に抱いた。

男の腕がいっそうつよく啓美を抱きしめる。苦しいよ、ワンウェイ。

両手を彼の背中にまわして、啓美もワンウェイをつよく抱いた。

「こんや、おいしいものをたべましょう」

啓美から体を離し、ワンウェイは上着のポケットを隅々まで浚《さら》った。山口一のパスポート、コンビニのレシート、乗船券の半券。煙草と安物のライターだけをポケットに戻す。

ポケットから出したものは、旅に持って出たリュックに入れる。

「ワンウェイ、どこへ行くの」

「どこへも、いきません。あの男、しまつする」

「マーマが、そうしろって言ったの？」

「あの男いると、みんなこまります。春節のあのひとたちも、メイアンも、わたしもです」

世の中の大きな大きな仕組みを見たような、不思議な心持ちになった。啓美は男のゆったりとした仕種を見つめた。

メイアンの選んだ道はこの国に対するひとつの復讐だったかもしれないが、ワンウェイは違う。

この男は、ただの心優しき息子なのだ。

啓美はできる限りの笑顔でワンウェイを送り出した。そして母親に愛されたい一心で取るワンウェイの行動を止められなかった自分のために、少し泣いた。

ワンウェイが留守のあいだ、啓美は銭湯へ行き隅々まで体を洗った。浴室に入るところに、何枚もの指名手配写真が貼ってあった。いつものものかと通り過ぎようとしたところへ、一瞬足が止まったのは「渋谷駅毒ガス散布事件・特別手配犯」のポスターが新しくなっていたからだった。

貴島紀夫と岡本啓美の「現在」を予想した顔があった。

貴島は少し頬が下がり、目元にも年齢による皺が入っている。啓美もやはり経年を感じさせる合成写真になっていた。貴島より力を入れたと思われる予想写真は、いまここで裸で浴室に入ろうとする岡本啓美から、より遠くなっていた。

啓美は洗い場の椅子に座り、改めて目の化粧を落としてみた。明かり取りの窓から降り注ぐ春近い日差しのなか、しっかりと自分の顔を見たが、先ほど見た手配写真の面影はどこにもなかった。十年がかりで手に入れた、逃げも隠れもしなくていい顔と体だった。

空きっ腹にコンビニで買ったおにぎりとお茶を流し込んで、部屋に戻った。温まった体に、ワンウェイの香りを焚きしめるようにして布団を巻き付けた。わずかにまどろんで、気づくと外が暗くなっていた。

こんや、おいしいものをたべましょう——

啓美はワンウェイを待った。

真夜中になっても、夜が明けても、昼がきても、日が暮れても——

ワンウェイは戻らなかった。

＊

池袋でワンウェイを待ち疲れた啓美に訪れたのは、つわりだった。コンビニで食料を調達し、ときどき風呂屋へ行き、メイアンが姿を消した湖南楼にも通った。

ビルの裏にある入口は堅く施錠され、何度行っても彼女には会えなかった。

妊娠に気づいたのは四月に入ってから。なにも食べられないのに、吐き気が治まらない。風邪を疑ったけれど、どうやらそうではないらしいと気づき途方に暮れた。

つわりの去った夏、腹だけぽっこりと膨らませた啓美を見て、まことは大きくため息を吐いた。

「で、こんなんなるまで行方をくらましておいて、頼るのはあたしだったってことか。半年ものあいだ、どこにいたの」

啓美はその問いには答えられなかった。

「産むつもりで、ここに来たってことだよね」

「ごめんなさい」

「産んで、どうするの」

「赤ん坊に、会ってみたい」

「会うだけじゃあ済まないでしょう。生きた人間なんだよ、それ」

生きた人間、と言われて改めて思ったのは、ワンウェイがどこかで生きていてくれたらということだった。

「この子に、会ってみたいの。どうしても会いたいんだ」

「わたしの母親も、そうやって馬鹿な人生を選んじゃったんだよ」

「この子からは逃げたくないの」

「ぜんっぜん、わかんないね」

不機嫌なまことがエアコンの冷気をゆるめ、窓をあけた。八月の熱が室内になだれ込んだところで、再び閉める。

「妊婦って、体を冷やしちゃいけないってさ」

「ありがとう」

だからといって全面的に賛成ってわけじゃないからね、とひとくさり。啓美は「うん」と頷き、まこととの気持ちにもう一度礼を言った。

うだるような暑さのなか、うろ覚えの住所を頼りに訪れたのだった。ひと目見て、起き抜けのまことが「生きてたの」と叫んだ。

髪が伸び安っぽいロングTシャツ姿の啓美を見て、まことはこの世の終わりのような顔をした。まずシャワーを浴びるよう命じたあと、どうやったらそんな汚い格好ができるんだか、と毒づいた。

こざっぱりした啓美の腹を見て、再び眉根を寄せてから一時間が経った。

「あのさ、あんたが産む子には戸籍がないって、わかってる？」

「ああ、そうなのか」

「あたりまえじゃない、岡本啓美じゃないんだから」

言われてみればそうだった。鈴木真琴だった時間が長くて、本来の名前をどこかに置き忘れている。自分でさえこうなのだから、世の中はもっと啓美を忘れていてくれないものか。

「その髪の毛、あんたどこかで安心してるでしょう」

肩近くまで伸びた髪に触れた。素顔のまま髪を後ろで結わえたら古い手配写真に近づきそうだ。

「父親は、あの中国人なの？」

頷いた。

「年明けに、北海道の実習生がひとり逃げたんだ。その手引きをしたのが東京を本拠地にした中国系組織だってことまでは調べがついてる。ただ、そのあとはぷっつり噂を聞かなくなった。どこを捜しても、出て来ないんだよ」

「いなくなっちゃったんだ。晩ご飯一緒に食べる約束してたのに」

とても短い旅だった。啓美が最も幸福だった時間だ。

「ついて行くのなら、それでもよかったんだ。あんたが自力で見つけた逃げ道だったんだからさ」

だけど、と前髪をいちど掻き上げてまことが吐き捨てた。

「ここにいるってことは、あんたは鈴木真琴なんだよ」

ワンウェイのことと腹の子どものことで頭がいっぱいだった啓美にも、まことの言わんとするところがわかってきた。わかっていながら、思いもよらぬ言葉がこぼれ落ちた。

「動くの。お腹の中で、生きものが動いてるの」

細い眉をつり上げたまことが怒鳴った。

「産んで、どうすんの」

正直に「わからない」と答えた。

「生まれてからのことを考えもせずに産むんだ。それって、あたま悪いよ」

「会ってみたいんだ。動き始めてからは特に、会ってみたいって思うようになった」

「子どもが同じことを考えてるかどうか、そこには意識が向かないんだね」

考えてみたこともなかった。

「エゴ、かな」

「それ以外の、なにものでもないでしょうよ」

ああ、と深いところから合点がいって、啓美はまことの目を見つめた。なに、と問われて自信を持って答えた。

「やっと、おかあさんから離れられる気がする」

どういうことかと問うので、両手で腹を包み精いっぱいの言葉を並べた。

「この子のお陰でわたしはもう、半分彼女の娘ではなくなったから。半分しかわたしのものではなかったことはこれからも変わらない。だけど、母親に渡してた分はみんなこの子のものになる」

「なにを言ってるんだか。母親ってのは、まだ生まれてもいない子どもに、平気で自分の荷物を背負わせるものなんだな」

「ワンウェイに会えなくても、この子には会える。いまは、それでいい気がする」

「問題は、その子に会ってからだってこと、わかってる？」

思いもよらぬ、エゴの連鎖だった。啓美には、産んだあとの赤ん坊の人生を左右する権利も力もない。右の脇腹を蹴られた。

まことが壁に背中をあずけ、ショートパンツの裾から伸びた膝を抱えた。火を点けようとして思いとどまったものか、唇に煙草を挟みマンションの低い天井を眺めている。啓美はすっかり細くなってしまった自分の手足を見た。他人のもののように感じるのは、もうこの体を半分赤ん坊にくれてやっているせいだろうか。まことが、ぽつんと言葉をこぼした。

「人間ってさ、ひとりで生まれてはこれないんだよ。ひとりで死ぬことはできても」

「ほんとうだ」

貴島の変わり果てた姿が過り、すぐさま腹がぐにゃりとうねった。

「あんたさ、ここでポコッと産めると思ってない？」

教団施設にいた頃を思い出した。産気づいた五階の女たち、あるいは出家後に妊娠して施設で産むことになった四階以下の信者たち。

啓美はふるりと震えた。あの子たちは、どうなったんだろう。全財産を寄進して施設暮らしを始めた親子は、無一文で世の中に放り出されたのだ。

お腹が大きくなって、いつの間にかいなくなっている女性信者もいた。生まれたはずの赤ん坊がいない部屋もあった。深く考えずに通り過ぎたあれもこれもが、啓美の腹に押し寄せてくるような息苦しさ。

どうなの、と問われ我に返る。

「ひとりでは、産めないよね。ポコッとは、無理だ」

「わかっていればいいんだ。産まないという選択がなくなった以上、産むしかない。だけど、産んだあとに捨てるっていう手は残ってる」

「育てるっていう手はないのか」

「岡本啓美の子としては、百パーセント無理だね」

ぱたりと蹴るのを止めた生きものに、啓美は問いかける。

――誰の子に、なりたい？

時が来れば生まれてくるので、これは期限付きの問題なのだった。ふっと貴島の名前が口を突いて出た。

「あの人にも、ちゃんと〆切を与えてあげればよかったんだよ」

どういう意味かとまことが問い返す。

「期限のない反省は、つらいよ。誰でも。わたしもこの子がお腹の中で大きくなり続けたらつらいもん」

「あんた、妊娠して気が狂ったんじゃないの?」

反論できない。胎内で育っているものが果たして子どもなのか、際限のない図々しさなのかわからなかった。

「でもさ、ポコッと産んで、ポイと捨てたにしても、産んで殺すよりはいいか」

達観したようなまことの口ぶりが可笑しくて、笑った。

汗をかきながら、まことが乾いた笑いを漏らす啓美をまじまじと見る。啓美も、その視線に耐えられる図々しさを手に入れた。

啓美は改めて自分のことを好きになった。もう戻ることもないかもしれないと思いながら鬼神町を出たくせに、再びまことを頼っている。なにごとにも適当な女だ。

「手続きってのは、先延ばしにすると厄介なんだ」

まことが、テーブルの上に煙草を置いてぽつりと言った。

「先に、髪を切る。玄関に行って」

まことが洗面室から持って来たのは、家庭用のバリカンだった。捨てそびれていたのが役に立つと言って笑う。

「あいつが使っていたやつで悪いんだけど。長さは十センチから一センチまで調節できる」

狭い玄関でゴミ袋を裂いて作ったケープを首に巻いた。椅子のない家で啓美が腰を下ろしたのは、缶ビールの詰まった箱だった。

「前髪残して、短くするよ。このなりで美容室なんか行ったら、誰があんたを思い出すかわかんないし。髪なんて、半年で伸びるってわかったでしょう」

目盛りを五センチに合わせて、うなじからバリカンが入る。

まことが、頭頂部に近づくにつれ目盛りを長めに合わせる。迷いのない慣れた手さばきだ。

「助かった、ありがとう」

礼は無事に産める場所を手に入れてからだと、半分怒ったような台詞が返ってくる。

再びシャワーで切った髪の毛を流し、啓美はバスルームの鏡の前で自分の腹を見た。体を真横にすると、臍を頂点にしてふっくらとした腹がある。この腹にワンウェイがいるような気がするのも、きっとまことが言うように気が狂っているせいなのだろう。

目尻の皺はこれから赤子を産む女には見えないだろうか。改めて見ると、半年で急激に老けた。

眉を描きアイラインを入れ、眉と睫毛の間にはしっかりと影を作った。

「そのくらいやらなくちゃね。娑婆で産みたいんでしょう？」

「産めれば、どこでもいい」

まことが薄気味悪くなるほどやわらかな声で言った。

「娑婆で産んでもらわないと困るんだよ」

「どうして？」

「塀の向こうに行ったら、お腹の子の親はあんたなんだ。どうして逃げ続けなくちゃいけないことばかりするかな」

「心配してくれてるの」

違う――まことが即答する。

「店の床下のことに薄々気づいているみどりのことも、少しは考えてやらないと」

ああ、と声が出た。みどりが床下のことを知っている。

「気づいてて、『梅乃』に住み続けてるのか」

「備蓄野菜を置いておく場所を探していて、床下の土が山になってるのを見たそうだ。この建物には水道管や床下の工事は入れないほうがいいんですよねって言われた。実にみどりらしい言いかたで、ぞっとしたけど。すみれのことを考えていたとしてもそうでなくても、みどりは同じ選択をするんだろう」

床下の工事とは。まことの言うとおり、みどりらしい謎のかけ方だ。

啓美の問題が、もう啓美ひとりのものではなくなっている。赤ん坊は鈴木真琴として産まなくてはいけない。そうでなくては、みんなが芋づる式に世間に晒されることになる。

「岡本啓美はもう、この世にいないんだ」

炎天下の要町を、まこととふたり歩いた。アスファルトの照り返しが、日傘の下にこもる。いくぶんゆっくりと歩くまことはTシャツにジーンズ、啓美はロングTシャツにサンダルだ。

新潟に向かったときとそっくりだった。違うのは、腹に赤ん坊がいることくらい。

中華のスパイス、カレーや牛丼のにおいをくぐり抜ける。久しぶりの空腹感だ。

「お腹すいたな」

正直に口に出してみる。話し相手がいるというのはいいものだ。

「冷やし中華、食べたいね」

まことのひとことで、ちいさな町中華の店に入った。過剰なエアコンに足首からふとももまで冷えそうだ。それとなく座る場所を気遣うまことが嬉しくて、礼を言った。

運ばれてきた冷やし中華を混ぜ返しているまことに一拍遅れて、啓美も麺を混ぜた。

傍らに置いた布製のトートバッグには、財布とタオルハンカチ、ティッシュが。そして、部屋を出る際に渡された「鈴木真琴」の保険証が入っている。

――これで、とりあえずその子には名前を与えられる。

――まことの子どもになっちゃうんだよ。

――わかってるよ、そんなこと。

岡本啓美はこの世にいない。啓美は「鈴木真琴」として出産する。もう、自分の年も忘れてしまった。本物はいるけれど、もうどっちがどっちか境界も曖昧だ。

書類上はふたりでひとりぶんを生きている。


冷やし中華の酸っぱいタレまで飲み干したい気分で、箸を置いた。少しばかり気持ちに余裕がでてきて、まことに病院のあてはあるのかと問うた。

「この先に古い産婦人科がある。この界隈《かいわい》で長くやっていれば、いろんな患者を診てきたろうさ」

彼女が言うとおり「なかつ産婦人科」は時代の忘れ物のように、小路の片隅にちいさな表札を掲げていた。一見するとただのモルタルの民家だ。

受付のちいさな窓口に、老女が現れる。

「どんなご用かしらね」

「妊娠、しています」

トイレの個室に小窓がついているので、尿検査の紙コップを置いておけという。言うとおりに小水を半分採って磨りガラスの窓の前に置いて出た。まことが待合室の硬いベンチに座って目を閉じている。啓美はまことの隣に座り、呼ばれるのを待った。

鈴木さん、と呼ばれ立ち上がる。右のふくらはぎが痙《つ》った。筋肉をしっかり守るためにも、エアコンのきいた飲食店で不用意に下半身を冷やしてはいけないのだった。ゆっくりと足底筋から足首、ふくらはぎの筋を伸ばす。

「どうかしたの?」まことが目を開いた。

「足が痙ったの」答えるときには戻っていた。

診察室に入ると、窓口に出てきた老女が白衣を着て座っていた。短い白髪と浅黒くちいさな顔、見たいものなどもうなくなってしまったような優しげな瞳、皺だらけの手の甲ばかり目についた。

「最後の生理はいつ?」

ワンウェイを捜して、初めて池袋をうろついた後だったはずだ。一月の後半くらいと答えると、カルテにするするとボールペンを滑らせた。

「二十七週。七か月ね」

妊娠七か月——

やっと自分にもお腹の子にも居場所が与えられた気がして頬が持ち上がった。

「喜んでくれる妊婦さんに会えて、今日はいい日だわねえ」

口調が梅乃によく似ていた。

「一緒にいらした方は、お姉さん？　お友だち？」

「友だち、です」

「あなたはおひとりなの、それともご主人がいらっしゃるの」

「ひとりです」

ふと、この老医師にならば訊ねてもいいような気がしたのだった。

「産んでもいいですか」

彼女は深く息を吸って、「もちろん」と答えた。

「産んではいけない命なんてありませんよ。立ち入ったことを言いますが、育てる環境が充分でないのなら相談する先もあります。七か月まで抱えていらしたからには産みたかったのでしょう？」

啓美はひとつ頷いた。

「赤ちゃんに、会ってみたかったんです」

さらに慈悲深いまなざしを浮かべた彼女は「それでいいのよ」と説いた。

「出産は、涼しくなって、いい頃ね。じゃあ、赤ちゃんにご挨拶しましょうか」

診察室にある平たい台に横たわり、言われるまま胸までTシャツをたくし上げた。腹全体にぬるりと冷たいゼリーを塗って拳《こぶし》大のローラーを這わせると、モニターに白黒の層が現れた。室内にドスンドスンと響くのは、赤ん坊の心音だという。

「ああ、ちゃんといい位置にいるわねえ。お行儀のいい子。発育も問題なし」

性別を訊きたいかと問われ、少し迷った。

「もう、わかるんですか」

「もちろん、こんなに大きくなっているもの。おかあさんの体が健康であることに、感謝しているのもよくわかる。つわりでちょっと体力は落ちてるようだけれど、この先はご飯もたくさん入るでしょう。体重はあまり増やさなくてもいいですよ」

「どっちですか」

「手足の長い、女の子ですよ」


秋の風が吹く頃、啓美の腹は急激に大きくなった。十一月に入ると立ち座りも難儀になった。名前を共有しながら、ふたりが同じ部屋で暮らすのは初めてのことだった。とにかく産むまではここにいろというまことの言葉に、全面的に甘えている。

『週刊トゥデイ』の廃刊に伴い、鈴木まことの仕事も過去にないほど減った。まことが言うには、若くて度胸のある女が次々に出て来て、同じくらい書けるなら、そちらに仕事が落ちてゆくという。

古い知り合いに世話してもらったという仕事は、グラビアアイドルの写真集に入れるつぶやきエッセイ、インタビュー記事の書き起こし、シンガー・ソングライターの自伝本のゴーストや、ファッション雑誌のこまごましたまとめ記事と、家でできるものが多い。たまに出かけてゆくこともあったが、泊まりがけでの張り込みといった仕事はなく、まこと自身もそうしたスクープにはもう興味を持てなくなっているようだった。

コーンスープの粉に湯を注ぎ、窓辺に立つ。レースのカーテンをそっと開くと、窓硝子に枯葉が一枚張りついていた。

健診も週に一度となり、あとはもう陣痛を待つばかりだ。腹はただ重たく、もう動くスペースもないのか赤ん坊も静かにしている。

三畳ほどの寝室にパソコンデスクを移し、まことは一日中そこで仕事をしている。自分にもくれというので、マグカップにスープの粉とお湯を注ぎ入れ渡した。

この先を想像しないまま、産むことだけを考える日々だ。

「ありがとう、今日の調子はどうなの」

「重たい。それだけ」

まことは、産んだあとの話を一切しなかった。

下腹部のさらに下、骨盤のもっとも下のあたりでごりごりとした感触がある。母親の骨と赤子の骨が膜を介して擦れているのだという。

まことの携帯電話が鳴った。この部屋にやって来てからまことが仕事で受ける電話を何度も聞いたが、ほとんどが簡潔なやりとりだった。今日は少し気配が違い、受け答えがすべて相づちだ。無表情で頷きつつメモを取ることもしない。おそらく仕事の電話ではないのだろう。

通話を終えたまことが、すっと視線を窓に向けた。

数秒――その視線が啓美の腹へと移った。

「その子の父親の、安否が知りたい？」

「安否、って」

「生きてるか、死んでるか」

「そうか」と腑に落ちた。啓美を捨てたのではなく、彼が戻れぬことになったのだ。

バレエの演目にしたって、こんな展開は美しすぎる。蘇る姿が赤子とは、出来すぎではないか。

啓美は首を横に振った。

わかった——まことは再びパソコンに向かい、室内は電話がかかってくる前の時間に戻った。

陣痛が起きたのは、夜明け前のことだった。連絡を入れると、すぐ来るようにとの指示が出て、タクシーを呼び「なかつ産婦人科」へと走った。腹というよりは、背骨を巨人にねじられるように痛い。生きていてこんなに痛い思いをしたのは初めてだ。

ぴたりと痛みが止み、ほっとして息を整えている間もなく次の痛みが来る。休み時間にタクシーから降り、休み時間にトイレへと立ち、やがて休みがなくなった。

二時間のあいだ熱の塊と闘ったあと、啓美は陶器の鈴によく似た産声を聞いた。

この世に誕生した命のそばにも、激しい痛みのそばにも神はなく、啓美は一度も祈らなかった。

赤ん坊は院長が言ったとおり、二千六百グラムの女の子だった。

その日も翌日も、薄暗い和室でまこととふたり、眠る赤ん坊を飽きることなく眺めていた。白衣を脱ぐと医師には見えぬ老婆が、食事を届けては赤ん坊の心音を聴き、紙おむつの様子を見てゆく。

なにを握ってこの世に出て来たものか、新しい命はきつく両手を握りしめたままだ。くにゃくにゃと頼りない体のどこに、内側から啓美の腹を蹴る力があったのか。

しかし、まるで啓美の実感のなさを象徴するように、どんなに吸わせようとも、母乳は一滴も出なかった。

「あるとき突然湧いてくるものだから、根気よくマッサージを続けましょうね」

久しぶりに赤ん坊を取り上げたという彼女は、これで出産を引き受けるのは最後にすると言う。ここにやってくる妊婦のほとんどが、妊娠を喜んではいないのだった。

「おかげさまで、開院した当時のことを思い出しましたよ。ひとりでも多くの妊婦さんと赤ん坊を助けたいと思った気持ちは、間違いじゃなかったみたい」

まことがぎこちない手つきでおむつを替えている。啓美は想像もしていなかった尊いものを見ているような気持ちになり、気づくと泣いていた。

「泣きたいときも、あるわねえ。誰もがいきなりおかあさんにはなれないものよ」

「先生、わたしこの子の名前、ひとつも思いつかないんです」

うんうん、と頷く彼女の横でまことが言った。

「ひと眠りしなさいよ。ミルクはあたしがやっておくから」

赤ん坊のにおいしかしない二階の和室は、啓美がいままで身を置いた場所のなかで最も安全なところだった。粉ミルクを調合するまことの横で、紙おむつを見ていた院長が「あら」と声を上げた。

新生児メレナ——

名前をつける前に、聞いたこともない病名がついた。ビタミンK欠乏症による、腸出血が起きているという。院長が連絡を取れたのは小児科に力を入れている総合病院で、すぐに連れてくるようにという返事だった。

痛みの残る体を起こし身支度をしようとする啓美を、まことが止めた。

「あんたはここにいて。わたしが連れていくから」

でも、と言う啓美をさらにつよい言葉で押し戻す。

「鈴木真琴の娘なんだよ。わたしが行かないと」

すとん、と全身から力が抜けた。そうだった。まことの腕に抱かれた赤ん坊は、産んだのが誰だろうと鈴木真琴の子なのだ。

階下で、タクシーが到着したと院長が呼んでいる。リュックを背負い、キルティングのおくるみに包んだ赤ん坊を抱いて、まことが立ち上がった。

階段のきしむ音が遠くなり、ばたばたと玄関の戸を開閉する気配が消えた。腹の奥が絞られるように痛んだ。子宮が元の大きさに戻ろうとする痛みだという。啓美は痛む腹を押さえながら考え続けた。

鈴木真琴の娘――

横になり、体を丸めた。どこもかしこも痛い。啓美はちいさくワンウェイの名前を呼んだ。

ワンウェイ、赤ん坊もあんたにそっくり――

会えたと思ったらいなくなる――

夕刻、産院に戻ってきたまことが、赤ん坊の命に別状はないことを告げた。

「保育器に入っている。一週間、様子をみるそうだ」

面会時間は限られており、午後の一時間だけだという。産院にいる理由もなくなった。院長に費用を支払い、タクシーで要町の部屋に戻った。

啓美を寝かせ、まことが言った。

「希望どおり、赤ん坊には会えたよね」

「うん」

「これ以上、何か望むことはある？」

望むこと、望むこと、と口に出してみるが思い浮かばない。まことが深々と頭を下げた。

「無事産んでくれてありがとう。明日、出生届を出してくる。意味、わかるよね」

頷いた。赤ん坊にとって、啓美は赤の他人になる。この先、何があっても口にしてはならぬことだ。産んだことも、手放すことも。

「あんたがここに来て産みたいって言った日から、ずっと考えてた。酷なことを言うようだけれど、あの子が退院するまでに出て行ってもらっていいかな」

当然だろう。啓美は、まことがしてくれたすべての親切に礼を言った。そしてひとつだけ質問をしてもいいかと訊ねてみた。

慈悲深い目が「どうぞ」とまっすぐ啓美を見る。

「どうして、あの子を育ててくれるの」

まことは一度床に落とした視線を再び啓美に向けた。

「あたしもこれを機に、別人になれるかなと思ったんだ」

退院の日、啓美はまことの部屋を出た。バッグひとつ。他にはなにもない。

自分には最初からなにもなかった。得たものは、バッグの底に眠る梅乃の骨と思い出深い時間。

病院へ急ぐまことに、信号待ちで手を振った。背を向けかけてもう一度、手を振った。彼女の視界に啓美は入らず、振った手がだらりと下がる。

遠くの空に、ゴミ焼却施設の煙突がそびえていた。

最終章

罪の名前

二〇一一年秋、貴島紀夫と岡本啓美の懸賞金は、ひとりにつき六百万円になった。

街角にある掲示板の前を通るときも、啓美は他人事のようにそのポスターを眺めている。横で男もその掲示板を見るが、足を止めることも速めることもなかった。

少しずつ紅葉も南下し、神奈川の工場街にある街路樹も、ダムの近くの公園も秋の気配が濃くなった。

啓美が要町にあるまことの部屋を出てから六年が経った。

産褥《さんじょく》の体を引きずりながらあてどもなく暮らしていた頃から、手持ちの金もずいぶんと減っていた。梅乃が遺してくれた金にだけは手をつけぬよう気をつけていたのだが。

放浪を始めて間もなく、東京のはずれの国道でひとりの男と出会った。男は大型車のライトが見えるたびに体を前後に揺らし、引き込まれるように歩道の縁に立っては風圧に押し返されていた。ひと目で自殺を図ろうとしているとわかった。

人が死ぬのは見たくない。目撃者になって事情を訊かれるのも困るし、立ち去るのも後味が悪かった。仕方なく、背後から大声で呼び止めたのだった。

――ちょっとあんた、こんなところで死んだって迷惑かけるだけだから。

振り向いた男の目は、既に死んでいるのではないかと思うほど虚ろだった。

――死ぬなら人のいないところでやったらいい。あんたを轢《ひ》いた運転手もいい迷惑。人間なんて、死んだあとのほうが面倒なんだから。

「死ねないのか」と男が言った。

そんなに死にたいのなら、山にでも行って首を吊れと返した。助けるつもりでもなんでもなかった。ただ、目の前で目立ったことをされるのが迷惑だっただけだ。

車の通り過ぎる音に負けぬよう大声を出した日、久しぶりに呼吸をしたような気分になったことを覚えている。

男は友人に貸した金が戻らず、日銭を稼ぐ術も途絶えていた。いいかげん楽になりたいと、ふらふら車通りの多い場所まで出て来たところだった。

男が歩道に一歩退いて言った。

——いまさら別の人間になれるわけもないし。

図らずも、まことの言葉がかちりと重なった。

——あたしもこれを機に、別人になれるかなと思ったんだ。

男に向かって「なれるよ」と言った。訝しげな目を向けた男は、啓美の言葉に死ぬことを一旦は諦めたように見えた。

——別人になるなんて、簡単なんだよ。

男を連れて、チェーン展開している騒がしい居酒屋の片隅に座った。自身の経緯を説明しようとする男を制して、ご飯に付き合ってくれるだけでいいと言った。

別人になりたいと言う男の過去は、聞く必要がないのだ。

——今日からあんたの名前は山口ハジメ、ってのはどう。わたしは、りり。

居酒屋の照明の下で見れば、ワンウェイとは似ても似つかぬ団子っ鼻だった。少し老いた感じはあるけれど、四十代と言い切ればそんなふうにも見えてくる。堂々と山口ハジメを名乗れば、疑う人間のほうが少ないのだ。

啓美はあの日から再び、風にのって流れ始めた。

三月に起きた東日本大震災で、トタン小屋に似た住まいはずいぶん傾いた。工場街の外れにある、資材倉庫の二階が山口ハジメと妻りりの住まいになって久しい。

幸いハジメには過去の仕事で身につけた大工っ気があり、床の張り替えや棚を設えるくらいは簡単にできた。部屋はひと間の十五畳ほどで家賃は三万円。もともとは人が生活するような場所ではなく、大家が建築業界で昼夜なく人足を抱えていた時代の休憩場だった。

近所に風呂屋もない土地なので、台所用の湯沸かし器に長い給湯ホースを足して、スチールで仕切ったシャワー室を作ったときは、本人も自慢げな顔をした。

お人好しなところがなければ、友人の借金の肩代わりなどするわけもないだろう。新しい名前を持ち、神奈川のダム湖近くにある見知らぬ町に流れ着いたあとは、建設現場の日雇いで真面目に働いている。酒で正体をなくすこともなかったし、暴力もふるわない男だ。

啓美がいくら生きているだけでいいじゃないかと言っても、男は自分を卑下することをやめられないようだった。

啓美も町の介護施設で配膳や入浴介助などの、介護助手として働き始めた。

今日はシフトを替わってもらって得た休みだった。ハジメは交差点で別れ仕事場へと向かう。信号待ちで歩き出そうとした啓美に「気をつけてな」と手を振り、夜には戻るのかと念を押した。

「うん、そんなに遅くはならないから心配しなくていいよ」

ひとり秋空に向かって歩き出すと、なにもかもが形のない水の底にあるような気がしてくる。

ときどき無性にまことの声が聞きたくなった。ある日突然戻っても、みどりは変わらず迎えてくれそうな気もする。

ふと冷静になれば、まことの声を聞きたいという思いはただの表層で、まことのそばにいる子どもの面影を探していることに気がつくのだった。赤子に生まれた日の記憶がないのはありがたかった。

バスから東京行きの電車に乗り継いだ。銀杏の葉が道に濡れ落ち、黄色い絨毯《じゅうたん》になっている。沿線には数えきれぬほどのマンションとその窓がある。ひとつひとつに、外には見えぬ暮らしがある。

車窓を流れてゆく家々の窓を眺めていると、冬近い日差しにまどろんでしまいそうだ。

今日は、すみれの退団公演だった。滅多に東京には出ない啓美が、重い腰を上げたのも、すみれのラストステージを観るためだ。

休憩時間に広げた新聞で、すみれの所属バレエ団の情報を得た。今期で退団する団員のなかに、すみれがいる。迷いがなかったといえば嘘になるが、彼女の節目をしっかり観ておきたかった。

すみれは三十歳を前に舞台を降りる。どうしてもバレエを習いたいという強靭《きょうじん》な意志で、日常を蹴り上げ、父親を陥れても進んできた道だった。啓美はすみれのバレエ人生こそ、母が自分に望んだものではなかったかと思う。

人間が望まれる場所に産まれ落ちるかどうかで与えられた運を試すのだとすれば、すみれも自分も運がいいとは言えないだろう。それでも、自力で這い上がる腕力だけは与えられたのだ。

いまの啓美に訪れた安らかな時間は、捨てた母を恨んだり憎んだり畏れたりといった心のざわつきをずいぶんと軽くした。

いまなら、生きてゆくのに必要なことのたいがいが稽古場で得られたことも理解できる。どこで何を間違ったわけでもない。へまはしたけれど、それが岡本啓美の選択だった。

緑の多い町に暮らし、晴れた休日には弁当を持って散歩をし、祭りの夜は宵宮を楽しみ、月を眺め、眠る。啓美に訪れた平穏は、どれもこれもはっきりとした幸福のかたちをしていた。

ビルがどんどん高くなり、線路脇に迫ってきた。乗り換え駅が近づいている。啓美は前の駅で乗り込んできた、ベビーカーを押す若い母親に席を譲った。

開演時間の直前、ロビーに人が見えなくなってからの時間帯を選んでホールに入る。当日券は、啓美の日当の二日分だ。

バレエ団の人気舞台、ガラコンサートのプログラムを開けば、名だたる演目のバリエーションが並んでいる。すみれは前半いくつかのステージで群舞あるいは準主役を務め、後半のトップで「ジゼル」を踊る。プリマになれずに終わるバレリーナにとっては破格の扱いだろう。

啓美は暗い客席の後方に腰を下ろし、すみれの「ジゼル第一幕より　ジゼルのバリエーション」を観た。

心臓の悪い村娘は身分を隠した王子に恋をする。娘の体を心配する母親。それでも精いっぱい踊るジゼル。精いっぱいの果てに、死ぬジゼル。

長い手足、怪我とは無縁のみごとな膝、足の甲、振り付けの省略をしなくてもいい技術力もキレも表現力も、どれもトップに劣らぬものだ。

けれど、と啓美は涙にかすみかけた目を舞台から逸らさず、ひとつの結論にたどり着いた。すみれのバレエには、自分が何者であり何者になりたいかを自問する正直さとは裏腹な、計算があった。音楽と相性のいい計算はあってしかるべき。しかし自身の評価に対する周囲への苛立ちが、かすかにでもこぼれ落ちたら、それはもう芸術ではない。今日の舞台をミスなく務められることが仇《あだ》になったとすれば、皮肉でしかなかった。

自分に厳しい者は、他人にも厳しい。

芸術は、計算と相性が悪いのだ。振付家は敏感で、そうした心情には決してほだされない。心は常に無垢であることを求められるが、すみれは違った。

みどりはどこで娘の姿を見ているだろう。なるべくしてなり、去るべくして舞台を去るバレリーナの母親だ。娘の心臓を心配するジゼルの母――舞台を降りても、みどりがいればだいじょうぶだろう。あのふたりは、なにがあってもしぶとく生き抜いてくれる。

カーテンコールで、今期の退団者三人が舞台中央に呼ばれて出た。ひとりひとりに、キッズクラスの幼児が花束を渡すセレモニーが始まる。お団子ヘアにレオタード、チュチュ姿の子どもが名前を呼ばれ舞台に現れ、花束を渡して去って行く。

アナウンスが退団者とキッズの名前を読み上げる。

――南部すみれさんには、鈴木ルナちゃんからの花束です。

啓美は席を立ち、ホールから出た。来たときよりも少し空気が冷えている。ビルの谷間にときどき現れるマジックアワーだ。色とりどりの彩雲が街を包み込んでいた。

まっすぐ戻る気にもなれずふらりと乗り込んだ山手線には、人が溢れていた。みな、いったいどこへ行こうとしているのか。誰も人の顔を見ない。啓美もまた、探す顔などどこにもなかった。

次は渋谷、渋谷――

はっとして次の駅の表示を見た。車両の中の半分が入れ替えとなる。押し流されるようにホームへと出た。

流れ出た場所は、啓美の出発点だった。ここからすべてが始まった。自分は今までいったいどこをさまよっていたのか、不思議な思いを抱きながら空の下へと出てゆく。

スクランブル交差点、ハチ公前、記憶にある雑踏が今日も繰り返されている。

啓美を誘導するものはなにもなかった。足を締め付ける靴もなく、重たい体もない。自分の意思で歩き、行きたい場所へ行く。

あの日貴島が向かったのとは逆のほうへ曲がった。少し歩くと雑踏が薄れてゆくのがわかる。スクランブル交差点から振り落とされたような夕時の街角に立ち、啓美はぽつんと佇む電話ボックスを見つけた。誘われるようにボックスに入ってみた。床には煙草をもみ消した痕と、吸い殻が二本。靴先で吸い殻を隅に寄せた。

啓美は自分のつま先を見ながら、改めてすみれのバロネが見事だったことを思い出した。

遠い過去、啓美も全力で踊ったジゼル。競うところまで行けなかったのは、意気地のなさだ。ストイックに高みを目指せなかった。娘の力量に目の曇った母親と、限界ばかり探していた啓美。ふたりが見ようとしていたものは、同じかたちをしていたのだ。

大きく息を吐いて、受話器を持った。財布から百円玉を取り出し入れる。家を出てから二十年余り、かけようとも思わなかった番号を押した。

もう使われていないことを期待したのもつかの間、呼び出し音が消え、コインが落ちた。受話器は上がったが、向こうが何か言う様子はない。じっとこちらの言葉を待っている気配が――数秒。

――啓美か、啓美なんか。

間違い電話のふりをして切ろうかと、耳から離しかけた受話器から、母親の擦れ声が聞こえた。

「啓美やろ、切らんといて。なあ、頼むから切らんといて」

この人は、きっとどんな無言電話にもこうして懇願しているのだ。頼む頼むと、悲痛な声を聞かせることで不幸な母親として同情される。同情されれば、そこに生きる術が用意されている。母には、無意識の生命力がある。まるで赤子だ。ブザーが鳴る。硬貨は足さない。

「啓美、なんも言わんでええ。ママの話聞いてや。あんたが――」

通話が切れた。啓美は安心して受話器の向こうに話しかけた。

「なあママ、より美しく踊るためにトウシューズはすごく大事なんやけどな。どこにも、それ履いて産まれてくる赤ん坊はおらんのよ」


風向きなのか、ダム湖の水のにおいがする。

ハジメと名づけた男に言っても、そうかなあと不思議そうな表情が返ってくるだけだ。

男の鈍感さに救われての月日だった。まだ生きていられるのもお前のお陰だと言われると、どこか居心地悪いような申しわけないような気持ちになる。

啓美は男の本当の名前を聞かなかった。

知れば啓美も自分のことを話さなければいけなくなる。平穏な暮らしは、少しでも長いほうがいい。岡本啓美の形がなくなり、名乗っても誰も信じないくらい変容したい。

スーパーで冷蔵庫の中を思い浮かべながら、きれかけたケチャップやチューブわさびをレジかごに入れる。スーパーをぶらぶらするのは好きだった。

特売商品が飛ぶように売れてゆくさまも、近隣の農園主が名前入りで販売している地場野菜を買うのも、いま自分が見ているすべてがあらゆる幸運と不思議な縁の賜《たまもの》であることがわかるからだ。

弁当作りも慣れた。男は大きなランチジャーにたっぷりのご飯を詰めて、夜の残りや作り置きの惣菜、卵焼きに煮豆をひとくち添えるだけで、毎日残さず空にして帰宅する。

たまには、と少しいいコーヒー豆に手を伸ばした。毎日一杯ずつ、ふたりにとっては大切な朝のひとときでもある。啓美が、パンにほんの少しはちみつを垂らすのを見て、男も真似をし始めた。男が、こんな高級な朝飯を食ったことがないと言ってよろこんだメニューは、コーヒーとヨーグルトと卵料理一品とはちみつを添えたパンだった。

男がどんな幼少期を送り、真面目さだけを杖にして人に騙されながら生きてきたかがよくわかる。親はさぞ、彼の愚鈍さを疎んだことだろう。男の素直さは、時間をかけて啓美を傷つけ続けているが、そのぶん啓美も少しずつ鈍感になってゆくのでおあいこだ。

帰宅してすぐ酒の肴に取りかかった。ネギを刻み、煮しめた油揚げにぱらりとかける。ピーマンを炒めて塩昆布で和える。茹で芋を潰し、刻んだらっきょうとマヨネーズで味付けた。

啓美にできることは、一日の終わりに男が最も楽しみにしている晩酌の肴《さかな》を作ることと、彼が話す今日の日記めいた話を聞くこと。「梅乃」で過ごした時間が役に立っていた。男は何を言っても啓美がうんうんと頷くことを、愛情だと思っている。

一年勤めて、ふわりと辞めて次の土地へと移り住む。そんな暮らしがここ二年は落ち着いている。部屋の隅にはセミダブルのマットレスを置いた。大型ゴミとして置かれていたものを、ふたりで部屋に運び込んだ。ひとつひとつが笑える思い出になりかけている。

戸口に人の気配がして、出迎えようと手を洗った。

開いたドアから、ハジメともうひとり、作業服姿の男が現れた。冷たい空気とともに部屋へと上がり込んだ男を指して、ハジメが言った。

「今日からちょっと大きな現場に入ったんだ。そこで会った」

彼が啓美と暮らす場所に人を連れてきたのは初めてだった。いつもより饒舌《じょうぜつ》なのは、部屋に連れて来てしまったことに後ろめたさがあるからだ。人の出入りを極端に好まない女と暮らしていることは、ハジメも承知しているのだ。

「お前と暮らしてるってこと話したら、どうしても会ってみたいって」

やって来たのは前歯がネズミみたいに前に出ている小男だった。前歯二本はどちらも裏側が黒く虫食っているのがわかる。タコちゃんの言葉を思い出した。

――真琴ちゃん、歯にはそいつの生きてきたすべてが出るんだよ。どんな親のところに生まれてどれだけ一日を大切にしてきたか、どんな暮らしをしてきたか。すべて口の中に書いてあるんだ。

ネズミ男はハジメが町田市で暮らしていた頃の同僚だった。

「どうも、久しぶりに会って、ちゃっかりついてきちゃいました。シンジっていいます。よろしく」

啓美は、悪びれる様子もないこの闖入《ちんにゅう》者に頭を下げた。

「初めまして、りりです。こちらこそ、よろしく」

肴はできてるから、と告げるとふたりとも喜んでちいさなテーブルを挟み座り込んだ。啓美は化粧を落とす前で良かったと胸をなで下ろす。

缶ビールを差し出し肴を並べる啓美を、ネズミ男は舐めるように見る。こんな視線に怯んではいけない。

「町田から急にいなくなったと思ったら、誰に聞いても行先わかんないの。俺ずっと気になってたんだよ。まさか、名前変えてこんなに近くにいたなんてさ」

ハジメはいったいこの男にどこまで話したのだろう。

当の本人は缶ビールを旨そうに飲みながら、油揚げを口に運んでいる。シンジは、久しぶりに会った元同僚よりも、妻を名乗る啓美と話したがった。

「すごくいい女だって言うんだもん、会いたくなるじゃない。確かに、自慢するのもわかるわ、りりさんスタイルいいし可愛いし」

りり、というのは本名なのかと問われ、そうだと答えた。ネズミ男の饒舌は止まらない。

「借金を肩代わりするなんて、どうかしてると俺も思ったよ。あいつ、ジョーさんが消えてからまた街に戻ってきたんだよ。何度か飲んだけど、羽振りが良くなったり悪くなったり、相変わらずの恩知らずさ」

とにかく、とネズミ男はぐるり部屋の中を見回して、部屋の隅のマットレスで視線を止めて卑しく笑った。

「こんないい女と暮らしてるなら、安心だよ」

缶ビールを二本飲んで、肴を平らげてネズミ男は帰って行った。また遊びに来てもいいかと問われたハジメが、気弱に頷いた。

啓美は片付けものをして、化粧を落とした。

かいがいしく空き缶を捨てたりテーブルを拭いたりしている男の背中にひとこと言った。

「古い知り合いに、名前変えてることやわたしと一緒に住んでることを言うのは、どういうわけ」

責めるような口調にならぬよう気をつけてはいても、結果的に彼の行動を責めているのだった。

啓美がハジメと名づけた男は「ジョーさん」と呼ばれていた。それが男の本名なのかあだ名なのか知らない。

その場ではちょっと背を丸めて見せただけで言い返さなかった男は、啓美を抱いたあとの荒い息で本音を漏らした。

「六年ものあいだずっとハジメでやってきたけど、あいつにジョーさんって呼ばれてすぐ振り向いちまったんだ。本名だ、あたりまえだよな。俺に借金払わせた男が、また似たようなことやってるって聞いて、文句のひとつも言ってやりたくなった」

ただ、と啓美の頭をつよく胸に抱いて男が言った。

「ただ、そいつのお陰でお前と会えた。お前、俺のことを嫌いじゃないのなら、本当の俺のことを知ってくれないか」

俺はいつお前がいなくなるかと、不安なんだ——

啓美は男の腕のつよさに、覚えがあった。鬼神町の青いマッチ箱の家で、ディズニーランド帰りのラブホテルで、池袋の部屋で、釧路の川のほとりで、なにひとつ自分のことを語らず啓美を抱いていた男によく似ていた。

体を繋げていれば、少しは不安から逃げることができた。

ワンウェイ――

いま啓美も、あの日のワンウェイと同じことをしている。

男は寝物語に自分の出自を語りたいと言う。言いたいことの裏側には、聞きたい思いが隠れている。本当の名前、来歴を知ることにどんな意味があるのだろう。

ああ、と思い至った。

鬼神町の渓谷で、ワンウェイは残留孤児の息子であることを告げた。啓美もまた、自分のことをぽつぽつと語った。

「あんたのことを聞いたら、わたしのことも言わなくちゃいけなくなる」

「言いたくないなら、言わなくてもいい。ただ――」

俺にもしものことがあって、と男は懸命に言葉を選びながら腕の力を緩めず言った。

「そうしたら俺は、山口ハジメで死ななくちゃいけない」

「死ぬ予定でも、あるの」

「ないよ、ないけど、現場で鉄骨が落ちてきて頭にあたったら簡単に死んじまうだろう」

「鉄骨、避けたらいいじゃない」

「そういう話じゃないだろう」

少し苛立ちを伴った男の指先が、啓美の波打ち際を確かめた。ひたひたと、快楽が近づいてくる。

再び熱い芯で繋がり合うと、男の不安も少しは薄れたようだった。

言う言わないを責めた夜から数日のあいだ、ふたりは最小限の会話しか交わさなかった。機嫌がいい悪いというよりも、男が思い詰めている様子なのは、伏せたきりの睫毛や眠りの浅さで伝わってくる。

啓美に背中を向けてひとりビールを飲んでいる姿を見ると、つい男と暮らした時間を振り返ってしまう。話したいというのなら聞いてやればいいじゃないかと、費やした時間が啓美を口説いた。男の背を見ながら、ひとつふたつと好ましいところを数えているうちに、男のだんまりにつきあうのも面倒になってきた。

「ジョーさん」

口を半分空けて振り向いた男の瞳に、優しく笑いかけた。

「聞かせて、ジョーさんだったときの話」

男の瞳が潤んだ。啓美はテーブルの角を挟んで男の横に座る。顔と顔が、とても近いところにある。更けてゆく夜の隅がゆっくりとめくれてゆく。

——俺は、北海道の山ん中で生まれた。美幌《びほろ》ってところだ。なんにもねえ町で、ぎりぎり食ってるような電気屋の息子だった。小学校のとき、親父が店番をさせていた女とデキて、家に帰ってこなくなった。母親は二年もしないうちに再婚したが、新しい父親とはそりが合わなかった。弟と妹が生まれたが、母親はいつも俺のことで父親に遠慮してたな。そいつがいちばんつらかったな。それで高校出るとき、いちばん遠い就職口だった名古屋の自動車部品工場に決めたんだ。

男の本名は田口丈治《たぐちじょうじ》、五十五歳。

高校を卒業してから、一度も北海道には帰ったことがない。名古屋の町工場を皮切りに、三年あるいは五年ごとに仕事先を変えては住まいを移した。ある程度仕事を覚えたところで現場を任されたが、責任が重たくなると途端に不安で眠れなくなることが増える。どうにも耐えきれぬところで、ぱっと仕事を辞めてしまうことを繰り返してきたという。

──そこが俺の駄目なところだって、よくわかってる。けどどういうわけか、これを間違ったらぜんぶが駄目になる、っていう状況に耐えられないんだ。転んだきり起きられないくらいの借金の肩代わりをして、もういいやと思ったときにお前に会った。

啓美はなるほどと、男の告白の深刻さとは遠いところで自分の膝を打ちそうになった。この男は、いまの生活がとても上手くいっていることを自覚していながら、一歩間違ったら消えてなくなりそうな幸福だということにも気づいている。そしてそれが耐えられない。古い名前で呼ばれて、その幸福感に警鐘が鳴り、安心したのだ。

告げてしまったことを悔いているのかいないのか。男はうなだれ、肩を一度大きく上下させた。

「わたしとも、いつかぜんぶが駄目になるって思いながら暮らしてるわけか」

「怖いんだ。お前といると、どんどん幸福になっていく。こんなの、長く続くわけないって思ったら怖くて怖くて」

「そうだね。思わぬところでガラガラと崩れちゃうのって、怖いよね。だったら別れようか」

言ってしまってから、ああと納得した。

そんなに壊れるのが怖いなら、いまこのタイミングでふたり同時に手放せばいい。ひとりで取り残されるのは本当につらい。しかし自分で選び取った孤独ならば、耐えられるのではないか。

男とふたりで整えた資材置き場の二階のオアシス。この部屋の片隅で、ワンウェイが啓美を眺めているような気がしてきた。飯の支度をし、疲れて眠り、目覚めては男に抱かれる毎日を、ワンウェイはどう思っているだろう。

いいですね――

イントネーションの少しおかしな、感情のこもらぬ平坦な声を思い出す。

介護施設「こすもす」の建物内にも、クリスマスの飾り付けが目立つようになった。事務仕事の際に、空いた時間で赤や緑、金銀の折り紙を切ったり折ったりしながら掲示板の周りから順に飾りを増やしてゆく。

更衣室でユニフォームのトレーナーに着替え、ピンク色のエプロンを着ける。下はみなグレーのジャージだ。

今日は入浴の助手と食事の世話をする当番だった。年末の慌ただしさや行事とは別の棚に置かれた老人たちも、デイサービスの娯楽室で談話している。

別れようかと口にした日以降も、男との暮らしは変わらなかった。来し方を語ったことで吹っ切れたのか、男はときどき下手くそな冗談を言ってひとりで笑ったりする。一階の資材置き場で寒そうにしていたといって、猫を連れ帰ったりもした。

ほとんど朽ちかけた家だというのに、大家には生きものは飼わぬようにと言われている。啓美には春になったら放すという約束をして部屋に入れたが、どうなるかわからない。

果たして、彼の幸福感が続いているのかいないのか啓美に確かめる術はなかった。

抱かれれば否応なく思い出すのはワンウェイの胸であり、声だった。啓美は消えた男に抱かれ続けていることを認め、ひとり楽になった。それが男にとって愛情と気遣いに見えるのならそれでいい。

朝から二名たて続けに入浴介助をすると、足腰の関節が渋くなる。廊下の隅で前後左右に関節を伸ばしていると、背後から「見事ねえ」と声がした。長期入所の老婆が皺に埋もれた目で啓美を見ている。頭も言葉もしっかりしているが、いくつか臓器を失っており身寄りもないと聞いた。看取られるためだけに入所を決めた老婆の趣味は短歌だ。

「しなやかなお体で、うらやましいわねえ」

なにかやっていたのかと問われたので「ダンスをすこし」と答えた。

「ダンスというか、クラシックバレエでしょう」

伸ばした指先を見ればわかるというので、みぞおちが冷たくなる。二十年経ってもまだ名残があるのかと驚き、指先で見破った老婆とこれ以上会話するのも気詰まりで、軽く頭を下げた。

立ち去ろうとする啓美の横顔に、老婆が「有名よね」と追い打ちをかけた。

「若い頃、好きでよく舞台を見に行ったりしたの。宝塚もずいぶん通ったものよ。あなた、どこかで見たことがあるの。けっこう有名な舞台だったと思うのだけど」

「そんな人だったら、ここにいませんって」

笑い話で立ち去ろうとするも、老婆の瞳はまだその「有名な人」を探し続けている。思い出さなくてもいい。啓美はにっこりと微笑んで事務室に向かった。

年末、施設内には「昔大きな舞台に立っていたダンサー」という噂が広まっていた。根も葉もない話を広めた主は涼しい顔をしている。

施設内の飾り付けを外している啓美の背後から、施設長が声をかけてきた。振り向くと眼鏡の奥から初老女性の好奇心が漏れている。ああ、と半分諦めて返事をすれば、予想どおりの問いだった。

「山口さん、有名なダンサーだったって本当ですか」

「いや、そういう記憶はないです。誰がそんなことを」

「みんなに言われるの、社交ダンスの講習会をやってほしいって。ほら年代的にみんなソシアルダンスに憧れた世代でしょ。何人か、ダンススタジオに通ってたとか言い始めて。いいボケ防止だからって、半分ボケた爺さんが言うんだからまいっちゃうよねえ」

「施設長、お願いですから誤解を解いてくださいませんか。頼みます」

「そうなの、残念ねえ」

頼むから早く事務室に戻ってくれと願う啓美に、惜しむような口調で彼女が言った。

「言われてみれば、わたしもどこかで見たことがあると思ったの。どこでだったかは思い出せないんだけれど。わたしのことだから、たぶんテレビだね。有名だったって聞いたときは、ああやっぱりって思ったんだけど」

「悪い気はしませんけどね。わたしも残念」

精いっぱい笑えば、施設長も引き下がった。再び壁に向かうと、口から心臓が出そうになっている。十五年か、いや十六年。そんな時間は八十を超えた人間にとってつい昨日の出来事なのかもしれない。

動悸がおさまらないまま帰宅した。冷えた部屋を電気ストーブで暖めるが、隙間風のせいで手足や首のあたりが冷や冷やとしてかなわない。

その日、男はなかなか戻らなかった。仕事の納期が遅れているという話は聞いていないので、どこかで飲んでいるのだろうか。それにしては遅い。

テレビもない家で猫を話し相手にして、体を温めるためのストレッチを始める。時間は遅々として進まなかった。軽く汗をかくほど関節も筋肉も温まったところで、男が玄関の戸を叩く音がした。時計を見た。午前一時になるところだ。いつもなら鍵を使って自分で入ってくるものが、今日に限っておかしなことだった。

用心しながら玄関のドアを開けた。なだれ込むように男が倒れ込んでくる。ずいぶん飲んでいるようだ。

文句より疑問より、男をまず部屋に入れて寝かせなくては。いやその前に水を。声もかけずたんたんと動き、水の入ったコップを渡す。うんうんと頷きながら一気に飲む。が、数秒後に勢いよく吐いた。床に散った吐瀉物《としゃぶつ》は、ほとんどが安酒だ。

タオルで拭いては洗うことを数回繰り返し、床の始末を終えた啓美の背に男が言った。

「お前も、いいかげん本当のこと言えよ。なんで俺ばっかり正直に自分の話しなきゃいけねえんだよ。おかしいだろう、なあ」

男は酔いのせいで「ジョー」に戻っていた。啓美は答えず、黙って男の文句を聞いている。言い返せば、通じる言葉が疎ましくなる。

「お前のお陰で、俺のつまんねえ一生がちょっとだけ明るくなったさ。だから、なんにも望まなかったべ。一緒にいてくれるだけでよかったからさ。けどよ」

男が、こんなふうに酔い潰れたことを忘れるよう祈った。朝起きたら二日酔いの痛む頭で、飲み過ぎたことだけを詫びてほしい。

「俺はお前が誰でもいいんだよ。なにやって生きてきたかなんて、どうでもいいんだよ。だから、本当は誰なのか、俺にくらい言ってくれよ」

本当は誰なのか――

「言ってくれよ、頼むから。俺が守ってやるから、約束するから」

啓美はひとつ大きなため息を吐いて、それだけでは足りず二度、三度と深呼吸を繰り返した。そして、目を瞑ったまま壁に背中をあずけている男を、頭の先から汚れた靴下まで眺めた。

「ねえ、ひとりで飲んだわけじゃないよね。誰と一緒だったの」

男は動かない。啓美は少し声を張って、もう一度同じことを問うた。

「誰と、一緒に飲んだの」

「シンジ」

抜け目のない顔をしたネズミ男を思い出した。名前もつけないままの猫が、光の届かぬ場所からふたりのやりとりをじっと見ている。

「シンジがよう、お前は相当なワケありの女だって言うんだよ。どんだけワケがあったって俺が幸せにするんだって言ったら、笑いやがるんだ」

「なぜ笑われなきゃいけないの」

男の目が薄く開いた。啓美の瞳を探している。視界に入るよう、男の顔を覗き込んだ。

「お前、追われてんじゃないのか」

「彼が、そう言ったの」

答えはなかった。啓美は立ち上がり、マットレスの上にあった毛布を摑んで男の肩から掛けた。

追われている、か。独りごちる。同じ日に、二度も岡本啓美として脅かされるとは思わなかった。

鈴木真琴だった日々には梅乃の孫という居場所があったが、居場所をなくした男と連れだってからは、啓美も心許ない女でしかなくなった。そんなことに気づくために六年もの時間が必要だったとは。自分の不覚を恥じたが、それもまたどこか間の抜けた感覚だった。

部屋の隅に積んだ段ボールからボストンバッグを出した。ひとつため息を吐く。またこれを持ってどこかへ行かねばならぬのか。

洗面道具、当面の着替え、バッグの中敷きを軽く剝いで手を入れる。梅乃が遺してくれたものが敷かれていることに安心して、荷物を詰めた。

次はいったい誰になればいいだろう。よほどのことがない限り、名乗った人間になれることもわかっている。問題はどこでその人間になるかだ。場所を間違ってはいけないのだ。

しらじらと明けてくる夜の、なんと寒いことか。啓美はありったけの防寒着を着込んだ。外気で男が目を覚まさぬよう気をつけながら、玄関のドアを開ける。白い息に誘われるように歩き出した。

ひとつ目の角を曲がろうとしたときだった。背後になにか迫ってくるのを感じ、歩きながら首だけで振り向いた。鼾をかいて寝ていたはずの男が、靴も履かずに啓美を追いかけてくる。

このまま自分も走ろうか――

逃げようか――

ふっと体の力が抜けた。逃げるから追われるのだ。啓美は立ち止まった。作業着に靴下姿の男が、追いついた。肩で息をしている。白い息はまだつよい酒のにおいがする。

「俺を、置いて行かんでくれ。頼むから」

充血した目で拝むような仕種をする男が、ひどく哀れだった。

「悪いけど、あんたを連れて行くわけにはいかないんよ。いままでありがとう」

啓美が首を横に振れば、男はなおも思い詰めた顔になる。

「そんな格好で靴も履かないで、風邪ひいたら大変だよ」

「俺を連れて行かないなら、戻ってくれ」

明け方の住宅街でする話ではない。啓美は自分の唇に人差し指をあてて、周囲を見回し声を落とすよう頼んだ。思い詰めた表情は変わらない。啓美は男の足下のよじれた靴下を指さした。

「靴くらい履かないと。起こしちゃってごめんね」

ふたりの横を、どこかから現れた早朝ランナーが通り過ぎた。ダム湖の公園を一周して戻るのが近隣で人気のコースだった。筋力を蓄えるためならもっと走ればよかったかもしれないと、場にそぐわないことを考えていると、男がぼそりと白い息で言った。

「俺、お前が誰だか知ってる」

たちまちもやが消えて、顔がはっきりと見える。思い詰めた眉間に問うた。

「誰なの、教えて」

「知ってるんだ」

「わたしは、わたし。好きに想像して、好きに見たらいい」

「岡本――啓美なんだろう。光の心教団の」

「違う」自分でも驚くほどの早さで答えた。

「俺はお前を売ったりはしない。どこまでも、守るから」

「何から、守るっていうの」

「世間からも、警察からも」

朝日が道を照らし始めた。凍えた空気にほのかな水のにおいがする。啓美は男の言葉を頭で繰り返す。

――俺はお前を売ったりはしない
自分にはまだ、どこかに売られる価値がある。そして、逃げれば追われる。

まるでサバンナだ。

草食動物は、逃げる背で自分が捕食される側であることを知らせてしまうという。速い脚も、逃げるために与えられた武器だった。


二月のはじめから十日間、啓美にまとまった休みが与えられた。施設長は正月休みを取らなかった啓美にとても優しい。

――今年もありがとう。おかげで職員たちにブーブー言われずに済んだ。年末年始を三人で回すのは正直しんどいけど、それしか人手を確保できないんだから参っちゃうわねえ。山口さんがいてくれて助かる。来年はなんとかするから、せめて十日間ゆっくり休んでちょうだい。本当は一週間なんだけど、去年もあなたお休みを取らなかったから。

まとまった休みは、無給なのだ。ありがたいようなそうではないような。施設長の優しさに、五月の連休もよろしくという含みがあるのもわかっている。

ただ、男も啓美に合わせて現場に休みをもらったことを知ったときは、驚くというより呆れた。

休みのあいだにまた姿を消すのではと疑っているのは確かなのだが、深酒もせず毎日啓美のそばを離れない。旧知のシンジとは、現場が変わって会うこともなくなったと聞けば不安は増す。

「本気で言ってるの?」

明日から休みという夜、男は啓美の問いに満面の笑みで答えた。

「本気に決まってる。一週間いっぱい使って、ふたりで旅に出るんだ。どこに行きたい? お前の行きたいところ、どこでも連れてってやる」

「どこでも、って言われたって」

容易に引き下がらぬ気配を漂わせ、男は目を輝かせる。

「北か、南か。まずはそこから決めよう。決まったら出発だ」

陽気さは、そのまま不安の裏返しだろう。仕方なく「北」と答えた。南と答えれば大阪が圏内に入ってしまう。それはいけない。

「北か——雪まつりかな」

札幌へ行こうというのだった。決まったら出発、という男の言葉は翌日本当に実行された。啓美は部屋を出て行こうとしたときと同じくらいの荷物を抱え、男もリュックサックに少ない荷物を詰めた。

——生きてなさいよ
階段の踊り場で猫の頭を撫でた際、啓美を送り出すときのみどりやまことの顔が過った。
電車を乗り継ぎ、昼間から缶ビールを飲みのみ北へ向かう。電車の中は暖かく、上着を着ていると汗ばんでくる。男が選んだ交通手段は鉄路だった。

「電車に乗れば、本当はどこにでも行けるんだよな」

「どこにでも行けるのに、どうして同じところにいるんだろうね」

「わかんねえ。俺には、そういう難しいことはわかんねえよ」

ときおり、線路沿いにがれきの山や土の原が現れ消えた。津波が連れ去り、遺したものだ。巨大地震から一年近くが経った。施設のテレビで見た光景より間近にある景色は、静かなぶん恐ろしい。

阪神大震災を知らずに過ごしたことが、いまとなっては不思議でならなかった。啓美の胸にすっと冷たい水滴が落ちる。叔母の最期がどんなものであったのかを、いままで考えもしなかった。

死者を悼んだことがない自分には、悼む資格もないのだと、がれきと荒野が教える。こうした気持ちは、誰かにしっかりと責められたほうがいいのだろう。

啓美の横でビールを飲んでいる男には、わかりやすい良心がある。ちまちまと貯めた金を使い果たしてでも旅行をしようなどと言い出すのは、呵責《かしゃく》に耐えられないせいだろう。

「ねえ、ビールそんなに飲んだら体が冷えちゃうよ。これから寒いところに行くんだから気をつけないと」

「それもそうだな」

嬉しそうに目尻を下げて、男が手洗いに立った。あたりを軽く見回してから、通路を往く。

啓美は男の背中を見た。安定が近づくと途端に落ち着かなくなるひと。平穏だと怖くて仕方のないひと。自分には、幸福を得る資格がないと信じているひと。

怖さから一ミリでも遠のくためなら、すべてを捨てられる男。

ああ、と啓美は独りごちた。

ここにも名前のない罪がある。

あと数日で雪まつりが始まるという札幌大通会場には、既にビルほどもある雪像が立ち並んでいた。

男は、居酒屋で熱燗《あつかん》とおでんを腹に入れても、外に出ればマイナス十度の気温に熱を奪われた。上機嫌で雪道を歩く。男の靴は作業場用なのでがっちりと雪を嚙んでいるが、啓美の運動靴は雪と氷の雑《ま》じった道に太刀打ちできない。

「雪の上を歩いたのは、初めてか？」

少し迷い「うん」と答えた。ワンウェイと行った街は、札幌からどのくらいの距離があるのだろう。流氷はもう海を覆っているだろうか。

「なに、考えてんだ」

「なにも。どうして」

「こっちに着いてから、お前ぜんぜん笑わないから」

道で滑りそうになる啓美の腕を抱えるようにして、男が顔を覗き込んだ。子どもっぽい心配をする彼が誰でもよくなってくる。啓美は、できるだけ人がまばらな道を選び歩く男に「ねえ」と話しかける。

「ハジメとジョー、どっちがいい？」

「どっちでもいい。俺は、どっちで呼ばれても返事しちまうような馬鹿だから」

ネズミ男にジョーと呼ばれてうっかり振り向いてしまったことを、気にしているようだ。

「じゃあ、ジョーに戻ろうか」

「俺も、呼び名を変えたほうがいいかな」

啓美は城を模した巨大雪像を仰ぎながら、声を立てて笑った。

「わたしは、戻れない。そんな名前は、もうないんだ。ずっとりりのまま。りりじゃなくなったら、また新しいのを考えなくちゃ」

大通公園の脇道を半分滑りながら歩く啓美を支え、男はしみじみとした口調で言った。

「明日、美幌に行ってみるかな。三十年以上会ってないから、誰の顔を見てもわかんねえけど」

生まれた町を見るのも、おそらくこれが最後だと聞けば、いいよと応えるしかない。そこは札幌よりはるかに寒い土地だという。

「さっき、駅で時刻表を見てみた。五時間以上かかるけど、酒飲みながらお前とあったかい場所にいるの、なんだかよう」

小声で「幸せで」と言ってからひとり照れている。

札幌を起点にして、JRの路線が広い大地を放射状に延びているのを想像する。

その日取れた駅前のホテルは、細いベッドがふたつと通路しかない狭い部屋だった。狭いバスタブに湯を張って、冷えた体の関節ひとつひとつを温める。滑った拍子にひねった腰が、じわじわと痛んできた。

風呂上がり、美幌の町はいったいどこにあるのかと訊ねてみる。男は上着のポケットから駅の通路で見つけたというパンフレットを取り出して見せた。

浴衣を着た男が、ベッドの上に北海道の路線図が描かれたパンフレットを置いた。

「ここだ」と、きっちりと切りそろえてある爪の先で指さし見せる。

爪の先からほんの少しずれた場所に、網走の文字を見つけた。こんなところに——啓美は網走への旅から自分の居場所が少しずつ変化してきたことを思い出した。

ワンウェイとなら、どこにいても苦しいくらいに幸せだった気がする。過ぎた時間が啓美に語りかけるのは、二度と会えない男がいるという事実と、二度と会わぬ約束の娘がいるということだ。

生きていても死んでいても、会えないことには変わりない。快楽と痛みが詰まった啓美の記憶だけがぽっかり景色に浮いていて、漂い続けている。

啓美の心の在処に敏感な男が、素直に訊ねてきた。

「おまえいつも、誰のこと考えてんだ」

「誰って、どういう意味」

「お前は、俺のことなんか見てなかった。ずっと訊いてみたかった。俺が生きてんのはお前のおかげだから、訊かずにいようと思ってたけど」

男の胸に背中を温められながら、首筋に滑り込む言葉を聞いている。素直な思いを口にできるのも、旅先にいるせいだろう。男の腕から、静かな緊張が伝わってくる。決して啓美を売ったりしないと言い切る、正直で嘘つきな胸が、ひたりと啓美を包み込んでいた。

寝物語にするには、まだ早い。捕まらぬことを意識して暮らすようになってからのほうが、危ない橋が多いのだ。

「わたしの記憶がどんなものでも、それを聞いてあんたはどうしたいの」

「わからん。だけど、少し安心するかもしれない」

「安心したら、また逃げ出したくなるよ」

黙り込んだ男の腕をやさしくさすった。

「それでもいい。俺が逃げたら、お前が楽になるだろう」

「楽になんか、ならないよ。どこにいたって、どこへ逃げたって、楽になんかならない」

「どこにいても同じなら、俺のところにいてくれよ」

堂々巡りを追うようにして、壁伝いにエレベーターの音がゴトンゴトンと響いてくる。うとうとし始めると必ず、誰かがエレベーターを動かした。ひと晩中寝ては醒めてを繰り返し、男に起こされたときは自分がいったいどこにいるのかわからず、思い出すのに少しかかった。

午前中に電車に乗り込み、雪景色に目を痛めながら終点に着いては、また別の電車に乗り換えた。男の故郷にたどり着いたのはもうとっぷりと日が暮れてからだった。

ここだ——高校を卒業してから一度も戻っていないという彼の故郷は、鬼神町とそう違《たが》わぬちいさな町だった。雪に閉ざされた峠の町に、降り注ぐように星が瞬いていた。

あるはずの実家は既に別の建物に建て替えられており、表札も違う名前になっていた。男が落胆した様子はなかった。わかっていてやって来たのかと疑うほどに、静かに四十年後を受け容れている。龍宮城から戻った浦島太郎も、本当はこんな顔をしていたのではないか。

啓美は上着の前をかき抱いた。ジーンズの縫い目のひとつひとつから、寒さが染み込んでくる。

ねえ、と男の肘に腕をからませた。

啓美にも男にも、帰る場所などとうの昔になかったのだった。

「網走に行ってみたい。ここからそう遠くはないんでしょう」

なぜかと問われ「流氷を見てみたいから」と答えた。

「俺も一回しか見たことないんだ。冬場は道も凍るし、ここからあまり動かなかったから」

流氷時期のオホーツク地域がどれだけ観光のかき入れ時かを知らずにやってきた人間にとって、法外にも感じられる宿賃を支払い、ため息をついた。何日分かの稼ぎがあっという間に消えてゆく。

啓美は男の耳に唇を寄せた。

「ねえ、ずいぶんお金使ったけど、だいじょうぶなの」

「俺にだって、ちょっとした蓄えくらいあるさ。いままで真面目に働いてきたんだから」

ふたりで生活するカツカツの稼ぎしかなかったはずだ。男の懐が、高い宿賃に舌打ちもしないほど温かいわけがなかった。

「へそくりしてたのかあ、ずるいなあ」

啓美のひとことに、男が寝たふりをした。

ただ、旅に道連れがいるのはありがたかった。非日常はひとりで抱えるには少し重たい。動くたびに金が出てゆくことにも、慣れることはないのだけれど。

宿は海まで歩いて十分の場所にあった。駅前には、いつかワンウェイとやって来たときと同じ景色が広がっている。背の低いビルと川に架かる橋と、抜けるように高い空だ。橋のすぐそばに、全国チェーンのハンバーグレストランがある。前に来たときと同じ季節だったことが、余計に啓美を無口にさせた。

男が流氷を見にゆくのにタクシーを使おうと言い始めた。

「タクシーを使うのはいいけど、待っててもらってまたそれに乗って戻るのってけっこうな金額になると思うけど」

「そんなのいいさ。俺が払うんだから、お前はただ見たかった流氷を見ればいいんだ」

「それもへそくりなの？」

へへっと男が笑った。わずかな警戒心が湧き上がってくる。胸騒ぎというには足りず、不安というのも違う。笑うことの下手な男が無理をしているのがわかるのだ。

「そのぶん、食費を詰めるの嫌だから、あんまり大盤振る舞いしないでほしいんだけど」

慎ましく暮らすことに慣れた啓美にとって、歩いて行ける場所にタクシーを使うのはただの贅沢に思えた。啓美の警戒を包むような照れ笑いを浮かべた男は「思い出」という言葉を使って取り繕った。

タクシーの運転手に、流氷を見られる場所を、と言うと「高いところがいいか、近いところがいいか」と問われたので「近いところ」と答える。

「お客さん、どこから来たのさ」

「東京です」

「寒いべさ、こっちは。流氷初めてかい。あいにく今年は遅くてねえ、接岸はまだだけど、まああ見られるとこまで来てるはずだから。で、今日はどこで飲む予定さ」

矢継ぎ早に訊ねられるのに閉口し、聞こえないふりをする。気になるのは、男の財布から惜しげもなく出てくる金だった。

タクシーのメーターを倒して待っていてくれるという。このまま観光名所を案内してもいいような口ぶりだ。

両手におさまりそうな湾の右手には、雪を抱いた知床半島がうっすらと見える。湾から少し向こうに、白い陸地がある。

運転手が車から出て来て、遠くを指さした。

「あれ、あの白いのが氷だ。オホーツク海の北で凍ったり流されたりしながら、東樺太《ひがしからふと》海流に乗ってここまで南下してくるんだ。お客さん、どうせ一生に一回か二回しかこっちには来ないんだろうし、沖の氷まで近づける観光船もあるんだけど、乗ってみないかい？」

男は身を乗り出したが、啓美は首を横に振った。

一見、陸に見えるあの白い大地がすべて氷だと聞かされて、なるほどと思ったのだった。接岸すればどこが海なのか判《わか》らなくなるという言葉には、笑い出しそうになる。

「あれがぜんぶ氷とはなあ」

「接岸したところも、見たかったけどね」

「接岸するまでこっちにいるか」

啓美は寒風に吹かれながら、すっかり気が大きくなっているふうの男を見上げた。

「ずいぶん、懐に余裕があるんだね」

「そんなこたあないけど、お前が喜んでるのは見ていて嬉しいんだ」

こんな歯の浮くような台詞を吐ける男ではなかったはずだ。疑いがさらさらと積もってゆく。

耳や頬に感覚がなくなってきた。

沖の氷を見ていると、明日がとても遠いところにあるような気がしてくる。明日よりもっと遠い場所に置いてきたあれこれが、啓美をひきとめる。ワンウェイのことはまだ、もしかしたらと思っていた。安否を聞かなかったのは、自分のためだった。物騒な池袋を逃れて、北の街のどこかで生きていてはくれないだろうか。

北海道の技能実習生を逃がすルートを持っていたメイアンとワンウェイなら、しぶとくどこかで生きているのではないか。

男の横で、ワンウェイを想うことに遠慮をしない。男は、啓美の裡に別の男がいることに気づいている。ひたひたと氷の接岸を待つ岸辺は、啓美の気持ちを受け取ってか凪《な》いでいる。

寒い寒いと言いながら車に戻ろうとする運転手に、訊ねた。

「六、七年前、中国人の技能実習生が逃げたっていう話がありましたよね」

「あんた、なんでそんなこと知ってんのさ」

驚いた様子の目に、訝しげな光が宿る。

「たまたま、新聞で見たのを思い出して。網走にも、技能実習生がたくさん来るんですか」

「まあ、いっぱいいるわな。加工場なんて、みんなそうだ。しかし、東京の新聞にもそんな記事が載るのか、驚いたな」

すこし遠い目をしたあと「ああ」と合点がいった様子で何度も頷く。

「工場長のとこに強盗に入って逃げたやつのことか。あのあとも、何人かいなくなったって話だ。受け入れ先の工場も口をつぐんでるから、噂ばっかりいろいろ流れてるな。まさか観光客からそんなことを訊ねられるとは思わなかった」

運転手は車に戻る背中で、ここではその話はあまり口にしないほうがいいと忠告をした。

寒さに唇の色を変えた男が、じっと啓美を見つめていた。どうしたのかと目で訊ねる。少し怒ったような口調が返ってきた。

「そいつなのか」

「なにが?」

「この町で強盗やって逃げるようなやつなのか」

男の勘違いが可笑しくて笑った。笑い声が寒風にかき消される。喉の奥まで乾ききっていた。いつかまたワンウェイに会えるかもしれないと思うことがいまの慰めに繋がって、啓美は沖の氷にちいさく手を振った。

その夜啓美は、男の嫉妬に抱かれながら夢を見た。

ワンウェイは、この男の体を借りて啓美を抱きに来ているのだ。ジョーになったりワンウェイになったりを繰り返し、ひとつの体を共有しては皆が欲望に漂い続けている。

わかったよ、ワンウェイ——

母のもとで暮らした時間も、鈴木真琴だった鬼神町での生活も、生まれたばかりの赤ん坊と別れた日も、どの傷もすべて癒えてしまった。

残っているのは、語るべき物語を持たない岡本啓美の体ひとつだ。

もう終わりにしようか、ワンウェイ——

啓美の脚を両肩に掛けた男が、深く遠く吠えた。

ワンウェイ、さようなら——

*

旅から戻ったあと、力尽きた老人たちを数人見送った。部屋が空いてはすぐに新しい入所者がやって来る。どこの施設も順番待ちで、入って来るのは死の順番を待つ人ばかりだ。

その日やって来たのは、認知症の症状が出始めたという八十歳の男性入所者、島田雅夫《しまだまさお》と息子夫婦だった。

なかなか希望する施設が見つからず、妻の親のつてでやっと預け先が得られたという。

「狭い家で大学生がふたりいて、共働きでようやくという暮らしです。女房に仕事を辞めて父の介護をしてくれとは言えませんでした。ほんとうに助かりました、ありがとうございます」

五十がらみの息子は面談の際、施設長にすがるような瞳を向けた。妻のほうはいくぶんさっぱりした様子で、入所時に必要な物品に買い忘れがないかどうか確認をしている。

施設長がさらにさっぱりとした口調で息子の湿っぽさを打ち返した。

「いいんですよ、そういう人のためにうちのような施設があるんですから。問題は、入るときじゃなくて入ってからのことなんです。できるだけお父さまに会いに来てくださいな。入れっぱなしというお子さんたちをたくさん見ました。どうか、この世のことをひとつひとつ忘れてゆくお父さんを、覚えていてあげてください」

神妙な面持ちで彼女の言葉を聞く息子と、半分達観したような笑みを浮かべている妻が対照的だが、こんな光景はもう何度も見てきたのだった。今回も、足繁く面会に来るのはおそらく妻のほうなのだろう。

実子がさまざまな理由をつけてやって来なくなる場面を何度も見てきた。ふとしたときに、子と親とのあいだに抱えた歴史を垣間見る。入所日にかなしみを露わにするには、それなりの理由があるのだ。この夫婦も多分に漏れず、冷静な妻が笑顔で切り抜けてゆくのではないか。

そんな想像をしていたところへ、妻がふっと顔を上げた。

「義父《ちち》の担当をしてくださる、山口さんですね」

視線がエプロンの胸元にあるネームプレートに据えられていた。はいと答える。施設長が割って入った。

「奥さんのご親戚に、半年前に亡くなったトミタさんのおばあちゃんがいらしたの。そのときの丁寧な介護がとても印象に残ってたらしくて。今回も、もしよかったら山口さんの担当でお願いできないかって言われたのよね。これもご縁、本当によかったですね」

最後のひとことを妻のほうに向かって放つ施設長も満足顔だ。


入所一週間ほどで、ようやく島田雅夫のほうから啓美に話しかけてくるようになった。ただときおり、柔和な顔には似合わぬ頑固さを見せた。食事の呼びかけや投薬の確認などの際に啓美が柔らかな声で呼ぶと、不愉快そうな顔をするのだ。

不機嫌の理由がつかめず、さてどうしたものかと思いながらの五日目。朝、何気なく施設長に話したところ、彼が長く塾を経営していた話題に流れた。

試しに「島田先生」と呼んでみたら、これが当たりだった。

「ねえ、今日のお昼のメニューはなんだろう」

「関西風のきつねうどんです。うちのうどんは評判が良くて、ときどきご家族みなさんが食べて行かれるくらいの人気なんです。島田先生も気に入ると思いますよ」

「関西風か」

ふと思い出したように、島田が首を傾げ訊ねてきた。

「あなた、関西に長い人ではないですか」

はっとして、なぜかと訊ね返す。

「どこか、関西の抑揚に聞こえることがある。まあ、関西といったってずいぶん広いけど」

「いろんなところに住みましたから」

「いろんなところ、ったっていろいろあるね」

啓美は、島田の枕に掛けたタオルを交換しながら「南は九州、北は北海道ですね」と笑いながら答えた。

「関西が長かったのかもしれんね。わたしの妻も、すっかり東京人のふりをしておりますが、実は西の出身で。なぜあんな話し方になったものかわからないけれど、気取っているようでいやだね」

島田は、妻と死別していることを忘れている。かくしゃくとした話しぶりの向こう側は、きめの粗いスポンジのようだ。

――そのうち、また来ますから。笑ってやってください。

息子の嫁を自分の妻と勘違いしているらしいことに気づき、入所時の彼女が見せた微笑みに理由ができた。「島田先生」は、息子には決してわからぬところで見せる男の貌があるのだろう。

入所者に尻を触られることにはもう慣れた啓美だったが、ときおり死に向かうことの危機感なのか長い抑圧の代償なのか、老人の粘つくような性欲にうんざりすることがある。

週末の面会に、島田の息子夫婦がやってきた。最初の一週間で心を開く気配が見えたのは、とてもいい傾向であると伝える。父親の様子を細かく報告すると、息子は涙ぐみ、嫁は薄く微笑んだ。

「さっき部屋で話していたのですけど、山口さんは関西の方に違いないと義父が言っておりました。そうなんですか？」

「そういうふうに、聞こえるらしいです。島田さんご本人からもそんなことを言われました」

「義父は思い込むと、そういうふうにしか考えられないところがありますから。もし失礼があったら、遠慮なくわたしたちに仰ってくださいね」

なるほど、このそつのない話し方が島田には「気取って」聞こえるのかと納得する。息子は早々と施設に馴染んでいる父親に安心したようだが、嫁のほうには舅《しゅうと》の裏側が見えている。

島田がさらにおかしなことを言い始めたのは、五月の最終出勤日のことだった。

「島田先生、明日はわたしじゃなく施設長が来ます。お布団、夏掛けにしておきますね。もし肌寒いようだったら、言ってくださいね」

短期記憶の喪失はときどき不思議な発言になって出てくる。島田の場合は徘徊や排泄における異常行動はなく、日常生活も口頭で伝えれば自分でできることが多い。比較的楽な入所者なのだが、その日ばかりは啓美の動きが止まった。

「決心、したのか」

「——なんの決心、ですか」

「本当のことを言う気になったのか、だよ」

島田はいま、啓美ではなく別の人間と話しているのだと自分に言い聞かせる。それでも心臓が大きく動いた余波は大きい。

「そうですね。人間、正直がいちばんですね」

「あんたが心を開いて何もかも正直に打ち明けてさえくれれば、みんなわかってくれる。安心していい」

「島田先生、ありがとうございます」

「わかってくれれば、いいんだよ」

総悲深いひとことは、帰宅したあとも啓美の背中をさすり続けた。薄気味の悪い一日の終わり、啓美を背中から抱きしめる男がいる。男の腕の中で、いつまで待っても訪れない眠気を待った。

旅から戻って、男はほとんど文無しになったと笑う。日雇いの仕事が増えたのはいいが、現場が被災地の復興工事に人員を募っていると聞いてその気になっているのが気にかかる。

眠れないのか、と問われて「うん」と答えた。

「仕事場で、なんかあったのか」

「別に、気にするようなことじゃないよ」

「なんだよ、言ってみろよ。ひとりで抱え込むのはやめてくれ」

すべてを説明するのは面倒だった。しかし無言でいれば男の質問が増えるばかりなのもよく知っている。それより、と話をすり替えた。

「被災地の現場に、行くの？」

「うん、考えてるとこだ」

「この家、どうするの」

「休みには帰ってくるさ」

「そう――」

啓美の素っ気ない返事が気に入らなかったのか、腕に力がこもる。呼吸が苦しくなって、男の腕に爪を立てた。

「シンジが、行くっていうんだ。短期のバイトでも、えらいいい金になるって」

「あの人と、また会ったんだ」

「たまたま、だよ」

「たまたま会って、金になるバイトの話を聞いて、一緒に行っちゃうんだ」

男は少し間をあけて「うん」と言ったあと、わざとらしい寝息を立て始めた。

幸福が不安でたまらない男ではなかったか。いつまでも眠れぬ夜、啓美はひたひたと足下に近づく水の音を振り払うことができなかった。シンジについて深く訊ねようとすると、男は途端に逃げる素振りを見せる。

つまんない噂を広めないよう、俺がちゃんと言っておくから。

男の腕はもう、啓美の繭ではなくなった。肌を包んでくれるものはなにもない。

逃げるから、追われる。啓美が逃げたい理由はたったひとつだった。十数年かかって膨らませた風船のどこに穴があって、どこからなにが漏れ出すかわからない。

鈴木真琴の娘は、鈴木真琴の娘として生きてゆくのだ。岡本啓美の入る隙間が、針の穴ほどもあってはならない。啓美とワンウェイの娘は、この世に存在しない。

翌日、男が現場に向かったところで、啓美も家を出た。

大きめのジーンズに、着古した男のトレーナーを着て袖をまくりあげる。頭にはアポロキャップ、そしてだて眼鏡。帆布のトートバッグには梅乃の遺した金が入っている。梅乃が爪の先に火を灯しながら貯めた金に手を付けずに済んだことは、啓美のプライドに変わった。

包装紙に包み、ぐるぐると緩衝材とガムテープを巻いた。宅配便のマークが入った袋に入れ、品名は「本」とする。

すべて、彼女たちとは関係のない人間になる最後の仕上げだった。

早足で歩けば汗ばむほどの陽気のなか、電車を乗り継ぎ池袋駅に降り立った。入ったこともないコンビニの店頭で、鬼神町の「梅乃」内、鈴木真琴宛の荷物を発送する。差出人は「同上」。この金は、最初から鈴木真琴のものだった。元の場所に戻るだけだ。

送り状の文字で、誰からなのかわかるだろう。鈴木真琴の娘へ宛てた、唯一の気持ちである。受け取ったまことは、「同上」の文字ですべてを理解する。

終わりだ――

コンビニから出て、だて眼鏡越しの空を見上げた。夏を予感させる空と風は、大阪とも新潟とも違った。鬼神町にはいまどんな風が吹いているのか。啓美はもうすっかり忘れてしまっていることに気づいて、ひとりにやにやと笑っていた。

もしも自分に今年の夏があったら、ひとりでオホーツク海を見に行くのもいい。そこで知り合った男と、新しい名前で暮らすのも悪くない。

どこまでも、流れて行けばいいのだ。

見たいように見られ続ければいい。

わたしは、逃げていたわけじゃない。

――見つからなかっただけ。

蒸し暑い日が増え、梅雨に入った。

逃げることをはっきりと意識してから、口数が少なくなったと言われることが増えた。当然だ、誰にも尻尾を摑まれてはならぬ。

島田も、先の謎めいた発言のことをすっかり忘れている様子だったが油断はならない。

ぼやけた満月にあと数日という夜、啓美が帰宅すると、部屋にシンジが上がり込んでいた。啓美を見て、また小狡《ずる》そうな瞳を光らせている。

「すんません、どうしてもジョーのアニキと一緒に飲みたくて、ふらふらついて来ちゃいました。いやあ、蒸してきましたねえ」

ジョーは、いつの間に彼の「アニキ」になったのだろう。テーブルの上には乾き物の袋と、持ち手のついた焼酎のボトルが置いてある。

何か作ろうかと言うと、ジョーのアニキと呼ばれた男が「何もいらねえ」と応えた。アニキ、を連呼するシンジのコップに、男は黙々と焼酎を注ぎ続けている。

啓美は買い置きのひやむぎを茹でて、めんつゆを水で割ってテーブルに出した。シンジがおおげさに喜んでいる。啓美の前で「ジョーのアニキ」を連発されるのがいやなのか、男は不機嫌だ。

トイレに立った男の代わりに、啓美がおしゃべりなネズミ男の相手をする。

「りりさん、相変わらずきれいですよねえ。いやあ、アニキがうらやましいっす」

「シンジさんは、おひとりなんですか」

「俺、いつも振られてばっかりで。当然ですよ、こんな貧乏な男なんか誰も相手にしませんって」

「うちも、ふたりでぎりぎり。お互い、大変ね」

「いやあアニキには、りりさんっていうでっかい金塊がありますからね」

へへっとネズミ男が卑しい笑みを浮かべたところへ、男が戻ってきた。

そのまま元の場所に腰を下ろすと思っていたのが、いつまで経っても男は座ろうとしない。ふっと見上げると、男の手に腰に巻いていたはずのベルトがあった。

啓美が問う間もなく、ベルトがネズミ男の首に掛かった。小柄な体は、簡単に床から浮いた。手足の関節が外れたのかと思うくらい大きく宙を掻き、見たこともない動きをした。啓美はネズミ男の作業ズボンの股が尿で変色するのを見て、立ち上がった。

ベルトを持つ男に体当たりする。男は少しよろけただけで、啓美が跳ね返され尻餅をついた。

「やめて、そういうの、やめてよ」

「こいつは俺に、お前を売ろうって持ちかけたんだ。懸賞金を山分けしようって」

「だからって、殺すことないでしょう。やめなさいよ」

宙を掻いていたネズミ男の手が首のベルトを探しあてる。集中力を欠いた男は、うまくベルトを締め上げることができない。啓美は立ち上がり、今度は男の腕めがけて突進した。

ネズミ男がベルトから逃れ、どさりと転がった。紫色に変色した顔に血の気が戻るまでのあいだ擦れた咳を繰り返し、酒を吐いた。手足はまだ痙攣している。それでも命は助かった。

ベルトをだらりと床に垂らして、男が啓美を見下ろした。

「なんで止めた」

啓美は、首を横に振った。

「お前は、ひとりで逃げろ」

まるで、男のほうが追われているような口ぶりだ。もう一度、首を振る。

「死体って、すごく面倒なもんなんよ。ここで殺したってすぐに次の問題が出てくるの。まるごとどこかに棄てたところで、必ず誰かが見つける。死体は生きて逃げ回ること、できないんよ。こんな場所で、人を手に掛けちゃいけない。せっかく楽しく暮らしてきたってのに」

ネズミ男が四肢の自由を取り戻し、ひとつ高い奇声を上げた。床で何度も滑ったり転んだりしながら、奇声を上げたまま部屋を飛び出して行った。

静かになった部屋で男が言った。「お前は馬鹿だ」。啓美は「そうかもしれない」と返した。

どこでもいいから、出て行けと男が言う。啓美は「気が向いたらね」と返した。

床に尻を落とし、男がぽつりと言った。

「旅に出たまま、ふたりで姿を消そうかと思ったんだ。お前が望めば、どこまでも行こうって思ってた。あんとき、海で死んだって良かったんだ」

男がどうして啓美を手放すことができないのか、やっとわかった。針一本で支えられた幸福は男にとっての安定とは遠く、幸福の貌をした危険は彼にとって震えるほど離れ難いものなのだ。

「七年も、一緒にいたんだね」

「どこかに、行こう。ここから出て行こう」

「逃げると、逆に追われるんよ。わたしはそれを知ってる。いちばんいいのは、じっとしていることなんだ」

わかっているのに、ここ以外のどこかに行こうという気は起きなかった。ふたりで分けようと持ちかけられた懸賞金は、ネズミ男ひとりのものになるのだろう。

食器を片付け、汚れた床を拭いたところで日付が変わった。

「あいつが言うんだ、お前はムショに入ってもすぐ出てくるって。だから懸賞金を分けて、きれいな体で戻ってくるのを待てばいいって」

「すぐに出てくるっていう、根拠は？　誰がそれを証明してくれるの」

「お前が捕まれば、もうひとりの男もすぐ割れるだろう。連絡を取り合ってるんじゃないのか」

「連絡って、どういうこと」

「お前には隠し事が多すぎるんだよ」

男の頭には、啓美も知らない岡本啓美の物語がある。彼が持っている物語を否定するのはたやすいが、それもまた意味のないことだった。思いたいように思い、見たいように見ることしかできないからふたりは一緒にいられたのだ。

啓美は朝までのあいだに、男の胸に向かってぽつぽつと語って聞かせた。

「なんにも知らなかった、自分がしたこと。教団の幹部に連れられて行った渋谷で、あんな大きな事件が起きたことも、新聞と週刊誌で知ったくらい。いつ撮られたかわかんないような、顔がパンの写真で指名手配なんて。試しに食事と運動で体重を絞ってみたの。バレエをやってたし、ダイエットしたら簡単に痩せた。名前を変えて、ふらふら暮らして、また名前を変えて。気がついたら十年以上経ってた。逃げてるっていう実感はなかったの。たまたま誰にも見つからなかっただけだと思ってる。出頭しようとか、そういうことは考えなかった。面倒からは、遠いところにいたかったから」

「もうひとりの手配犯とは、どうなんだ」

「あのひととは、すぐにはぐれた。どこに行ったのか、わかんない。携帯電話も持ってないのに、連絡なんて無理。誰にも頼らなかったから、ここにいるの。誰かに助けを求めたら、きっとすぐに見つかってたろうね」

嘘でも本当でもない話をしていると、啓美自身の現実もそちらに引き寄せられてゆく。捕らわれたときも、同じ話をするのだろう。それでいい。

「あのひとが言うように、わたしを売って懸賞金を山分けすればよかったのに」

男は数秒黙って、正直に迷ったことを打ち明けた。

「本当に軽い罪で出て来られるんなら、それもいいと思った。きれいな体になって、晴れて結婚するのも悪くないって」

「でも、それだとまた怖くなっちゃうわけでしょう」

「そんな――」

男の性分と啓美の悪運が、ささやかな夢を見せたのだった。七年間も漂っていられたことが、奇跡なのだろう。浅い眠りのなか、ふたりの話は朝日が昇ってもぽつぽつと続いた。

夜半から降り始めた雨の音にたゆたっていたせいで、ひと眠りして起きたときは既に職場に着いていなければならない時間だった。

啓美は起き上がろうとした体を男に引き戻される。寝汗で湿ったシャツが体にはりついていた。

「今日は休め。たまにいいだろう。俺も休む」

「無断欠勤は一回で解雇されるんじゃなかったの」

「無断じゃない、雨のときは休みって言われてる。たとえクビになっても現場はたくさんあるから安心していい」

連絡手段を持たない啓美はそうもいかない。半日でも出て、都合がついたら帰ってくると告げる。男はしぶしぶ頷いた。啓美は、男がもうなにに対しても怯えていないことに気づいた。

窓辺に猫がやってきた。煮干しをもらったあとはさっさと去ってゆく。とうとう名前をつけないままだった。

小雨の降るなか一時間遅刻して出勤した啓美を待っていたのは、担当している入所者のひとりが入院したという報告だった。

「すみません、寝坊してしまって」

「山口さんにしては珍しいことだわねえ。田辺のおばあちゃん発熱がちょっと急で、明け方に軽い痙攣も起きたので、救急車に来てもらったの」

入院が決まってほっとしているようだ。ここからは病院の仕事だった。施設長は遅刻した啓美に「気をつけてね」と言いながら、大型連休に休みなく出勤したことも覚えているからと言った。

「疲れが溜まってるのかもしれないわねえ」

休みをもらってもいいかと訊ねた。施設長は少し驚いたふうを見せたが、シフト表を見てひとつ頷いた。

「一日休んだら、少しは疲れも取れるかもしれない。わかった、今日は帰ってしっかり休んで」

丁寧に礼を言って、小走りで雨に濡れたアスファルトの歩道を部屋に戻った。

＊

不意に訪れた休日、急かす男に連れて行かれたのは商店街の一角にある写真館だった。証明写真、記念写真――ドアの前で足が動かなくなる。

「どうした」

「ここで、何をするの」

男はつよい語調で「結婚写真を撮る」と言った。

「そんなもの、要らない。写真は嫌だ」

駅前で、風呂屋で、顔写真はどんなときも啓美を脅かしていたものだった。手配写真とは似つかぬ容姿を手に入れていてもまだ、レンズを向けられるのは怖い。

男は少し目尻を下げて「頼むよ」と言った。

「俺が、欲しいんだ。お前と一緒にいたことを忘れるのは嫌なんだ。何があっても守ると言ったろう。お前を守るために俺、この一枚が必要なんだ」

男には男の言い分があり、啓美にも啓美の道理がある。傘へさわさわと落ちてくる雨の音にリズムがついた。

身分を隠した王子が、ジゼルに踊りを申し込んでいる。

踊ろうか、このまま。

王子のために精根尽きるまで踊ったジゼルは、後日命を落とすのだったが。

「わかった」

啓美が笑うと、男も照れ笑いを浮かべ目を伏せた。

写真館は驚くくらい明るい広間で、隅では生まれたての赤ん坊を抱いた夫婦がふわふわとしたピンクのソファーに座り、写真の打ち合わせをしている。耳に入ってきたのは「お百日」という聞き慣れない言葉だった。壁に飾られた額の中、折々の子どもたちの記念写真が並ぶ。

赤ん坊の匂いが近づき、啓美の下腹がずきりと痛んだ。とうに手放した記憶に産院の窓辺の陽の光が差してくる。

産んだ記憶はあっても、それは啓美のものではない。自分はいったい、いままで何をしてきたのだろう。鼻先に漂う甘い香りが、啓美の答えをかき消してゆく。

ぐずる赤ん坊の泣き声が、どんどん大きくなる。周囲に頭を下げながら母親が立ち上がり、左右に揺れ始めた。

まことは、新しい自分を手に入れられたろうか――

みどりとすみれは、自分の居場所を定められたろうか――

母は、生きた人間が自分の思いどおりには動かぬことに気づいたろうか――

そして、わたしは――。

作業服とジーンズのふたりが「結婚写真を」と言って現れたことで、係も多少驚いた様子だったが、予約の空き時間を使って撮ってくれるという。

「ヘアメイクはどうされますか。頼めば、来てくれると思いますが」

髪は前髪を斜めにして、あとは後ろへ流し、耳に大ぶりの光りものを下げればいい。

衣裳係の女性スタッフは、親切そうな笑みをうかべて啓美の答えを待っている。そのまっすぐな瞳に好感を持って、予算がないことを伝え、ヘアメイクの仕上げとドレス選びを手伝ってくれるよう頼んだ。

大きく頷いた彼女の瞳が、ハプニングにも似た仕事に輝いている。

「お好みを言ってくだされば、何着か出してきます」

啓美は少し考えて、デコルテが大きく出るものを頼んだ。ウエストをしぼり腰からはレースが広がるものをと言うと、彼女がすかさず「クラシックな感じのドレスがお好みなんですね。承知しました」と微笑んだ。

啓美の表情は照れと映ったようだ。

「いい年して、なんですけど」

「いいえ、年齢なんて関係ないんですよ。着たいと思ったときがいちばん似合うんです」

彼女はすぐに三着のドレスを持って、ヘアメイク室に戻って来た。

「こんな感じはどうでしょう。どれも上半身はコンパクトなので、ティアラが映えると思います」

鏡前に、ティアラとイヤリング、デコルテを飾る模造ダイヤのネックレスが並ぶ。啓美は、胸元が浅いVラインになった肩の出るドレスを選んだ。

「メイクもヘアスタイルも、ご希望がありましたら仰ってくださいね。できるだけ、お手伝いします」

もうこんな時間は二度と訪れないと思っていた。明日なにがあるかわからないのは、どんな暮らしをしていても同じなのだろう。

ガウンに着替えたあと彼女の前で、啓美は一世一代の化粧をした。ティアラと耳のバランスに合うよう、眉尻を少し長めにする。アイラインも、黒目が大きく見えるように引いた。頬紅は薄めに、そして唇にはマットで濃いめのローズだ。

スタジオが用意したスリップを身に着けて、床に置いたドレスの穴に足を入れた。持ち上げて、スタッフの彼女に背中のファスナーを上げてもらう。鎖骨の中央に模造ダイヤを光らせ、スプレーで固めた頭のてっぺんにティアラをのせてピンで固定する。誰に指示されなくても、遠い昔に体に染み込ませた手順が次の作業を促してゆく。

すべての準備が整った。

すっきりと背筋を伸ばした啓美を見て、彼女の笑顔に戸惑いの色が混じった。

「驚いてしまってごめんなさい。この仕事も長いので、表情も変えない自信があったんですけれど――見事です」

ティアラの場所と前髪のバランスを見て、彼女が感嘆のため息を漏らす。

「ブライダルのお仕事かなにか、されてましたか？　なかなかこの場所におさめるのは難しいんですけれど」

「いいえ、特別そういうことは。ただ、このあたりかなって――いっぺんのせてみたかったんでしょうね。ただのまぐれです」

それにしても、と言いかけた彼女に、スタジオから準備ができたという連絡が入った。

「新郎様も、ご用意が整ったとのことです。あとは花嫁が到着すればよし」

彼女は数歩離れた場所から再度全体のバランスを見た。そして、小物の引き出しからサテンとレースの配分が美しいブライダルグローブを引き抜いた。

「マニキュアをするお時間が取れずにごめんなさい。これをどうぞ」

啓美は「ああ」と自分の指を見た。短く切った爪は、老人の肌を傷つけないため。年がら年中乾燥して、爪の脇が硬くなっている。薄い手のひらには無数の皺があり、薄幸そうな手の甲には血管が浮いている。

彼女の心遣いに礼を言って、肘まであるグローブに手を入れた。

スタジオでは、モーニング姿の男が待っていた。啓美は男の顔を見てにっこりと微笑んだ。背幅からパンツの裾まで、写真には写らない場所をピンで補正したモーニングだった。男は啓美の姿に表情を変えないよう、必死で踏ん張っている。

赤ん坊の写真を撮り慣れた女性カメラマンが男に声をかけた。

「遠慮せず、ひとことどうぞ」

半分怒ったような表情の男の横に立った。撮影助手がドレスの裾を整え、床まで伸ばしたバックスクリーンの上に美しいドレープを寄せた。

「せっかくめかし込んで来たんだから、なにか言いなさいよ」

ことさらこちらを見ないよう努めている男の緊張が、全身から伝わってくる。

啓美の手にブーケが渡された。

——では、テストに一枚いきます。

本番として数枚撮ったものの、テストの一枚がもっともいい表情となった。「よくあることです」とカメラマンも係も笑顔で撮影を終えた。写真館のスタッフからは、啓美の表情の柔らかさと自然な笑みをずいぶんと褒められた。

小雨は止む気配もなく、ふたりは再び傘を差して歩き出した。どこへ行くあてもない午後の商店街を歩いていると、十七年前に戻れそうな気がしてくる。

足の痛みを我慢しながら貴島の背から離れぬよう歩いた日。

――いや、と啓美は思いを打ち消した。

戻るのなら、いやいや新調したエスメラルダの衣裳を着た、あの日だろう。自分の技術が母の望むところに達していないことをわかっていて、それでも舞台に立たざるを得なかったコンクールの日だ。

――ママ、誰もトウシューズを履いては生まれてこんのや。みんな、自分に合《お》うた靴がある。啓美はやっと自分の靴を見つけたんよ。どこまでも歩ける、安い運動靴でな。けど、ただの運動靴とは違うで。どこまでも走って逃げることのできる、ええ運動靴や。スーパーのバーゲンで買えるんよ。みんなが買えるもんで、良かったんや。

アスファルトを打つ雨に語りかけていると、ふわふわとした幸福感が啓美を包みこんだ。

「写真、一週間か十日で仕上がるって言ってたなあ」

「楽しみか」と男が訊ねたので「ありがとう」と返した。

「なあ、たまにはダムの公園まで散歩しようか」

男は啓美の提案に頷き、三十分かけてダム湖まで歩いた。ときどき車が飛沫《しぶき》を上げて横を通り過ぎる。気づくと男が、啓美に水がかからぬよう車道側に移動していた。

ダム湖を見下ろす公園までやって来ると、雨脚も少し弱まった。ベンチは濡れているので座るのは見送りだ。

丸太を模した手すりの前までゆくと、黒々とした湖の表面にちいさな陽が差した。上空の雲が、薄れている。気づくと、雨が止んでいた。啓美は男を促し、傘をたたんだ。

「ああ、雨上がりのいいにおいがする」

「どんなにおいだ」

「草とか木肌とか葉っぱとか土とか、自然のものにいっぱい水が降り注いで、なにもかも洗い流されたあとみたいな感じ」

「俺には、わかんねえな」

啓美は傘の水滴を振り落とし、じっと水面のちいさな太陽を見つめた。

——名前も知らんけど、あんたええ子に育ってるんか。あんたのパパ、えらい男前でな。大好きだったんよ。気が狂っても死んでも、口にはしないから安心してええよ。それにしても、まことは娘になんて呼ばれてるんやろか。ママか、お母さんか、お母様か——それはないか。

——すみれ、あんたほどのダンサーでも身を引かなあかんのやなあ。けど、自分が本当はなにが欲しかったのか、なにがあかんかったのかはっきりわかるのはもっとあとやな。そんときちゃんと、鏡を見たらええんや。やめたことで、半分見えてるんと違うか。あんたが本当の妹でもそうでなくても、どっちでもええ。わたしのほうがもう、誰でもない人間になってしもうたし。

みどりのゆったりとした微笑みが見えるようだ。彼女の笑みはこの世でもっとも頑丈な錠前だった。すべての秘密をのみ込んでまだ余裕がある。

ダム湖に差した陽が、少しずつその輪を広げてゆく。空にぽっかりとあいた穴から、紗の帯に似た日差しが降り注いだ。穴はどんどん広がり、さざ波の数だけ水面を光らせている。

「ああ、来て良かった。梅雨の晴れ間だ」

立ち上る雨上がりのにおいが、新潟にたどり着いた日まで啓美を引き戻した。

――パパ、ごめんな
啓美の隣で男が「晴れたなあ」とつぶやいた。

「うん、きれい。こんなにきれいな場所だったんだねえ。梅雨が明けたら、お弁当持って遊びに来ようか」

「そうだな、それもいいな」

「お日様はええええなあ」

湖に注ぐ陽光を見ているだけで、漂い続けてきた時間が洗われるような気がする。

「お日様はええなあ」

同じ言葉を二度言うと、二度目は誰かに囁かれているような気分になった。

水面から、虹が橋を延ばし始めた。

少しずつ色を濃くしてゆく虹の、向こう側が煙っている。記憶からひとつずつ色が失われてゆくようだ。啓美は虹に向かって、そっと手を伸ばした。

自分の笑い声にはっとする。

あんなに回って飛んでを繰り返し、人間の体にできることを極限まで強いてきた十代だったのに。わたしはどうして、人の体が念じるだけで浮くわけがないことに、気づけなかったんだろう。

啓美は虹に手を伸ばし、自分の犯した罪が何だったのかを思った。
どの時間まで戻れば、罪は消えるのだろう。
考えても、考えても、思いは虹を掻くだけだった。
水面の光が増して、虹はたちまち薄くなり、光に溶けた。
ああ、と啓美は深く頷いた。
わたしの罪は――子を産んだこと。
わたしの罪は――生まれた子に、名を与えなかったこと。
わたしの罪は――忘れられぬ男に出会ったこと。
どれも、この世にはなかったことだった。
啓美の罪には、名前がない。
顔をなくした女にも、名前がなかった。
「こんや、おいしいものをたべましょう」
この優しげな声の主は誰だろう。啓美はゆっくりと、声のするほうを見上げた。

初出　「サンデー毎日」
二〇二二年五月一日号～二〇二三年八月六日号
単行本化にあたり、加筆・修正を行いました。

本書はフィクションであり、実在の場所、人物、団体等とは一切関係ありません。
刊行に際しては、公益社団法人日本バレエ協会関西支部役員 錦見眞樹氏より
ご助言を賜りました。心より御礼申し上げます。

桜木紫乃

（さくらぎしの）

1965年北海道生まれ。2002年「雪虫」で第82回オール讀物新人賞を受賞。07年、単行本『氷平線』でデビュー。13年『ラブレス』で第19回島清恋愛文学賞、同年『ホテルローヤル』で第149回直木賞、20年『家族じまい』で第15回中央公論文芸賞を受賞。『起終点駅（ターミナル）』『蛇行する月』『それを愛とは呼ばず』『砂上』『緋の河』『孤蝶の城』、絵本『いつか　あなたを　わすれても』（オザワミカ・絵）など著書多数。

ヒロイン

第1刷　2023年 9 月30日
第4刷　2023年12月15日

著　者　桜木紫乃《さくらぎしの》
発行人　小島明日奈
発行所　毎日新聞出版
〒102-0074
東京都千代田区九段南1-6-17　千代田会館5階
営業本部　03-6265-6941
図書編集部　03-6265-6745

印刷・製本　中央精版印刷

ISBN978-4-620-10870-4